모방에서 창조까지 하는
에이전트

모방에서 창조까지 하는 에이전트 11

킹묵 현대 판타지 장편소설

초판 1쇄 찍은 날 § 2023년 6월 19일
초판 1쇄 펴낸 날 § 2023년 6월 26일

지은이 § 킹묵
펴낸이 § 서경석

총괄팀장 § 황창선
편집책임 § 박현성
디자인 § 스튜디오 이너스

펴낸곳 § 도서출판 청어람
등록번호 § 제387-1999-000006호
등록일자 § 1999. 5. 31
어람번호 § 제1-3213호

본사 § 경기도 부천시 부일로 483번길 40 서경B/D 3F (우) 14640
편집부 § 서울특별시 구로구 디지털로 272 한신IT타워 404호 (우) 08389
전화 § 02-6956-0531 팩스 § 02-6956-0532
http://www.chungeoram.com
E-mail § chungeorambook@daum.net

ISBN 979-11-04-92490-3 04810
ISBN 979-11-04-92457-6 (세트)

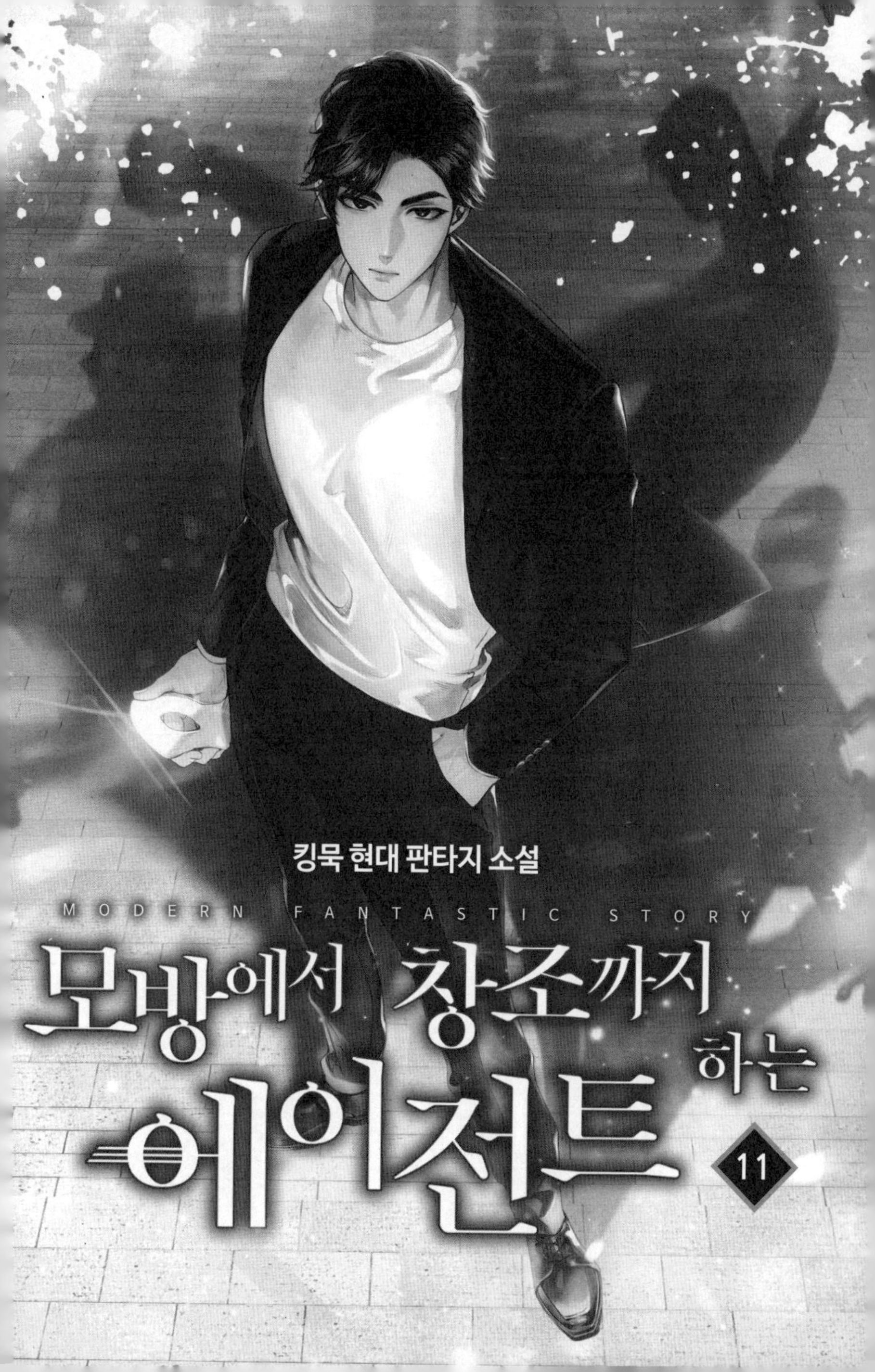
킹묵 현대 판타지 소설
MODERN FANTASTIC STORY
모방에서 창조까지 하는 에이전트
11

모방에서 창조까지 하는
에이전트

목차

제1장

정만의 촬영장

　며칠 뒤, 곽이정이 회사를 나갔음에도 당장은 크게 달라지는 건 없었다. 새로 1팀장을 맡은 경애가 잘하는 것도 있지만 곽이정이 인수인계를 완벽히 한 이유도 있었다. 다만 태진만큼은 곽이정이 없다는 것을 몸으로 느끼는 중이었다.

　지금도 곽이정이 부탁하고 나갔던 정만을 만나기 위해 주말임에도 불구하고 대구까지 내려와 있는 상태였다. 예전에 면접을 준비하며 연극을 보기 위해 혼자 방문했던 곳이 대구였기에 반가운 마음으로 왔지만 실제 촬영 장소는 예전 추억을 떠올릴 수 없는 곳이었다. 촬영은 비슬산이라는 산의 꼭대기에서 이뤄지고 있었다. 어제까지만 해도 세트에서 촬영했는데 하필이면 오늘 촬영은 실제 산이었다. 그때, 함께 차에서 내린 신입 직원이 보였다.

　"현미 씨, 차에 계세요."
　"아니에요. 저도 같이 올라갈게요."

"안 오셔도 되는데."

"그냥 배우고 싶어서요."

주말인데도 태진이 촬영장에 간다는 소식을 듣고 신입 사원이 같이 가겠다고 나섰다. 왠지 주말에 등산 가자고 한 직장 상사가 된 것 같은 기분에 오지 않아도 된다는 말을 수십 번도 넘게 했음에도 끝까지 함께했다.

다행히 정상 가까운 곳에 주차장이 있었기에 정상까지 그리 멀진 않았다. 그때, 식사 시간에 맞춰 주차장부터 정상까지 도시락을 옮기는 스태프들이 보였고, 태진은 정만의 이미지를 위해 도시락 옮기는 걸 도와주기 위해 그들에게 다가갔다.

"수고하시네요. 촬영장 올라가시죠?"

"네? 아, 네. 어떻게 오셨어요?"

"배우 최정만 씨 담당입니다."

"아… 아."

"저도 올라가는데 짐 좀 들어 드릴게요."

"아, 네… 감사합니다."

반응이 약간 이상했지만, 태진은 스태프들을 도와 산 정상까지 올라왔다. 그러고선 도시락을 한쪽에 놓고 곧바로 정만을 찾았다. 촬영 중이었기에 카메라를 좇아가다 보니 암석 위에 앉아 있는 정만이 보였다. 오랜만에 보기도 하지만 멀리까지 와서 보자 반가운 마음에 미소가 절로 지어졌다.

'머리 잘랐네.'

퇴마승이라는 역을 맡다 보니 강렬한 인상을 주기 위해 머리도 짧게 자른 상태였다. 생각보다 잘 어울리는 모습이었다. 그런 정만의 옆에는 스님으로 분장한 노배우가 있었다. 종종 드라마에 얼굴을 비추던 배우였기에 태진도 익숙한 얼굴이었다. 그런 노배우와 호흡을 맞춰 정만은 약간 가벼워 보이는 연기를 했고, 노배우는 그런 정만을 애정 어린 표정으로 꾸짖는 듯 보였다.

거리가 멀어서 잘 들리진 않지만 정만의 눈빛만 봐도 연기를 잘하고 있다는 것이 느껴졌다. 사실 정만의 연기라면 걱정을 하는 것도 이상했다. 습득이 빠른 만큼 못 본 사이에 조금 더 안정이 되어 있었다. 곽이정이 빠졌다고 흔들리고 그러는 건 없어 보였다. 그때, 연출을 맡은 감독이 촬영을 멈추며 말했다.

"아이, 대사 전달 하나도 안 되고, 표정도 여기서 좀 강해야 할 거 아니야. 야, 최정만. 왜 그러냐."

곽이정이 준 대본을 전부 보고 왔던 태진은 정만의 연기가 전혀 이상해 보이지 않았다. 그래서인지 정만도 지적을 이해하기 힘들어하는 얼굴이었다. 그때, 태진을 발견한 MfB 매니저가 다가왔다.

"팀장님, 오셨어요. 신입이시구나. 안녕하세요."

매니저는 태진과 신입 사원에게 인사를 했고, 태진도 인사를
한 뒤 곧바로 물었다.

"안녕하세요. 그런데 분위기가 왜 이래요?"
"분위기요… 이게 좀 계속 이러네요."
"왜요? 뭐가 문제인데요?"

태진은 정만이 왜 지적을 당하는 건지 이해할 수가 없었다.
그때, 매니저가 어색한 표정으로 대답했다.

"처음에는 안 그랬는데… 열정이 넘쳐서 그래요."
"그게 무슨 소리예요?"
"정만 씨가 진짜 열심히 준비했거든요. 그리고 감독님이랑 작
가님도 좋아했고요."
"그런데요?"
"그게… 시간이 가면서 좀 보는 게 바뀌는 거죠. 감독님이 원
하는 연기를 해 달라고 하는데 정만 씨는 자기가 생각한 게 맞
는 거 같다고 그대로 하자고 그러더라고요."
"아……."
"감독님 입장에서는 신인이 안 따르니까 화가 나죠……. 그게
쌓여서 저런 분위기가 만들어졌어요."

태진은 마음을 가다듬는 것처럼 보이는 정만을 바라봤다. 감
독의 입장도 이해가 되지만 정만의 입장도 이해가 되고 있었다.

"곽이정 팀장님은 뭐라고 하셨는데요."

"그게… 곽이정 팀장님은 정만 씨가 생각한 게 맞다 싶으면 그대로 하라고 하셨어요."

"네?"

"그게요……. 첫 단추를 잘 꿰야 된다고 그러면서 지금 흔들리면 연기 정체성을 잃어버릴 수 있다면서 하고 싶은 대로 하라고 하셨어요."

"어……."

"만약에 문제가 되더라도 드라마는 이것만 있는 게 아니니까 회사에서 책임지고 다른 드라마 섭외할 테니까 연기만 제대로 하라고……. 이게 말은 좋은데 현실은 이게 힘들잖아요. 그래서 정만 씨는 후… 그대로 하고 있어요."

곽이정의 말이 맞기도 했지만 일부러 적을 만들 필요는 없어 보였다. 그리고 회사까지 나간 사람이 할 말은 아니었다.

"언제 그랬어요?"

"어제도 촬영장 오셔서 그러고 가셨어요."

"어제도요?"

"네. 어제도 오셨죠. 감독님하고도 티격태격 그러고."

"싸웠다고요?"

"싸우진 않고 정만 씨가 먹을 욕만 대신 드시고 가셨죠. 그러면서도 하고 싶은 대로 하라고……."

이건 곽이정답지 않게 무책임하다는 느낌이 들었다.

"회사 그만둔다고 말 안 했어요?"
"하셨죠. 그래서 되게 자주 오셨어요."
"그런데도 그렇게 하라고 했어요?"
"네? 네. 믿을 만한 사람이 대신 올 거니까 걱정하지 말라고. 한 팀장님 그래서 오신 거 아니에요?"

태진은 순간 헛웃음이 나왔다.

'이래서 부탁이라고 한 거였네.'

어떤 문제도 없을 거라고 생각했는데 예상도 하지 못하던 문제가 있는 상태였다. 그렇다고 지금 와서 정만에게 감독의 지시대로 하라고 하기도 애매했다. 연기 정체성도 문제지만 지금까지 한 행동들이 회사를 믿고서 한 것이었는데 감독의 지시대로 하라고 하면 회사에 대한 믿음도 없어질 것이 뻔했다. 그리고 잠깐 본 것이지만 정만의 연기가 틀렸다고 생각하지 않았다.

'뭘 어떻게 해야 될까.'

감독이 정만의 연기를 인정하게 만드는 방법이 최선이었다. 다만 이미 틀어진 상태이다 보니 쉬워 보이진 않았다. 곽이정마저 욕을 먹었다는 말에 골치가 아파 왔다. 그때, 식사 덕분에 잠시 촬영이 중단되었다. 매니저는 이미 도시락을 챙겨 놓았는지 바로 정만을 데려왔다.

"어, 팀장 형! 언제 오셨어요!"

태진을 발견한 정만은 욕을 먹은 사람답지 않게 태진을 보며 반가워했고, 태진은 그런 정만에게 손을 흔들었다. 그러고는 신입 사원에게도 인사를 시켜 준 뒤 바로 나무 밑에 주저앉아 식사를 시작했다.

"차에서 먹고 좀 쉬지 그래요."
"차에서 먹으면 내려갔다가 바로 올라와야 돼서요. 그런데 진짜 오셨네."
"저 오는지 알고 있었어요?"
"곽이정 팀장님이 믿을 만한 사람 온다고 해서 형 올 거 같더라고요. 진짜 올 줄은 몰랐는데 형 보니까 되게 든든하네요."

정만은 씨익 웃으며 식사를 했고, 태진은 웃는 정만을 보자 마음이 씁쓸했다. 차라리 이번에 주연 삼인방과 들어가는 감독인 김희준 감독 같은 감독을 만났다면 정만이 마음껏 연기를 펼칠 수 있었을 텐데 연기를 잘하는데도 욕을 먹게 만든 것 같아 마음이 편하지 않았다.

"형, 제 연기 보셨어요?"

"네, 봤어요."

"형이 보기에는 어땠어요?"

"좋던데요? 그런데 약간 덜 가벼우면 더 좋을 거 같기도 해요."

"그래요? 그럴 수 있겠구나. 아무튼 형이 알려 준 대로 전체 흐름을 파악하고 한 거거든요. 형하고 같이했던 게 정말 도움이 많이 되는 거 같아요."

물론 아니겠지만 태진은 정만의 말이 지금 하는 연기를 태진에게 배운 것이니 책임지라는 말처럼 들렸다. 태진은 한숨을 삼키고는 천천히 물었다.

"감독님하고 괜찮아요?"

"괜찮아질 거예요."

"이제 시작인데. 촬영 많이 남았잖아요. 감독님이 요구하시는 건 어떤 건데요?"

"무조건 강하게만 하라고 하시네요. 후우… 그게 저도 좀 지나면 그렇게 하려고 했던 거거든요. 그런데 지금은 너무 이른 거 같아요."

정만은 주위를 살펴보더니 그동안 하지 못했던 말들을 꺼내 놓았다.

"사회에 물들어 있는 사람이 어떻게 강하기만 해요. 대본 보시면 동네 가게 사람들하고도 엄청 친한데 맨날 인상 쓰고 다니는 게 말이 안 되잖아요. 그건 나중에 제 부모가 악귀한테 당했다는 걸 알고서부터 강한 연기를 하는 게 맞는 거 같아요."

"그래요. 그렇게 얘기했어요?"

"그걸 얘기해서 지금 이래요. 제가 너무 많이 얘기해서 신경 거슬리게 했나 봐요. 그래도 감독님도 제가 하는 게 맞는 거 아셔서 진행은 되고 있어요. 좀 괜히 트집을 잡아서 그렇지."

걱정하지 말라는 듯 별거 아닌 것처럼 얘기를 했고, 태진은 그런 정만이 안쓰럽기도 하고 지금 상황이 답답하기도 했다. 그러다 보니 정만이 아닌, 풍경을 보게 되었는데 산 정상의 풍경이 묘하게 낯이 익었다.

"어?"

"왜 그러세요?"

"이 장소 되게 낯이 익어서요. 아! 여기 '노비'에서 나왔던 장소였구나."

"어? 어떻게 아셨어요? 지금 감독님 '노비' 연출하셨던 분이세요?"

드라마가 아니라 정만의 멘탈 케어를 부탁받은 것이기에 어떤 감독인지도 모른 채 왔다. 이럴 줄 알았으면 조금 더 자세히 알아보고 올 걸 하는 아쉬움이 생길 때, 옆에 있던 신입 사원의 입에서 감독의 이름이 나왔다.

"강정구 감독님이시네요."

"맞아요. 아시네요."

태진은 고개를 돌려 신입 사원 현미를 쳐다봤다. 그러고 보니 1차 면접 때 곽이정이 태진과 비슷한 자기 소개서가 있다고 했다. 다만 연예인들에 대한 분석이 아닌 연출에 대한 분석이었지만 태진이 보기에도 자신과 비슷한 사람처럼 느껴졌었다. 그 사람이 바로 현미였다.

"강정구 감독님 얘기는 자소서에 없었죠?"
"네… 강정구 감독님은 좀 제 스타일이 아니라서요."
"잘 알고 계세요?"
"잘은 아니고요……."

태진의 질문에 현미는 잔뜩 긴장한 채 주머니에서 휴대폰을 꺼냈다. 그러고는 휴대폰을 잠시 만지더니 설명을 늘어놓기 시작했다.

"노비 때까지만 해도 되게 연출이 좋았는데 그다음 작품이 직접 시나리오까지 쓰셨던 '어쩌다 우리'라는 로맨틱 코미디거든요."
"아, 알아요."
"아세요? 본 사람 거의 없는데. 여기 보면 마지막 화 시청률이 0.2%거든요."
"그런 자료가 다 있어요?"
"네, 모으다 보니까……."

태진처럼 머리에 있는 건 아니지만 별의별 자료가 다 있는 듯했다.

"사실 그때도 시청률이 안 나와서 그렇지 연출은 괜찮았어요. 그런데 이 작품부터 무너지기 시작하더라고요. 이다음에 나올 때 연출 홍보도 되게 많이 했거든요. 노비를 연출한 강정구가 지휘를 맡아 조선시대 최고의 활잡이 얘기를 풀어 낸다, 이렇게요."

"과녁?"

"네! 맞아요! 과녁! 어떻게 다 아세요?"

"그냥 봐서 알아요. 그런데요?"

"그것도 망했거든요. 전개가 중간을 건너뛴 것처럼 너무 빨랐어요. 그래서 시청자들도 막 떨어져 나가고 평가도 되게 안 좋았거든요. 그 뒤로부터는 점점 더 심해지더니 한동안 연출 안 하셨어요. 아마 이게 복귀작이신 거 같아요."

태진은 고개를 끄덕거렸고, 정만과 매니저는 신기하단 얼굴로 현미를 쳐다봤다. 그중 매니저가 눈을 껌뻑이며 말했다.

"지원 팀은… 다 이래요? 팀장님도 그러시더니……."

태진은 피식 웃고는 고개를 돌려 강정구 감독을 쳐다봤다. 지금도 뭐가 그렇게 불만인지 식사를 하는 중에도 불평을 늘어놓고 있었다. 저런 걸 보면 딱히 정만이 잘못한 게 아니라 그저 화풀이 대상이 된 듯했다.

'시청률 때문에 초조한가······.'

평가에 휘둘려 자신의 색을 잃은 사람처럼 보였다. 하지만 과거의 영광은 잊을 수 없기에 되찾으려고 하지만 뜻대로 안 되다 보니 불만으로 표출이 되는 듯했다. 지금 촬영 장소도 그때의 영광을 찾기 위해 비슬산으로 잡은 듯했다.

'이래서 지휘관이 중요하다는 거네.'

그래서인지 다른 배우들도 그다지 밝은 표정들은 아니었다. 태진은 그런 강정구를 물끄러미 쳐다보며 생각에 잠겼다. 정만이 옳다는 걸 직접 느끼게 해 준다면 해결이 될 듯싶었다. 물론 방법이 어렵겠지만.

'음······.'

태진은 정만을 가만히 쳐다봤다. 정만은 태진이 자신을 걱정하느라 말이 없다고 생각하는지 억지로 미소를 지으며 말했다.

"걱정하지 마세요. 제가 잘하면 인정해 주시겠죠."

태진은 그런 정만을 보며 가볍게 미소를 지었다. 물론 티가 나진 않지만 눈빛만큼은 따뜻했다. 단우가 보살펴 주고 싶은 스타

일인 반면 정만은 혼자서 해내 가는 믿음직한 스타일이었다. 태진은 그런 정만을 보며 말했다.

"잠시만요. 이번에는 날 믿어 봐요. 휴대폰 줘 보실래요?"

그 말을 끝으로 태진은 곧바로 정만의 휴대폰에 무언가를 적기 시작했다.

정만은 이게 무슨 일인가 싶었지만, 태진을 믿기에 태진이 시키는 대로 했다. 곧바로 태진이 휴대폰에 대사를 적어 주었고, 그것을 외울 수 있냐고 물었다.

"이게 무슨 대사예요……?"
"노비에 나온 대사예요."
"노비요?"
"네, 강정구 감독님이 연출한 노비. 아까 말한 거요."
"아… 형은 대사도 다 아세요?"
"전부 다는 아니고 중요한 몇몇 장면은 알아요. 이 장소가 시작과 끝이나 다름없어요. 초반에 중요했던 장면도 여기였거든요. 양반이면서 추노꾼이 된 주인공이 연민했던 여종이 있는데 그 여종이 다른 노비들하고 주인공 집안에 불을 지르고 다른 노비들하고 도망을 쳤어요. 아시죠?"
"네, 기억나죠. 저도 재밌게 봤어요."
"그때 추노꾼이 되고 난 뒤 대사고요. 이 뒤에는 마지막 화에 나온 대사예요. 처음 다짐을 했던 장소에서 여종을 용서하고 이해하는 장면, 그리고 희생하는 그런 장면이에요."

대사를 가만히 보던 정만은 고개를 끄덕거렸다. 대사의 양이
그렇게 많지 않았기에 어렵진 않았다. 다만 어떤 연기를 펼쳐야
하는지 적어 둔 지문이 어려웠다.

"처음에는… 분노와 함께 애증이 남아 있다는 연기인데… 이
걸 어떻게 해야 돼요?"
"그건 제가 할게요. 그게 정말 좋았던 장면이라 많이 어려울 건데
최대한 도와줄게요. 이건 현미 씨가 오디오 팀에 좀 부탁하세요."

태진은 자신의 휴대폰을 현미에게 건넸고, 현미는 곧장 알아
차렸는지 고개를 끄덕거렸다. 다만 경험이 없다 보니 잔뜩 긴장
한 얼굴이었다. 그때, 정만이 대사를 보며 다시 질문을 했다.

"이 뒤에도요? 분노를 하지만 그 분노가 여종이 아니라 다른
곳에 향해 있고, 여전히 사랑하기에 새롭게 만든 여종의 가족을
위해 희생을 하는 건… 이건 어떻게 해야 돼요? 후, 이거 지금
하는 드라마보다 더 어려운데요."
"이미 나왔던 드라마라서 일단 연기만 하면 나머지는 사람들
이 연상할 거예요. 내가 일단 한번 보여 줄게요."

태진은 주위를 한 번 살펴본 뒤 입을 열기 시작했다.

"잘 살아라… 너의 그 사람과 너의 아들과… 오랜 시간이 흘러 우리 다시 만날 때 어찌 살았는지 얘기해 주렴. 나의 연정아, 나의 사랑아……. 이거 여종을 구해 주는 장면에서 죽을 거 알고 하는 독백이에요."

"오 마이 갓……."

"지금 조용하게 했는데 외치듯이 하면 돼요. 이 느낌으로. 차오름 배우님이 있었으면 더 잘하셨을 텐데."

"지금도 충분한데요……."

정만뿐만이 아니라 매니저와 신입 직원인 현미까지 놀란 눈으로 태진을 봤다.

"형은 진짜… 목소리 떨리는 디테일까지……. 형 진짜 연기하는 게 좋을 거 같아요."

"나보다 정만 씨가 더 잘할 거예요. 표정까지 더해지면 훨씬 나을 거예요."

태진의 응원 덕분인지 정만은 천천히 대사를 연습했고, 연습이 계속될수록 태진의 고개가 끄덕거려졌다.

"그리고 이 뒤에 대사는 저랑 하는 대사고요."

"이걸… 꼭 해야 돼요……? 이거 아부 아니에요?"

"이거 하려고 앞에 한 거예요."

"후, 알겠어요……."

정만은 태진이 준비한 대화까지 전부 외우기 시작했다. 그러는 사이 태진은 매니저와 현미에게 지시를 하기 시작했다.

"현미 씨는 아까 내가 준 거 신호 주면 진행하시고 매니저님은 소품 팀에 이런 거 있나 한번 찾아봐 주세요."

$*$ $*$ $*$

잠시 뒤, 강정구 감독은 의자에 앉아 주변 풍경을 바라봤다. 정상이다 보니 뻥 뚫린 풍경이 시원했지만 마음은 답답했다. 다만 스스로도 꼭 집어 어떤 부분 때문에 답답한지는 알지 못했다. 모든 것이 답답하고 마음에 들지 않았지만 어렴풋하게나마 그렇게 느끼는 이유를 알고 있었다.

'이번엔 잘돼야 될 텐데. 하아.'

노비 이후로 사람들에게 좋은 반응을 얻은 작품이 하나도 없었다. 그다음 작품에서 저조한 시청률을 기록했을 때만 하더라도 사람들이 작품을 모른다고 생각했는데 그 이후로도 계속 같은 반응이 나왔다. 방송국에서는 몇 번이나 기회를 줬지만 그때마다 전부 실패를 했고, 더 이상 드라마 연출을 맡기지 않게 되었다.

그러던 중 ETV의 스카우트 제안을 받았고, ETV로 방송국을 옮기게 되었다. 그리고 지금 작품이 ETV에서의 첫 작품이다 보니 자신을 스카우트해 준 ETV를 위해서, 그리고 자신을 버린 KBC에 보란 듯이 좋은 작품을 뽑고 싶었다.

그러기 위해서는 배우들의 영향력도 커야 하는데 주연이 라이브 액팅에서 우승한 신인이었다. 그러다 보니 믿음이 영 가지 않았다. 게다가 연기 고집까지 있어 자신을 우습게 보는 듯한 생각마저 들게 만들었다. 사실 정만뿐만이 아니라 모두가 자신에게 손가락질을 해 대는 것만 같았기에 그걸 이겨 내기 위해 공격적으로 받아친 것이었다.

좋은 시나리오로 만든 똥이라는 평가를 받은 이후 모든 것이 신경 쓰였다. 그때, 처음 보는 얼굴이 다가왔다.

"안녕하세요. MfB에서 최정만 배우 담당하는 한태진이라고 합니다."

"아, 그래요."

그저 잘 봐 달라고 말을 했던 곽이정과 같은 회사였기에 강정구는 건성으로 인사를 받았다. 이번에도 옆에 붙어서 정만에 대해 얘기를 늘어놓을 게 뻔했다. 그런데 인사를 한 사람은 다시 고개를 숙여 인사를 하더니 저쪽으로 가 버렸다.

"뭐야. 허, 참."

귀찮게 할 줄 알았는데 막상 가니 어이가 없었다. 그러다 보니 태진을 쳐다보게 되었고, 태진은 아까 촬영했던 암석 위에 자리를 잡았다. 그리고 그 앞에는 정만이 있었다. 감독은 못마땅한 얼굴로 마이크를 잡았다.

"뭐 하냐? 쉴 때 쉬고 할 때 잘해야지."

그때, 정만이 고개를 돌리더니 활짝 웃는 얼굴로 큰 소리로 외쳤다.

"저 꼭 해 보고 싶었던 게 있어서요. 다른 분들 방해 안 되게 하겠습니다!"

감독은 신경 끄겠다는 듯 한숨을 뱉고는 고개를 돌렸다. 그것을 허락의 의미로 생각했는지 정만이 갑자기 웃통을 벗었다. 아직 추운 날씨였고, 산이라 더 추운데 갑자기 웃통을 벗다 보니 촬영장의 모든 사람들이 정만을 주시했다. 그때, 어디서 구해 왔는지 매니저가 조끼를 건네더니 휴대폰으로 촬영하기 시작했다.
그리고 정만은 맨살에 조끼만 입더니 촬영 팀을 등지고 섰다. 그러고는 팔을 벌리더니 고함을 치기 시작했다.

"으아아아! 아아!"

고함을 꽤 길게 지르다 보니 이제는 모든 사람들이 정만을 지켜봤다. 그때, 촬영장 스피커에서 노래가 나오기 시작했다.

"뭐야, 이거 노비 OST 아니야?"

"추억 돋는다."

"푸하하. 노비 따라 하고 있는 거네."

"하도 욕먹으니까 감독님한테 예쁨받으려고 하네. 귀엽네. 하하."

감독은 순간 인상을 찡그리며 음악을 끄라고 하려 할 때, 알아서 음악이 줄어들었다. 그러더니 정만이 대사를 뱉기 시작했다.

"어디에 있는 거냐. 어디에 있어! 찢어 죽일 테다! 하하하하. 아니지, 아니야. 네가 버리고 갔던 모든 걸 뼈저리게 후회하도록 만들어 주지. 기다려라."

그와 동시에 다시 음악이 커졌고, 정만은 미친 사람처럼 허리까지 젖혀 가며 웃었다. 그와 동시에 사람들의 말소리가 들려왔다.

"저 장면 기억난다. 진짜 소름 돋았었는데."

"뭐야, 잘한다. 저러다 목 나가겠는데?"

"쟤가 연기를 참 잘해. 내가 라액 때부터 봤다니까. 요즘 젊은 애들 같은 연기가 아니야."

"궁금해. 어떤 표정 짓고 있을지."

주위에 들리는 말을 듣자 감독도 내심 궁금해졌다. 그렇다고 뒤돌아서 연기하라고 하기에는 자존심이 허락지 않았다. 그러다 보니 정만을 유심히 관찰하기 시작했고, 그때 마침 정만이 뒤를 돌았다. 약간 고개를 숙인 채 세상에 대한 분노를 두 눈에 담고 있었다. 그러던 중 OST에서 울부짖는 목소리가 들려왔다. 정만은 그 노래에 맞춰 고개를 들더니 천천히 주위를 둘러봤다. 그런데 OST 때문에 그 모습이 굉장히 쓸쓸하고 처량하게 보였다.

그냥 하는 연기 수준이 아니라, 아예 드라마의 한 장면을 완성시켜 버렸다. 그러다 보니 사방에서 박수가 터져 나왔다.

"잘한다! 이야, 재주꾼이네."
"야, 이렇게 하면 편집도 안 해도 되겠다. 하하하."

정만은 사람들의 박수에 웃으며 고개를 꾸벅 숙였다. 그러고는 감독을 향해 외쳤다.

"저 한 장면만 더 해도 될까요? 꼭 하고 싶었던 거라서요. 저 Y튜브에 꼭 올리고 싶었던 장면이라서요."

정만을 지켜보던 감독은 자신에게 집중되는 시선에 흠칫 놀랐다. 그러고는 관심 없다는 듯 마음대로 하라는 의미로 손을 휘저었다. 그러면서도 시선은 정만에게 향해 있었다. 그때, 매니저가 이번에는 막대기 하나를 정만에게 주더니 뒤로 빠졌다. 그러고는 다시 휴대폰으로 촬영을 했다. 그때, 아까 감독에게 인사했던 태진은 똑같이 막대기를 들고는 정만과 대치하듯 섰다.

그리고 기다렸다는 듯이 OST가 흘러나왔다. 다들 이 상황이 웃긴지 오디오 감독과 정만을 보며 웃었다.

"언제 짰어."

"둘이 언제 이런 걸 준비했어."

오디오 감독은 재미있는지 그저 웃기만 했고, 대신 옆에 있던 현미가 잔뜩 상기된 얼굴로 사람들의 반응에 좋아하고 있었다. 그때, 카메라 감독도 감독의 눈치를 보더니 조용히 물었다.

"감독님, 이거 담는 게 어떨까요? 메이킹으로 만들어서 분위기 좋다는 거 보여 줘도 좋을 거 같은데요."

"귀찮게 뭘 이런 걸 해."

"요새 젊은 친구들 이런 거 좋아하거든요. 촬영장에서 있었던 비하인드라든가 그런 걸 궁금해하더라고요."

"알아서 해."

감독의 허락을 받자 카메라 감독은 오디오 팀까지 붙여 버렸다. 그러다 보니 정말 촬영을 하는 것처럼 진행이 되었고, 이렇게까지 될 거라고는 생각하지 못했던 태진이 오히려 긴장이 되었다. 그러자 정만이 웃으며 말했다.

"형, 긴장하지 마요."

"티 나요?"

"그럼요. 대사도 다 내가 하는데 형이 왜 긴장해요."

"하하. 그러네요."

나무 막대기를 몇 번 휘두르는 역할인데도 긴장이 되는 건 어쩔 수 없었다. 정만도 신인이지만 그래도 경험이 있어서인지 오히려 태진을 격려하더니 연기를 시작했다. 태진과 정만이 나무 막대기가 정말 칼인 양 들고선 서로를 노려보며 휘두르기 시작했고, 그러다 둘 다 막대기를 떨어뜨린 뒤 몸으로 부딪히기 시작했다.

　"와… 저렇게까지 할 일인가?"
　"장난 아닌데? 진짜 실감 나는데?"

　스태프들은 모두 감탄하며 연기를 지켜봤고, 감독도 어느새 모니터를 통해 두 사람의 연기를 보고 있었다. 그러던 중 정만이 악에 받친 표정을 지으며 먼 곳을 지켜봤다. 분명 그곳에는 아무도 없는데 드라마에서 봤던 것처럼 관군이 소리를 치며 달려오는 것처럼 보였다. 그와 동시에 정만의 입에서 표정과 다르게 애틋한 목소리가 들려왔다.

　"잘 살아라… 너의 그 사람과 너의 아들과… 오랜 시간이 흘러 우리 다시 만날 때 어찌 살았는지 얘기해 주렴. 나의 연정아, 나의 사랑아… 으아아앗!"

　마지막에 소리를 지르며 앞으로 달려 나갔고 감독은 자신도 모르는 사이에 손가락을 튕겼다. 자신이 만든 최고의 장면 중 하나가 바로 이것이었다. 하지만 이내 표정 관리를 하며 들고 있던 손을 내렸다. 그때, 옆에서 그 모습을 봤는지 조연출 한 명이 웃으며 말했다.

"잘하네요."

"잘하기는. 그냥 있는 걸 따라 한 것뿐인데 그게 칭찬받을 일이야?"

"그래도요. 잘하잖아요. 저거 보니까 제가 진짜 대단한 감독님이랑 하고 있다는 걸 새삼 느끼게 되네요. 정말 대단하세요."

"뭘 대단해. 저거 찍을 때 얼마나 고생했는데."

감독은 주변 사람들의 칭찬에 머쓱하게 웃으면서 예전 촬영 때 얘기를 꺼냈다. 지난 얘기긴 하지만 그걸 기억해 주는 사람들의 말에 기분이 좋은 건 어쩔 수 없었다. 그래서인지 정만에게 계속 신경이 쓰였다.

정만은 연기를 마치고 태진이 지문으로 다 적어 둔 내용대로 감독에게서 약간 떨어져 있지만 대화는 들릴 수 있을 만한 위치에 자리를 잡았다. 그러자 스태프들에게 재미있었다고 칭찬 세례를 받았고, 어떤 스태프들은 감독도 좋아할 거라면서 잘했다고 격려도 해 주었다. 하지만 아직 준비한 것이 남아 있었기에 헛기침을 하며 분위기를 잡았다. 그러자 태진이 먼저 말을 하기 시작했다.

"이걸 이렇게 꼭 하고 싶었어요?"

"그럼요! 제 인생 드라마인데요."

"노비가요?"

"네! 제가 배우 꿈을 꾸게 만든 드라마이기도 하고 제 연기의 지침서가 된 드라마이기도 하죠."

"그 정도예요? 그럼 롤 모델이 이혁 배우님이겠네요?"

"맞아요! 제가 진짜 스무 번은 넘게 봤거든요?"

"그런 거 같아요. 그러니까 대사도 다 알고 있지."

"대사는 기본이죠. 대사보다 감정 씬 디테일이 진짜 좋더라고요. 처음에는 분노로 시작하더니 흐를수록 분노에 애증이 섞여 있는 게 보이더라고요. 그러더니 애증이 더 커지면서 원망으로 바뀌더니 결국은 이해를 하고, 마지막에는 희생을 하더라고요. 시간 차로 그런 감정을 분배하는 게 너무 좋았어요."

태진은 감독을 힐끔 쳐다봤다. 이미 정만의 얘기에 귀를 기울이며 생각이 많은 표정을 짓고 있었다. 그때, 정만이 마지막으로 쐐기를 박았다.

"지금까지 진짜 많은 드라마를 봤는데 아직까지 구성만큼은 노비가 최고예요."

그 말과 동시에 감독의 헛기침 소리가 들려왔고, 태진의 입술도 부르르 떨렸다.

*　　　　*　　　　*

잠시 뒤, 다시 촬영이 시작되었고, 태진은 스태프들 사이에 자리를 잡았다. 그러고는 정만이 아닌 스태프들을 관찰하기 시작했다. 전부 다 촬영에 집중을 하고 있기에 별다른 말이 들리진 않았지만 표정만 봐도 한결 편해져 있다는 것이 보였다. 그리고 잠깐 촬영이 중단되면 저마다 입을 열었다.

"그래, 이게 촬영장 분위기지."
"제가 말했잖아요. 정만이 쟤, 보통이 아니에요."
"그러게 드라마 처음이라면서 분위기를 만드네."
"감독님 표정 보세요. 아부도 할 줄 알고. 애가 싹싹해."
"그게 아부냐? 아까 표정 못 봤어? 진짜 자기가 좋아하니까 한 거지. 아다리가 딱 맞아떨어진 거지."
"하긴 좋아하니까 대사도 다 알고 있었네."

스태프들의 말을 들어 보면 그동안의 분위기와 꽤 달라졌다는 걸 알 수 있었다. 그저 흉내를 낸 것뿐이었지만 확실히 분위기가 바뀌었다. 그때, 또 다른 스태프들의 입에서 곽이정에 대한 말이 나왔다.

"휴, 진짜 다행이에요. 저렇게 욕먹고 배우 안 한다고 할 거 같아서 좀 걱정했는데."
"욕은 정만 씨가 먹진 않았죠. 그 맨날 잠깐씩 오던 분. 그 사람이 욕먹었지. 올 때마다 스태프들 커피 사 오지, 간식거리 사 오지. 그래서 미안했는데 다행이야."
"아! 맞다! 커피 사 올 때마다 미안해서 받기도 난감했는데. 우리가 힘이 좀 있으면 커버라도 해 줄 텐데 힘이 없으니까 혼나는 거 보면서 미안해지더라고요."

"나도 그랬어. 맨날 커피 사 오지, 간식 사 오지. 대단해."

"정만 씨가 회사에서 미는 배우라서 그런 거 아니에요?"

"아무리 민다고 해도 신인이잖아. 누가 그렇게 돈을 써. 예쁘게 봐 달라고 사 오는 것도 한두 번이지 매번 사 오잖아."

"MfB가 돈이 많나?"

태진은 곽이정이 어떤 생각으로 스태프들에게 간식을 사다 바쳤는지 바로 알아차렸다. 곽이정 성격에 회사 돈이 아닌 본인의 돈으로 간식값을 해결했을 것이다. 한두 번이라면 그럴 수 있다 하지만 스태프들의 말을 들어 보면 간식값만 해도 상당할 것이었다. 그렇게까지 한 이유는 정만에게 편을 만들어 주기 위해서였던 듯했다.

'이혜영 씨처럼 안 되게 하려고 노력했네…….'

자기 편 없이 혼자 외로이 촬영했던 이혜영처럼 만들지 않으려고 한 일일 것이었다. 그리고 지금 분위기를 보면 스태프들만큼은 정만의 편처럼 느껴졌다. 이런 걸 보니 곽이정의 퇴사 소식이 아쉽기도 했다. 그때, 옆에 있던 현미가 조용히 속삭였다.

"팀장님."

"네?"

"최정만 배우님 지금… 또 혼나는 거 같은데요?"

고개를 돌려 보니 감독이 정만을 불러들여 심드렁한 표정으로 무언가를 얘기하고 있었다.

"혼나는 거 아닌 거 같은데요?"

"약간 혼나는 거 같은데……."

"정만 씨 표정 보세요. 저 표정이 예전에 라액 할 때도 종종 나왔던, 뭐 배울 때 나오는 표정이거든요. 아마 뭐 가르쳐 주시고 계신가 봐요."

"그런가요……?"

거의 확실하지만 혹시나 현미의 판단이 맞을 수도 있다 보니 태진은 대화가 들릴 만한 위치로 살금살금 움직였다. 조금 가까이 가자 감독이 모니터를 보여 주며 정만에게 하는 말이 들렸다.

"너, 여기 너무 나갔어. 캐릭터가 밝은 건 맞아. 그래도 여기서는 너무 밝아선 안 돼. 무슨 생각으로 이렇게 한 거니?"

"가까운 스승님이 걱정하는 게 싫어서 일부러 좀 가볍게 보이게 한 거거든요."

"그래, 제대로 이해했네. 그런데 아직 촬영은 안 했는데 이 씬 전에 나올 씬이 뭐야."

"악귀를 피해 도망친 꼬마를 구해 주는 씬이요."

"그래, 그 꼬마가 네 캐릭터의 데자뷔처럼 보이려고 만든 장치야. 순서상 지금은 모르고 있지만 악귀한테 부모를 잃은 걸 보며 마음이 쓰였잖아. 그걸로 인해서 부모이자 스승이 생각나 스님을 만나러 온 거고. 그렇지?"

"네."

"그러면 너무 가볍게만 보이면 되겠니?"

또 지적을 당한다고 생각하던 정만은 씁쓸해하며 그저 감독을 말을 듣고 있었다. 자신이 생각하기에는 지금 한 연기가 맞다는 생각이었는데 감독은 계속해서 캐릭터의 강한 모습만을 부각시키려고 하고 있었다. 이번에도 같은 상황이라 생각하며 묵묵히 얘기를 듣고 있을 때, 감독의 입에서 예상과 다른 말이 나왔다.

"내가 왜 자꾸 강하게 하라고 한 거 같아?"

"네?"

"뭘 네야. 너, 지금 너무 가벼워. 그래서 그걸 줄일 필요가 있어서 그런 거야. 부모님 생각나서 스님을 만나러 왔는데 너무 가볍기만 한 건 좀 아니지 않아? 그렇다고 당장은 너무 무거울 필요는 없어. 그래도 친부모에 대한 궁금함이라든가 자기를 키워준 스님에 대한 고마움이라든가 그런 걸 담아내야지."

이렇게까지 자세하게 지적을 해 준 적이 없다 보니 정만은 약간 당황한 얼굴로 감독을 봤고, 감독은 여전히 시큰둥한 표정으로 말을 이었다.

"내가 왜 계속 강하게 하라고 했을 거 같아? 그게 네 원래 했던 연기보다 그냥 강하게 보이는 게 더 나을 거 같아서 그랬어.

그런데 방금 한 연기 보니까 희망이 보여서 그래. 원래는 너무 가벼웠는데 방금은 그 가벼움이 조금 줄어들었더라고."

확실히 태진이 가볍다고 했던 말 때문에 아주 조금 자제하며 연기를 했다. 그런데 강 감독은 그걸 바로 알아차렸다.

"그래서 해 볼 만할 것 같아서 얘기하는 거야. 단독 샷 찍을 때 그때 담아도 되는데 기본적으로 전체적인 분위기도 중요해. 가벼움은 우리가 배경음 같은 거나 편집으로 만들어 줄 수 있어. 그런데 그리움이나 의문, 이런 표현은 네가 해야 되는 거야. 알겠어?"
"아… 네."
"오케이, 그럼 잠깐 생각해 보고 10분 뒤에 다시 들어가 보자."
"네, 감사합니다."

정만은 꾸벅 인사를 했고, 그와 동시에 매니저가 정만에게 따라붙어 대본을 건네주었다. 정만이라면 금방 감독이 원하는 연기를 할 수 있을 것이라 믿기에 큰 걱정은 없었다. 그때, 감독과 조연출이 하는 말이 들렸다.

"유 PD, 내일도 여기 잡아 둬라."
"네? 내일도요? 내일 장소 섭외한 곳들은……."
"거기도 잡아 두고 일단 여기도 잡아 둬."

만약 해가 진다면 시간상 흐름이 꼬일 수 있기에 내일 촬영도 염두에 두고 한 말이었다. 하지만 조연출은 난감해하는 표정이었다. 그런 조연출의 표정을 보던 강 감독은 정만을 향해 고갯짓을 했다.

"이 그림, 잘 나올 거 같아서 그래. 내가 잘 나올 거 같다고 한 건 잘 나온 거 알지?"

"그럼요."

"쟤가 이제야 좀 싹이 보이네. 잘하면 오늘 끝날 거 같기도 하고. 아무튼 잡아 둬."

"네, 알겠습니다… 그런데 마음에 드셨나 보네요."

"뭐가?"

"정만이요. 이렇게 친절하게 설명해 주신 건 처음 봐서요."

"마음에 들기는. 아직 멀었어. 흰소리 말고 준비나 잘해."

감독의 말을 들은 태진은 기분 좋다는 듯 입술을 씰룩거렸다. 현미는 그런 태진을 보며 약간 놀란 표정을 지었고, 태진은 어깨를 으쓱거리며 다시 조용히 자리를 옮겼다.

"팀장님, 팀장님."

"네?"

"진짜 어떻게 아신 거예요?"

"뭘요?"

"강정구 감독님이 아부 좋아하는지 어떻게 아신 건지 궁금해서요. 아까 말씀하시는 거 보면 처음 뵙는 거 같은데……."

"아부요?"

"네… 아까 감독님 비위 맞추려고 최정만 배우님한테 노비 연기 하라고 하신 거 아니에요?"

"그거 아부하는 것도 맞는데 다른 것도 있죠."

현미는 하나라도 더 배우겠다는 듯 휴대폰까지 꺼내 들어 아예 녹음을 하고 있었고, 태진은 그런 현미를 보며 입술을 씰룩거렸다.

"강정구 감독님의 초심을 찾게 만든 거예요. 아까 정만 씨가 구성만큼은 최고라고 얘기했잖아요. 그러니까 정만 씨 연기를 제대로 볼 수 있었던 거죠."

"아……."

"그게 안 통하면 마냥 안부를 한 셈이고 통하면 좀 더 좋은 드라마가 나오겠죠."

"통했네요……."

태진은 웃으며 고개를 끄덕거렸고, 그사이 정만이 다시 촬영을 하기 위해 카메라 앞에 섰다.

*　　　*　　　*

며칠 뒤. 태진은 그렇게 편하던 지원 팀 사무실이 지금은 몹시 불편했다. 주연 삼인방은 신입 사원이 온 뒤로 방문을 하지 않았기에 그 사람들 때문이 아니었다. 그 이유는 바로 현미에게 있었다. 정만을 만나고 온 이후 현미가 같은 신입들에게 녹음 파일을 공유

했고, 그것을 수잔과 국현까지도 알게 되었다. 두 사람은 같이 일하면서 이런 일을 많이 겪었다 보니 놀라지 않았다. 오히려 이 정도 일은 보통이라며 그동안의 일들을 신입들에게 얘기해 주었다.

신입 사원 때 이정훈 배우를 캐스팅했던 일부터 시작해 채이주를 비롯해 지금까지 있었던 여러 가지 일들을 전부 설명해 주었다. 그때부터 다들 태진을 신처럼 보기 시작했다. 불과 1년도 안 돼 팀장 자리에 앉은 것으로도 부족해 지금은 회사에서 중요한 사람이 되어 있다 보니 태진이 무슨 말만 하면 다들 목숨이라도 내놓을 자세였다. 그리고 거기에 쐐기를 박는 사건이 생겼다.

따로 지시받은 일이 없던 신입들이 가만있기 불편했는지 사무실 정리를 했고, 사무실에 놓아 두었던 소품을 발견했다. 일반 사람들이라면 모를 수도 있지만, MfB에 취직을 한 만큼 이에 관심이 있던 신입들은 그게 뭔지 바로 알아차렸다.

"선배님."

"선배 아니라니까요. 그냥 국현 씨라고 불러요."

"그게… 좀…….''

"아무튼 왜요? 뭐 궁금한 거 있어요?"

"그게 아니라요. 이거요."

"어! 그게 왜 거기 있지."

"이거… 가면맨 가면 아니에요?"

바로 가면맨으로 활동할 때 썼던 가면이었다. 침 냄새 난다고 국현이 수십 개를 준비했고, 그중에 남아 있던 것을 발견한 것이었다. 국현은 당황하며 태진을 봤고, 태진도 가면을 보고 처음에는 당황했다. 하지만 괜히 변명을 하거나 숨기다가 신입들의 입에서 이상한 말이 나오면 예측할 수 없는 상황으로 번질 수 있기에 아예 단속을 하는 편이 나을 것이라 생각했다. 자칫하면 가족이나 친구들에게 MfB가 가면맨하고 연관되어 있다고, 그런 말을 흘릴 수도 있었다. 그러다 보면 소문이 소문을 만들 수 있기에 그냥 지금 밝히는 것이 나아 보였다. 태진이 수락을 하자 국현은 기회다 싶었는지 마치 태진을 연기의 신처럼 포장하며 그가 가면맨임을 밝혔다.

"진짜 대박이었어요. 지금 드라마 출연하는 정광영 씨도 팀장님한테 지도받았고, 우리 정만 씨도 그렇고, 아무튼 플레이스에서 하는 연극 프로젝트를 우리 팀장님이 만든 거나 다름없어요. 그리고 저도 팀장님이 자리 비울 때 가끔 가면맨으로 활동하기도 했고요. 하하. 나가!"

묘하게 과장된 느낌이었지만, 그렇다고 없는 얘길 하는 것도 아니었다. 그때, 수잔이 상황을 정리하며 말했다.

"이거 회사 기밀이라서 밖에 나가서 절대 얘기하면 안 돼요. 가족들 누구한테도. 알죠?"

"네……."

"이거 너한테만 말해 주는 비밀인데, 이런 거 절대 하면 안 돼요. 회사 차원에서 고소 들어갈 거예요."

"아! 네!"

정리를 하려고 한 말이었지만 그 말 때문에 신입 사원들은 태진을 더욱더 경외하는 시선으로 바라봤다. 이젠 아예 회사에서 나서서 보호하는 사람으로 인식이 되어 버렸다. 그리고 그런 것들이 모여 지금 같은 상황을 만들어 버렸다.

　태진이 일어나기만 해도 모든 시선이 태진에게 쏠렸다. 마치 일거수일투족을 감시당하고 있는 것 같은 기분이었다. 그때 태진의 휴대폰이 울렸고, 동시에 또다시 그에게로 시선이 쏠렸다. 태진은 시선을 피해 의자를 돌린 채 전화를 받았다.

“어, 왜.”
—뭐야, 사랑하는 동생 전화를 왜 그렇게 받아.
“아니야. 왜, 무슨 일 있어?”
—큰형, 나 진짜 쩌는 듯.
“왜?”
—대박! 나 붙었다! 내가 말했지! 나 대학 간다고!
“진짜? 진짜로? 오늘 발표 난 거야?”
—어! 내가 말했잖아. 놀고먹어도 대학 간다니까.
“하하, 진짜 대단하다. 잘됐다. 오늘 형이 집에 갈 때 고기 사 갈까?”
—아니야. 축하는 나중에 해야 돼. 나 지금 극장이거든. 오늘 늦게 끝날 거 같아.
“아, 그래? 너무 좋다. 태은이 진짜 축하해.”

　면접을 잘 봤다고 했을 때부터 기대는 했는데 진짜 합격 소식을 듣자 이루 말할 수 없는 기분이었다. 태진이 환하게 웃으며 의자를 돌리자 총 16개의 눈동자가 자신을 향해 있는 것이 보였다.

"스흡, 지금 팀장님 표정이 세상에서 제일 기쁜 표정이니까 기억들 해 두시고."

"네!"

"뭘 그렇게 다들 진지하게 대답해요. 무슨 농담을 못 하겠네. 그런데 팀장님, 한 부장님 합격하셨대요?"

"네! 붙었대요!"

"수석으로요?"

"그건 모르겠는데……?"

"아무튼 대단하네요! 축하드려요!"

"하하, 감사해요."

"와, 대단하다. 그럼 이제 한태민 작가님 소식만 들리면 되겠네요?"

그때, 한 신입 사원이 눈을 동그랗게 뜨더니 국현에게 물었다.

"한태민 작가요? 오직 주 쓴 사람 말하는 거예요?"

"어? 아시네? 소설 좀 보나 봐요."

"그럼요. 제 인생작인데!"

"그분이 저희 팀장님 동생분이세요."

그 말과 동시에 몇몇 신입 사원들의 눈빛이 아까보다 더 반짝거렸다. 그 모습을 보자 태진은 웃음이 나왔다. 자신도 인정을 받고 있긴 하지만 태민은 그저 이름만 밝혔을 뿐인데도 저런 반응을 끌어내 버렸다. 그래서인지 태진은 국현이 말했던 것처럼 세상에서 제일 기쁜 사람처럼 미소를 지었다.

*　　　*　　　*

며칠 뒤. 지원 팀 사무실 문이 벌컥 열렸다. 태진은 오랜만에 등장하는 세 사람의 모습을 보자 미소를 지으며 일어났다. 셋이 겹치는 씬이 많다 보니 아직도 회사 연습실에서 연습을 하는 중이었다. 회사에 있다는 것은 알고 있었지만 바쁘다 보니 만나는 건 오랜만이었다. 태진은 반갑기도 하고 연습에 대해서 궁금하기도 했기에 세 사람을 맞이하려 했다. 그때, 세 사람을 처음 보는 신입 사원들의 눈빛이 느껴졌다.

태진은 가볍게 웃고는 신입 사원들에게 먼저 인사를 시켜 주려 했다. 하지만 태진이 얘기를 꺼내기도 전에 이주가 빠른 걸음으로 들어오더니 갑자기 얼굴을 쑤욱 내밀었다. 그러고는 태진을 이리 저리 살펴보더니 이내 실망했다는 듯한 표정으로 한숨을 뱉었다.

"이거 봐, 모르네."

태진은 국현과 수잔에게 도움을 청하는 눈빛을 보냈지만, 두 사람 역시 모르는 눈치였다. 하지만 다행히 이주를 따라온 단우와 차오름이 입을 벙긋거려 준 덕분에 무슨 상황인지 유추할 수 있었다.

"구독자?"

"어? 알고 계셨어요?"

"백오십만 넘으신 거요?"

"아! 역시! 내가 알 줄 알았어요!"

"방금 모르고 있을 거라고 확신한 표정이었는데."

"아니에요. 우리 오면서 내기도 했는데. 둘은 모른다, 나는 안다! 역시 믿고 있었다구!"

내기를 했음에도 태진을 도와주려고 한 두 사람의 마음이 고마웠다. 하지만 당장 인사할 수는 없었다. 이주가 잔뜩 신이 난 얼굴로 태진을 놓아주지 않았다. 구독자가 오르는 걸 알고 있는 게 기분 좋은 모양이었다.

"진짜 아무도 몰랐는데! 김 실장님도 여기 오기 전에 물어보니까 모르더라고요! 내 채널 관리도 해 주면서!"

"바빠서 그럴 거예요."

"그거 아니까 이해하고 넘어가죠."

"그런데 150만도 무슨 버튼이 있어요?"

"그런 건 없는데 기분이죠. 히히. 후, 그래도 팀장님이 알고 계시니까 기분 너무 좋다. 영상도 보셨어요?"

태진은 순간 심장이 내려앉는 기분이었다. 이래서 처음부터 진실을 얘기했어야 하는데 하는 후회가 밀려왔다. 그때, 상황을 눈치챈 국현이 의자가 밀릴 정도로 빠르게 일어나더니 후다닥 달려왔다.

"얘기하지 마세요!"

태진은 국현을 쳐다보자, 이주와 등지고 서 있던 국현이 윙크를 보내고는 말했다.

"스포하지 마세요. 왜 자꾸 스포하시려고 그래요."
"아……."

국현의 생각을 알 수가 없다 보니 맞장구를 쳐 줄 수가 없어 그저 고개만 끄덕거렸다. 그러자 국현이 웃으며 이주를 보며 말했다.

"팀장님이 자꾸 영상 재밌다고 얘기하시고 그러셨거든요."
"진짜요? 진짜 이번에 반응 대박인데. 곽이정 팀장님 반응 되게 좋……."
"그만! 스포 금지!"

태진도 어떤 영상이 올라왔는지 알아차렸다. 이제 마음이 한결 편해졌다. 그때, 검지를 입에 가져다 댄 국현이 말을 이었다.

"저희 직원들하고 같이 보려고 했단 말이에요. 다 아직 안 봤는데 얘기하시면 어떻게 해요."

그제야 이주는 신입 사원들을 쳐다보기 시작했다. 그러고는 갑자기 미소를 짓더니 한 명 한 명에게 인사를 했다. 그러고는 입꼬리가 활짝 올라간 얼굴로 국현을 보며 말했다.

"뭘 그런 걸 다 같이 보고 그래요."
"당연히 봐야죠. 팀장님은 자기가 보자고 하고선 자꾸 얘기하려고 그러시네."
"팀장님이 보자고 하셨구나… 히히."

이주는 기분 좋은 얼굴로 허공에 주먹질을 하며 웃었고, 태진은 그저 고개만 끄덕거렸다. 이럴 때만큼은 표정을 짓지 못하는 게 굉장히 고마웠다. 그러고는 국현을 보며 감탄했다.

'거짓말을 할 거면 이 정도는 해야 되는구나.'

국현은 자신의 역할이 끝났다고 생각했는지 뒤로 물러났고, 태진은 그런 국현을 보며 살짝 고개를 끄덕여 인사했다. 이상한 상황에서 동료애가 느껴졌다. 태진은 가볍게 웃고는 주연 삼인방에게 말했다.

"새로운 직원들 처음 보시죠."
"아, 네. 안녕하세요. 전 채이주라고 해요."

채이주로 시작해 세 사람이 인사를 건네자 직원들 모두가 잔뜩 상기된 얼굴로 자리에서 일어났다. 그러고는 차례차례 자신들의 이름을 밝히며 인사를 했다. 직원들 표정만 봐도 무슨 생각을 하는지 알 것 같았다. 에이전트 일을 한 지 얼마 안 됐다 보니 처음 보는 연예인이 신기한 얼굴들이었다. 마치 채이주를 처음 봤을 때의 자신처럼 눈을 떼지 못했다.

그렇게 인사가 끝나자 태진도 이주가 올린 영상이 궁금했기에 모두를 테이블로 오라고 했다. 그런 뒤 테이블에서 가장 가까웠던 국현의 자리에서 영상을 틀고는 모니터를 테이블 쪽으로 돌렸다. 그러자 이주가 웃으며 말했다.

"큰 모니터 하나 있어야겠는데요?"

사람이 많아지다 보니 불편하지 않았던 것들이 이젠 약간 불편해졌다. 그래도 당장은 어떻게 할 수가 없기에 많은 사람들이 한 테이블에 모여 작은 모니터를 지켜봤다. 영상은 이주가 춤을 연습하는 장면부터 시작되었다. 이미 다른 영상에 연습하는 장면이 있었기에 지금은 어느 정도 완성된 모습을 보여 주며 댄서 팀에게 인정을 받는 그런 장면이었다.

'이렇게 보니까 더 잘 추는구나.'

하지만 이주보다 댄서 팀이 더 눈에 들어오는 상황에 아차 싶었다. 계속 보고 있으려니 그렇게 느껴지는 이유가 있었다.

"그런데 여기 자막 누가 넣었어요?"

"그거 편집자 구해서 그분이 했죠?"

"여기 자꾸 삐걱삐걱 이런 거 넣어 놓을 필요가 있었나요? 안무 틀릴 때마다 구멍이라고 그러고."

이주가 아닌 다른 사람의 영상이라면 같이 웃었을 텐데 이주를 담당하다 보니 신경이 쓰이는 건 어쩔 수 없었다. 그런 태진의 마음을 느꼈는지 이주가 웃으며 말했다.

"괜찮아요. 사실인데!"

"그래도 차라리 실수해도 열심히다는 그런 걸 보여 주는 게 더 좋았을 거 같은데."

"제가 댄서 할 거면 그렇게 했겠죠. 그리고 너무 기대하게 만들면 제가 힘들어지잖아요. 만약에 어디 갔을 때 춤 보여 달라고 했는데 못 추면 어떻게 해요. 그냥 원래 춤을 못 추는데 콘텐츠를 위해서 열심히 했다는 걸 보여 주는 거예요. 춤은 이제 안 할 거라서! 너무 힘들어! 음치 탈출만 하려고요."

"그래도 너무 급식 팀에 집중이 되는 거 같아서요."

"그것도 일부러 그렇게 한 건데."

이주는 약간 민망한 표정을 짓더니 말을 이었다.

"선물 줄 거면 제대로 주려고요."

"선물이요?"

"곽이정 팀장님이 저한테도 선물 고맙다고 그랬거든요. 그리고 쌤들도 잘됐으면 하는 바람에서 주목받으면 좋을 거 같아서요."

"아……."

"기왕이면 다 좋은 게 좋잖아요. 나도 구독자 100만 되고, 쌤들도 데뷔하고, 곽이정 팀장님도 소속 연예인 생기고."

거기까지 생각하지 못했던 태진은 이주를 보며 미소 지었다. 얼굴만큼 마음도 예쁘다는 생각이 들었다. 물론 태진만 그렇게 느낀 건 아니었다. 신입들은 자신들의 표정을 모르는지 바보 같은 미소를 지은 채 이주를 보고 있었다.

그렇게 영상이 흘러갔고, 마지막으로 면접 장소에서 춤을 추는 모습이 나왔다. 이주가 말한 대로 이주만 나오는 게 아니라 투유의 무대처럼 파트에 맞는 사람을 그때그때 보여 주며 음악방송처럼 영상을 만들었다. 전문 카메라맨이 촬영한 게 아니었기에 부족한 부분도 보였지만, 부족했기에 더 현장감이 느껴지는 것 같기도 했다. 그렇게 이주의 무대가 끝이 났고, 곽이정이 감동을 받은 모습까지 나왔다. 그때, 수잔이 박수를 치며 말했다.

"너무 좋으면서도 좀 아쉽다. 곽이정 팀장의 평소 모습을 봐야지 지금 이 모습이 얼마나 놀라운 건지 느낄 텐데."

그러고 보니 곽이정을 본 적이 없던 신입 사원들은 곽이정처럼 감동을 받기는 했지만 딱 그 정도였다. 태진과 수잔, 국현이 받는 감동과는 차이가 있었다. 오해긴 했지만 그와 부딪혀 온 세월이 있기에 차이가 나는 건 어쩔 수 없었다. 그렇게 영상이 끝나고 검은 화면이 나왔다. 다들 동시에 박수를 치기 시작했고, 태진도 이주를 보며 웃을 때 그녀가 입을 내밀며 말했다.

"뒤에는 안 봤어요? 남아 있는데."

이주의 말이 끝나기 무섭게 영상이 나오기 시작했다. 태진도 봤던 영상들이었다. 바로 투유의 음악방송 출연 영상들이었다. 투유의 멤버들도 차례차례 보여 주고 난 뒤 시점이 이혜영으로 바뀌었다. 그러고는 화면에 자막이 나오기 시작했다.

—고맙습니다. 기억할게요.

이주가 이혜영에게 하는 말일 수도 있지만 이혜영이 곽이정에게 하는 말처럼 보이기도 했다. 모든 사정을 알고 있던 지원 팀 세 사람에게는 굉장히 여운이 길게 남도록 만들었다. 아마 곽이정도 비슷한 감정을 느낄 것이었다.

그렇게 영상이 끝났고, 사람들의 반응도 굉장히 좋았다. 누군가를 위해 못하는 춤까지 연습해 가며 노력을 했다 보니 안 좋을 수가 없었다.

—진짜 나도 MfB에서 일하고 싶다ㅜㅜ
—직원 복지 뭐임 ㅋㅋㅋ
—저 댄서들도 걸 그룹인가? 춤추는 거 쩐다.

—이런 선물은 죽을 때까지 못 잊지…….

—역시 채이주 쩐다. 외모만큼은 걸 그룹 센터들 다 씹어 먹네.

—언니 무릎에 멍든 거 봤음?

—이 영상 하나 보고 정주행 중 ㅋㅋ 재미도 있고 감동도 있고 앞으로도 좋은 영상 기대할게요.

—저 팀장하고 같이 울었음 ㅠㅠ

결과적으로는 이주가 가장 많은 이득을 보고 있었지만 급식 팀에 대한 얘기도 종종 나왔다. 그리고 곽이정에 대한 얘기도 상당히 많았다. 이주가 말한 대로 모두에게 좋은 결과가 나왔다. 태진은 잘했다는 듯 이주를 보며 고개를 끄덕거렸다.

"저도 이번이 진짜 좋았어요. 아이고. 그래서 좀 걱정이에요."

"좋은 콘텐츠 없을까 봐요?"

"그런 것도 있고 당분간은 영상을 못 올리니까 구독자 빠질까 봐요!"

"아, 하하."

"그래서 내가 단우랑 오름 오빠한테 영상 같이 올리자고 그랬는데 다 싫다고!"

"그건 좀 그렇죠. 작가님하고 감독님한테 허락도 받아야 하니까요."

"그래서 연습하는 거 말고 잠깐 브이로그처럼 올리자고 했는데도 싫대요."

태진은 웃으며 단우와 차오름을 봤다. 그러자 차오름은 대세에 따르겠다는 듯 단우에게 떠넘겼고 단우는 난감해하며 볼을 쓰다듬었다.

"이주 누나랑 오름 형님은 연기를 잘하셔서 여유가 있겠지만 전 연습을 많이 해야 되거든요."

"그래서 우리가 같이 연습하러 나오잖아."

"그건 감사한데… 전 정식으로 데뷔도 안 했는데 좀 건방져 보일 수도 있을 거 같아서요. 그러다가 연기 지적받으면 저런 데 신경 쓰니까 연기 못한다는 소리 들을까 봐 걱정도 되고요."

"아, 우리 단우는 왜 이렇게 생각이 많을까. 너도 Y튜브 해야지. 그거 팬 관리이기도 해."

똑똑한 만큼 여러 가지 상황을 미리 예상하고 걱정을 하고 있었다. 회사 입장에서는 겁이 많다 보면 관리가 쉬워지니 오히려 편하겠지만, 태진이 보기에는 쓸데없는 걱정처럼 보였다. 아마 주위 시선들을 신경 쓰며 살아왔던 것을 아직 벗어나진 못한 듯 보였다. 그래도 전보다는 많이 좋아졌지만 저런 부분이 아직은 조금 아쉬웠다. 그때, 단우가 태진에게 도움을 요청하는 표정으로 물었다.

"아예 크리에이터를 하는 거면 모를까… 저처럼 이제 데뷔하는 배우가 Y튜브를 하는 건 좀 아니죠?"

"하고 싶으면 하는 거고 안 하고 싶으면 안 하는 거고. 본인 판단이겠죠?"

"괜히 구설수에 오르면 작품에 피해를 줄까 봐 걱정도 되고 그래서요. SNS가 인생의 낭비라고 그러기도 하잖아요."

"하는 사람도 있긴 해요. 정만 씨 알죠?"

"네, 알죠."

"정만 씨는 라액 하기 전부터 했었어요. 그리고 라액 끝나고도 또 영상 올리고. 최근에는 못 봐서 모르겠지만 꾸준히 올리는 거 같은데 문제 된 적은 없었어요."

태진은 말이 나온 김에 휴대폰으로 정만의 채널을 찾은 뒤 보여 주었다. 그러자 단우의 표정이 순간 싹 바뀌었다.

"아, 그러네요."

수긍을 하자마자 고민도 하지 않고 이주를 쳐다봤다.

"저 할게요."

말투에서 뭔가 결연함까지 느껴졌다. 단우에게서 저런 모습을 본 적이 없다 보니 상당히 놀랐다. 하지만 단우가 아닌 다른 사람에게서는 비슷한 느낌을 받은 적이 있었다. 바로 정만이었다. 단우의 얘기를 할 때 정만이 딱 저런 표정이었다.

'서로 라이벌처럼 생각하는구나.'

태진은 재밌는 상황에 미소를 지었다. 두 사람에게 자극이 되고, 서로 발전하는 계기가 될 것 같았다. 그런데 결정을 내린 단우의 말에 정작 채이주는 말이 없었다. 그저 어이없다는 표정으로 태진의 휴대폰을 내려놓더니 입을 열었다.

"왜? 왜? 왜 160만이지? 최정만 구독자가 160만 명이에요……."

태진도 약간 놀라긴 했다. 예전에도 막 늘긴 했는데 이렇게 많이 늘었을 줄은 몰랐다. 그때, 이주가 굉장히 힘이 빠진다는 목소리로 말했다.

"목표가 생겼는데 당분간 따라잡을 수가 없겠네……."

이런 식으로 목표를 만드는 이주의 모습에 웃음이 나왔다. 하지만 상황이 여의치 않다 보니 당분간은 영상을 올릴 수 없을 것이었다. 그때, 갑자기 태진의 휴대폰이 울렸다.

제2장

—

이주의 OST

전화를 건 사람은 바로 멀티박스의 강찬열 이사였다. 드라마에 관련된 일로 전화했을 게 확실했기에 태진은 곧바로 전화를 받았다.

"네, 강 이사님."

—안녕하시죠…….

오히려 안부를 묻는 강 이사의 목소리가 안녕하지 못한 목소리였다. 태진에게 연락을 할 일이라고는 캐스팅밖에 없다 보니 태진도 약간 긴장이 되었다. 때문에 사무실에 있는 사람들의 시선을 피해 밖으로 나와 버렸다. 주연 삼인방에게 괜한 불안감을 만들어 줄 필요가 없었다. 사무실 밖으로 나온 태진은 곧바로 질문을 했다.

"저희 캐스팅에 무슨 문제 있으세요?"

―아니요. 문제는 없는데… 그쪽 문제는 없는데…….

"그럼 멀티박스 쪽에 문제 있나요?"

―저희도 없죠! 문제라고 하기보다… 아… 후.

선뜻 말을 꺼내지 못하는 걸 보니 무슨 일이 있긴 한 듯 느껴졌다. 그때, 웅얼거리던 강 이사의 입에서 익숙한 말이 나왔다.

―저기… 에이드 씨 아직 친하시죠……?

"에이드 씨요? 바빠서 연락은 못 하고 있죠. 아, 내일 해외 활동 끝나고 한국 오신다고 하셨어요."

―그래요……?

굉장히 실망한 듯한 목소리였다. 강 이사가 에이드를 찾을 일은 투자밖에 없었다. 그러다 보니 투자를 더 하라고 제안을 하려는 건가 하는 생각이 들었다.

"충분히 투자하신 거 같은데요. 다른 쪽을 알아보는 게 어떨까요? 저희가 조사한 회사들도 있고 서로 투자하겠다고 한 회사들도 있잖아요."

―네? 투자 얘기 아니에요. 자금 확보 충분해요.

"그럼요?"

―그게… 김정연 작가님이 에이드 씨를 원해서요…….

"드라마 출연이요?"

―아니요. OST요.

"작가님이 OST까지 신경 쓰시진 않잖아요. 멀티박스에서 완성하면 들어 보시기만 하지 않으세요?"

―그게 맞는데요… 저희도 이미 의뢰 다 해 놓은 상태예요. 그런데 작가님이 에이드 씨 노래랑 채이주 배우님이 잘 어울린다고 에이드 씨를 너무 원하셔서요.

"이주 씨하고 에이드 씨가 잘 어울린다고 하셨다고요?"

―네. 신품별 촬영할 때 휴식 시간에 채이주 배우님이 챌린지 연습하는 거 보셨다네요. 그게 기억에 남을 만큼 좋아서 그 장면만큼은 에이드 씨 노래로 하고 싶다고 하시네요.

태진은 이주가 스쳐 지나가듯 했던 말이 떠올랐다. 챌린지를 꼭 해 보고 싶었다고 듣긴 했는데 연습을 했을 거라고는 생각지 못했다. 가만히 생각해 보면 채이주가 에이드가 짓는 그 특유의 표정은 따라 할 수 없겠지만 전체적인 느낌은 괜찮을 것 같기도 했다.

"에이드 씨한테 얘기해 보셨어요?"

―아니요……

"다른 분 생각하고 계신 거예요?"

―그것도 아니고요……. 후우, 솔직하게 말씀드릴게요. 저희 입장에서는 투자자인 에이드 씨 비위를 맞춰야 하거든요. 괜히 하기 싫은데 억지로 부탁드리다가 사이가 틀어지면 곤란해서요.

지금껏 태진이 봐 온 에이드는 그렇게 까칠한 사람이 아니었다.

생각 자체를 많이 하지 않고 내키는 대로 움직이는 사람이었다.

—그래서… 한 팀장님하고 가까운 거 같아서 부탁을 좀 드리려고 했거든요.

"아."

—저희가 능력이 안 되는 게 아니라 기왕이면 친분을 좀 이용하면 어떨까 해서 연락드려 봤습니다. 절대 부담드리려고 한 건 아니고……

태진은 대답 없이 잠시 생각했다. 생각을 정리한 태진은 곧바로 입을 열었다.

"저희가 맡을게요."

—그래 주시겠습니까?

"기간은 언제예요?"

—8화에 채이주 배우님이 노래 부르는 장면이 나올 거래요. 그때 맞춰서 8화 때 첫 공개 하는 거로 할 것 같습니다.

"다른 OST는 완성됐어요?"

—지금 작업 중이죠.

"네, 일단 내일 만나서 얘기 드려 볼게요."

—잘 좀 부탁드리겠습니다.

"혹시 모르니까 다른 쪽도 생각해 보셔야 할 거예요."

통화를 마친 태진은 입맛을 다시며 고개를 끄덕거렸다. 에이드가 할지 안 할지 모르겠지만, 이주를 위해서라면 에이드가 참여하는 게 도움이 될 것이었다. 모르는 가수가 노래를 부른다면 곡이 완성될 때까지 마냥 기다려야 하기에 이주가 연습하는 시간이 없을 수도 있었다. 하지만 에이드가 맡게 된다면 이 역시 자신이 담당하게 될 것이고, 그만큼 이주에게도 연습하는 시간을 벌어 줄 수 있었다.

통화를 마친 태진은 다시 사무실에 들어갔다. 그러자 사람들이 무슨 전화를 하고 온 건지 궁금해하는 얼굴들이었다. 태진은 그중 이주를 보며 말했다.

"이주 씨, 목표 이룰 수 있을 거 같기도 해요."
"그게 무슨 소리예요? 제 목표라니요?"
"정만 씨 구독자 수 따라잡기요."
"어?"

이주는 의아한 표정으로 갸우뚱거렸고, 태진은 그런 이주를 보며 가볍게 웃었다.

*   *   *

다음 날, 태진은 인천공항에서 대기 중이었다. 이번에는 국현과 수잔이 아닌 3팀에 있을 때 사수였던 진과 함께였다. 사람들이 여럿 있을 때는 몰랐는데 단둘이 있자 어색함이 흘렀다. 태진은 크게 불편하지 않았는데 진은 조수였던 태진과 위치가 바뀌어서인지 좀 어색해하는 듯 보였다. 태진은 그런 진에게 웃으며 말했다.

"번거롭게 해 드려서 죄송해요."

진은 태진이 먼저 말을 걸기를 기다리던 사람처럼 태진의 사과에 웃으며 말했다.

"무슨 그런 말씀을 하세요. 저희가 받은 게 얼만데. 어제 자 팀장님한테 연락하니까 한 팀장님이 하라는 대로 하라고, 그렇게만 지시하셨어요."
"아, 감사해요."
"곽이정 팀장 나가고 요즘 실세시잖아요. 그리고 감사는 저희가 해야죠. 저희 이번 달 월급에 성과급 들어오잖아요."
"이번 달에요?"
"거의 연봉급으로 들어오는 거 같던데요. 그러니 당연히 팀장님 하시는 거 도와야죠."

진은 한번 얘기가 터지기 시작하자 태진을 처음 봤을 때처럼 말을 하기 시작했다. 그때는 분명히 꿰다 놓은 보릿자루처럼 취급했는데 지금은 그때부터 달랐다고 입에 침 바른 소리를 해 댔다. 태진이 그런 말들을 들으며 웃고 있을 때, 누군가 차 문을 두드렸다. 그러자 진이 시간을 보더니 태진에게 말했다.

"오실 때 돼서 대기해야 될 거 같아요. 저 경호 팀하고 다녀올 테니까 여기 계세요."

밖을 보니 건장해 보이는 경호 팀이 기다리고 있었다. 태진도 같이 갈까 했지만, 괜히 경호 동선만 복잡하게 만들 수 있다는 생각에 고개를 끄덕이며 차에서 기다렸다.

그런데 생각보다 시간이 많이 지났는데도 다들 올 생각이 없어 보였다. 벌써 도착했을 시간임에도 아예 보일 기미조차 없었다. 그러다 보니 태진은 멍하니 창문만 쳐다보고 있었다. 그때, 일을 도와주러 왔던 매니저가 입을 열었다.

"이럴 때는 그냥 SNS 보시는 게 더 빠를 거예요. 에이드 씨 이름 검색하면 많이 올라와 있을 걸요."

"아, 그래요?"

"지금 기자도 있을 거고 사람도 많고 그래서 천천히 빠져나오고 있을 거예요. 생각보다 오래 걸리긴 하는데 경호 팀이 여덟 명이나 되니까 걱정할 일은 없을 거예요. 개인 경호치고는 많은 인원이라서요."

태진은 고개를 끄덕이고는 곧바로 휴대폰을 꺼냈다. 그러고는 매니저의 말대로 에이드의 이름을 검색했고, 에이드가 늦게 오는 이유를 알 수 있었다.

'사람들하고 사진 찍어 주고 있네.'

에이드와 사진을 찍었다는 인증 글들이 수두룩했다. SNS를 안 하는 사람도 있을 테니 얼마나 많은 사람하고 사진을 찍고 있을지 셀 수도 없을 것이었다.

　─경호원한테 괜찮다고 하면서 손잡아 주더니 사진도 찍어 줌.
　─지금 인천공항 개웃김. 공항에서 기다리던 사람들 에이드보고 내 가슴에 부르기 시작하더니 이제 떼창 중임. 공항 직원들 뛰어오고 관리하고 난리도 아님 ㅋㅋㅋ 월드 클래스 파워 쩜.
　─피리 부는 에이드ㅋㅋ 외국인들도 알아보고 에이드 따라다님 ㅋ
　─에이드 진짜 클래스 오진다. 자기 따라다니는 사람들 커피숍마다 한 뭉텅이씩 떨구고 다님. 가게마다 커피 백 잔씩 계산하고 커피 마시고 인증 샷 올리라고 그래서 사람들 떨어져 나감ㅋㅋ지금 벌써 4번째 커피숍임.
　─공항 가이드 같아 ㅋㅋㅋㅋ 커피숍 매출 터지는 중.

　태진은 에이드에 대한 소식을 보며 헛웃음을 뱉었다. 역시 돈 쓰는 방법이 일반인들의 상식에서 벗어나 있었다. 저러다가 금방 거지가 될 거 같다는 생각이 들었지만, 해외에서 활동하면서도 많은 돈을 벌었을 것이니 그럴 일은 없을 터였다. 게다가 이번 드라마까지 잘될 것이기에 에이드 걱정은 할 필요가 없었다. 그때, 차 문이 열리더니 에이드가 들어왔다.

　"어? 여기 계셨네. 안녕하세요."
　"아, 오셨어요."

SNS에서 봤을 때와 다르게 에이드를 따라온 사람들이 그렇게 많진 않았다. 전부 다 떨궈 놓고 온 모양이었다. 차 문을 연 에이드는 함께 온 겨울을 보며 말했다.

"겨울아, 먼저 타. 옆에 한 팀장님 계시니까 뒷자리로 가서 좀 자."
"안녕하세요."

에이드와 다르게 한겨울은 피곤에 찌든 얼굴이었다. 그렇게 밴의 뒷자리로 들어가서 자리를 잡았고, 자 팀장이 얼굴을 내밀었다.

"저는 여기 정리하고 내일 댁으로 찾아가겠습니다. 푹 쉬세요. 저희 직원이 에스코트해 드릴 테니까 필요하신 거 있으시면 바로 연락해 주시고요. 한 팀장도 수고하세요."

자 팀장은 환하게 웃으며 차 문을 닫았고, 진이 보조석에 타고 나서야 차가 출발했다.

"팬분들한테 커피 사 주셨어요?"
"어? 어떻게 아셨어요?"
"SNS도 올라오고 기사도 올라오더라고요."
"그냥 가라고 하기 미안해서요. 내가 뭐라고 저리 좋다고 해 주는데 뭐라도 사 주고 싶었어요."

그냥 팬들에게서 벗어나려고만 했던 행동이 아니었다. 진심으로 고마워하고 있다는 게 느껴졌다.

"인기 많은 연예인들이 왜 스케줄이 그렇게 빡빡한지 알았다니까요."

"왜요?"

"날 좋아해 주는데 엔도르핀이 막 도니까 피곤한 걸 알 틈이 없죠. 그러다가 잠들면 또 기절하듯 자고. 오히려 숙면에 좋아요."

참 긍정적인 사고방식이었다. 그런 에이드가 웃으며 말을 이었다.

"자 팀장님한테 OST 때문에 오신다고 들었는데 무슨 OST예요?"

"에이드 씨가 투자하신 김정연 작가님 작품 OST예요."

"아! 무브! 내가 해도 돼요?"

"작가님이 원하시더라고요."

"정말요? 어? 혹시 내가 투자해서 일부러 자리 주고 그러는 거 아니에요? 나 OST 참여했다가 투자자 갑질 논란 이런 걸로 뉴스 나오는 거 아니죠?"

"하하. 아니에요. 그럴 일 없어요."

진심으로 걱정했다는 표정이던 에이드가 안도의 한숨을 뱉었다.

"그럼 어떤 노래인데요."

"일단 작곡가분들한테 의뢰를 해 놓은 상태이긴 한데 직접 쓰셔도 돼요. 제 생각에는 레몬기획 대표님한테 의뢰를 하는 게 좋을 거 같아요. 물론 하신다고 하시면요."

"어? 대명이 오빠 나보다 더 바쁘던데. 지금 트리스타 정규앨범 만든다고 곡 쓰고 있어서 제 연락도 잘 안 받아요. '내 가슴에'로 번 돈 트리스타 앨범 화끈하게 만든다고! 자기 노래 부른 나한테는 선물도 안 주면서!"

"아… 그래도 하신다고 하면 제가 부탁드려 볼게요. 에이드 씨도 그게 좋잖아요."

"그렇긴 하죠."

"그럼 하실 건가요?"

에이드는 씨익 웃으며 태진을 봤다. 다른 사람들 같았으면 대답이 어느 정도 예상이 될 텐데 어디로 튈지 모르다 보니 전혀 예상이 되지 않았다. 그런 에이드가 웃으며 말했다.

"해야죠. 다른 사람 말은 안 들어도 한 팀장 말은 들어야죠. 해외에서 내 이름 불리게 만들어 준 사람이잖아요."

"아, 감사합니다."

"내가 더 고마워해야 되는 거 아니에요? 원래 같았으면 돈 주고 의뢰해서 활동 계획 잡아야 되는데 이렇게 공짜로 활동 계획 잡아 준 거잖아요. 안 그래도 저 다음 활동 계획도 MfB에 의뢰하려고 했는데! 아! 다음 활동은 댄스곡 하고 싶었는데 OST 하게 됐네."

"댄스곡이요?

"한번 해 보고 싶어서요! 그래서 우리 코인 기획 위층에 연습실도 만들었는데!"

그때, 뒤에 있던 한겨울이 헛웃음을 뱉었다.

"운동장 만들었어요. 아마 팀장님도 놀라실걸요? 언제 쓸지도 모르면서 연습실부터 만들어! 만들 거면 작게라도 만들든가!"

역시 돈 쓰는 클래스가 달랐다. 한겨울의 구박에도 에이드는 뿌듯한 미소를 짓더니 입을 열었다.

"언젠가 쓰겠지! 아무튼 OST 할게요."

흔쾌히 수락한 에이드의 말 덕분에 다음 부탁도 쉽게 나올 수 있었다.

"그런데 그 노래 연습 하실 때 채이주 씨도 같이 연습하게 될 거 같아요."
"채이주요? 여신? 그 엄청 예쁜 배우?"
"네, 맞아요."
"그럼 싫은데!"
"네?"
"듀엣 하라고 그러는 거 아니에요? 같이 서 있어 봐요. 나만 오징어 되는데! 아니지, 이참에 의학의 힘을 좀 빌려 봐?"

에이드가 무슨 오해를 하는 줄 안 태진은 웃으며 오해를 바로 잡아 주었다.

"듀엣이 아니에요. 극 중에서 이주 씨가 부르게 될 건데 음, 그게 연습이 좀 많이 필요해서요."

"아, 노래 못하시나 보다."

"연습 많이 하시면 잘하세요."

"자기네 회사 배우라고 되게 포장하시네. 그래서 나한테 어떻게 하라고요?"

"그냥 간단한 가이드 정도만 해 주시면 방해되진 않을 겁니다."

"음, 그래요? 오케이. 좋아요. 한 팀장님이 그렇다면 그런 거겠죠."

걱정과 다르게 쉽게 수락을 받았지만, 아직 일이 끝난 건 아니었다. 이제 에이드를 가장 잘 아는 레몬기획의 대표를 만나서 부탁을 해야 했다.

*   *   *

에이드와 헤어진 뒤 레몬기획의 대표인 박대명에게 연락을 했지만 에이드의 말처럼 연락이 되지 않았다. 그렇다고 무작정 기다리기에는 시간이 없기에 태진은 레몬기획을 직접 찾아왔다. 여전히 카페를 운영 중이었다.

카페에 들어선 태진은 약간 당황했다. 대표도 보이지 않고 아르바이트를 하던 트리스타 멤버들도 보이지 않았다. 직원들이 전부 처음 보는 사람들이었다.

"어서 오세요. 주문 도와 드리겠습니다."
"레몬차 주세요."

가만히 살펴보니 연예계 종사자가 아닌 진짜 아르바이트생인 것처럼 보였다.

"저기… 여기 대표님 요즘 카페에 안 계세요?"
"대표님이요? 저도 잘 모르겠는데요."

마음 같아서는 예전에 올라가 봤던 작업실에 가 보고 싶었다. 이대로 기다려야 하는 건지, 아니면 오늘은 돌아가야 되는 건지 쉽게 결정을 내리지 못했다. 그사이에 주문했던 차가 나왔고 태진은 차를 마실 동안 결정하기로 생각하고는 빈자리에 앉았다.

쉽게 만날 수 있을 거라고 생각하고 왔다 보니 지금 상황이 약간 난감했다. 그때, 태진의 휴대폰이 울렸다. 레몬 대표인가 하는 마음에 급하게 번호를 보니 레몬 대표가 아닌 곽이정이었다. 약간 실망하기는 했지만 곽이정이 이렇게 전화를 한 적이 없기에 무슨 일인가 궁금하긴 했다.

"네, 안녕하세요."
ㅡ잘 지냈나요.
"네, 잘 지냈죠. 회사 잘 꾸리셨어요?"
ㅡ꾸릴 것도 없죠. 최정만 씨 얘기는 들었습니다. 수고하셨어요.

어떻게 들었는지 정만에 대한 얘기도 알고 있었다. 아직 회사에 스파이를 심어 놓은 건지 의심을 할 때 곽이정이 말했다.

―조연출이 말해 주더군요. 한 팀장 아이디어겠구나 생각했습니다.
"아."
―그나저나 바쁘신가요?
"네, 지금 일 때문에 나와 있어요. 왜 그러세요?"
―거래 하나 할까 해서요.
"거래요?"

태진은 고개를 갸웃거렸다. 원래의 곽이정이었다면 이렇게 인사치레 없이 바로 거래하자고 얘기했을 텐데 회사를 나가더니 뭔가 달라진 느낌이었다. 그때, 곽이정의 말에서 바뀐 이유를 알게 되었다.

―지금은 줄 게 없지만 언젠가 내 도움이 필요하면 도와주는 걸로 하죠.

태진이 당황할 정도로 곽이정답지 않은 말이었다. 가만히 생각해 보니 줄 것도 없는 거래를 요청할 만큼 상황이 어려운 건가 싶기도 했다. 일단 들어 보고 결정할 생각에 태진이 입을 열었다.

"일단 들어 볼게요."
―급식 팀한테 들려 줄 곡을 받았습니다. 총 3곡이고 그중에

어울릴 만한 곡을 찾아 줬으면 해서요.

"네?"

―이거 회사에 의뢰해야 되는 건 알지만 내 상황에 그럴 여유가 없어서요. 하지만 나중에 제 도움이 필요할 때 어떤 일이 됐든 도와준다고 약속하죠.

당장은 받을 게 없는 거래인데도 곽이정이 약속을 하자 묘하게 신뢰가 갔다. 적어도 손해 보는 일은 아닐 것 같다는 생각이 들었다.

"그런데 제가 급식 팀 노래 부르는 걸 베이비밖에 못 들어 봐서요."

―그것도 같이 보낼 겁니다. 자기들 취향에 맞는 곡들 불러서 보내 달라고 했거든요. 그래서 8명이 각각 솔로로 부른 곡도 같이 보내 드릴 겁니다.

"그래요… 알겠습니다. 보내 주세요."

―네, 메일로 지금 보냈습니다.

역시 준비는 철저한 사람이었다. 태진이 수락을 하기 무섭게 메일을 보냈다고 말하는 걸 보면 수락할 거라고 예상한 듯했다. 그만큼 자신의 실력에 대해서도 자신이 있기에 이런 거래가 가능할 거라고 생각한 모양이었다.

그렇게 전화를 끊은 태진은 카페를 한 번 둘러보고는 메일로 온 음원을 다운받았다.

'이거 들을 동안만 기다려 보자.'

그렇게 음악을 듣기 시작했다. 확실히 급식 팀이 원하던 음악은 베이비 같은 러블리한 아이돌 노래가 아니었다. 각자가 부른 노래들이 전부 굉장히 강한 느낌이었다. 랩을 하는 사람도 있었고, 리듬감 있는 팝송을 부르는 사람도 있었다. 그래도 노래 실력들이 괜찮게 들렸다. 곽이정이 말한 대로 조금만 연습한다면 그룹으로 데뷔해도 손색없을 것 같은 실력들이었다.

멤버들의 목소리를 확인한 태진은 곧바로 곽이정이 구해 온 음악들을 듣기 시작했다. 총 3개의 음원이었는데 가이드까지 부탁했는지 멜로디와 가사까지 들렸고, 3개 전부 다 비슷한 느낌이었다. 확실히 곽이정이 준비한 만큼 괜찮은 곡들처럼 느껴졌다. 다만 랩이 대부분이다 보니 구성이 굉장히 빡빡했기에 춤을 보여 줄 구간이 별로 없을 듯했다.

하지만 춤은 전문 댄서이니 그들이 알아서 할 것이기에 문제가 되지 않을 것이었다. 그보다는 파트 분배가 문제였다. 곽이정이 목소리가 개성 있다고 했던 두 사람을 제외하고는 어떤 부분에 누굴 넣어야 할지 느낌이 오지 않았다. 누가 불러도 그냥 어울리는 느낌이 아니었다. 그렇다고 두 사람만 데뷔하자고 하라고 하면 급식 팀도 거절을 할 것이고 제2의 투유를 꿈꾸던 곽이정도 거절을 할 것이었다.

'곡들은 좋은데 안 어울리네…….'

몇 번을 더 들어 봤지만, 태진이 느끼기에는 급식 팀과 어울리는 느낌이 아니었다. 랩으로 가득 찬 노래보다는 멜로디가 조금 더 가미된 곡이 좋을 듯싶었다. 태진은 곽이정이 좋은 판단을 할 수 있도록 도움을 주기 위해 곡을 들으면서 느낀 점을 메모했다. 그때, 갑자기 테이블에 그림자가 생겼다. 고개를 들어 보니 낯익은 얼굴이 보였다.

"안녕하세요."

레몬에 처음 왔을 때 아르바이트를 하던 트리스타의 멤버인 나연이었다.

"어, 안녕하세요."

나연의 뒤로 다른 멤버들까지 함께하고 있었다. 총 네 명인 트리스타 전부가 이곳에 온 걸 보니 박대명 대표도 곧 올 것 같았다. 그때, 나연이 입을 열었다.

"저희 대표님 만나러 오셨어요?"
"아, 네. 연락드렸는데 전화를 안 받으셔서 찾아왔어요."
"지금 주무시고 계실 거예요."
"네?"
"요즘 앨범 작업한다고 밤새 일하고 낮에 주무시거든요. 작업실에 있을 거예요."

태진은 순간 자신도 모르게 아까 모른다고 했던 알바생을 쳐다봤다. 그러자 무슨 상황인지 눈치챈 나연이 웃으며 말했다.

"팀장님인지 몰라서 그랬나 봐요. 찾아오는 사람이 좀 되거든요."
"대표님 만나러요?"
"에이드 언니 노래 잘돼서 작은 기획사들에서 오기도 하고요. 큰 기획사에서도 같이 일하자고 오기도 하고 그러더라고요."
"아⋯⋯."
"그런데 대표님이 저희하고 같이 한다고 다 거절하셨어요. 지금도 저희 앨범 준비하시는 거거든요."
"아, 그래서 연습하시느라고 일 안 하고 계셨던 거예요?"
"네, 맞아요."

회사를 꾸리는 능력은 잘 모르겠지만 자기가 맡은 가수를 끝까지 책임지려는 것만 봐도 사람만큼은 참 괜찮게 느껴졌다. 그때, 나연이 웃으며 말했다.

"잠깐만 계세요. 제가 대표님 깨워서 팀장님 오셨다고 말씀드릴게요."
"저 때문이면 안 깨우셔도 돼요. 제가 조금 더 기다릴게요."
"대표님도 팀장님 오셨다고 하면 좋아하실 거예요. 에이드 언니 노래 성공시킨 거 팀장님이시라고 계속 얘기하셨거든요. 그리고 저희 앨범도 팀장님 덕분에 하게 되는 거고요. 저희 이번에 되게 풍족하게 연습하고 있어요."

하긴 '내 가슴에' 작사, 작곡 편곡을 모두 박 대표가 한 것이다 보니 저작권료가 어마어마하게 들어올 것이었다. 하나의 성공으로 인해 여러 사람들이 덕을 보고 있었다.

"잠시만 계세요."

다른 멤버들도 미소를 짓고 있는 걸 보면 태진에게 굉장히 우호적이었다. 그런 멤버들 전부가 카페 2층에 있는 작업실로 올라갔다. 그렇게 잠깐 기다리자 나연이 다시 뛰어 내려와 태진에게 말했다.

"올라가셔도 돼요."
"약속도 없이 찾아와서 좀 죄송하네요."
"안 그러세요. 원래 내려가려고 했는데 저희가 말렸어요. 씻지도 않아서 손님들 오면 놀랄까 봐서요."

농담 섞인 나연의 말에 태진도 가볍게 웃으며 따라나섰다. 그렇게 2층에 도착하자 그사이에 머리에 물을 묻히고 왔는지 흠뻑 젖어 있는 박대명이 보였다. 그런 박 대표에게 트리스타가 구박을 하는 말이 들렸다.

"그냥 모자 쓰라니까, 지금 되게 없어 보여요."
"그래도 예의가 있는데 씻어야지! 어! 안녕하세요."

잔뜩 부은 얼굴로 자신을 반겨 주는 박 대표의 모습에 태진도 웃으며 악수를 했다.

"여기까지 어쩐 일이세요. 아! 차라도 드려야지."
"아니에요. 마셨어요."
"아이고, 오신지도 몰랐어요. 죄송해요."
"아니에요. 제가 무작정 찾아온 건데요."
"한 팀장님이시면 언제든지 찾아오셔도 됩니다. 하하. 한 팀장님 덕분에 우리 애들 어디 가도 안 꿀리게 됐는데 무조건 환영이죠."

박 대표의 표정을 보자 일이 잘 풀릴 것 같은 느낌이었다. 서로 인사를 나누자 안내했던 나연이 멤버들을 데리고 작업실 밖으로 나갔다. 박 대표의 분위기도 그렇고 멤버들의 배려도 그렇고 좋은 느낌이 들었다. 그렇기에 한결 가벼워진 마음으로 본론으로 들어갔다.

"제가 여기 온 건 부탁드릴 게 있어서 왔어요."
"부탁이요? 네, 말씀하세요."
"다름이 아니라 이번에 드라마를 제작하거든요. 그런데 에이드 씨가 OST 불러 주기로 했어요."
"아, 다은이도 참여하나 보네요."
"네, 그 곡을 대표님이 좀 써주실 수 있을까 해서요. 시놉도 드리겠지만 더 자세한 설명도 해 드릴 수 있어요."
"아……."

박 대표가 약간 곤란해하는 표정으로 바뀌었다. 하지만 아직 거절의 대답을 한 것은 아니었기에 태진은 기대를 하며 기다렸다. 그때, 박 대표가 입을 열었다.

"저한테 좋은 기회네요……."
"김정연 작가님 작품이에요."
"아, 좋긴 한데… 좀 힘들 거 같아요. 다른 때 같았으면 두말하지 않고, 아니지 오히려 제가 매달려서 했을 텐데 지금은 우리애들 준비를 좀 해야 해서요."

박 대표는 코를 찡긋하더니 말을 이었다.

"우리 애들이 2년 넘게 기다렸거든요. 더 기다리라고 할 수가 없어서요. 여기 보시면 컴백 날짜도 잡아 두고 연습하고 있어서요."
"아……."

상황이 애매해졌다. 마음에서는 컴백을 늦추고 에이드의 일부터해 달라고 하고 싶었지만 양심상 그런 말이 나오지가 않았다. 아무래도 다른 작곡가를 알아봐야 하는 건가 하는 생각이 들었다.

"정말 죄송해요. 하필이면 컴백 준비 중에……."
"아니에요. 어쩔 수 없죠."
"저희가 직원이 많으면 여유가 있을 텐데 직원도 몇 없어서 제가 많은 일을 하다 보니까 여유가 없어요."

"곡도 쓰시고 회사 일도 보시고 하시는 거예요?"

"곡은 다 썼죠. 잠시만요."

박 대표는 곧장 노래를 틀고는 입을 열었다.

"이게 타이틀이에요."

"녹음도 다 하신 거예요?"

"가녹음이죠. 총 9곡 수록하는데 전부 다 가녹음으로 준비해 났죠. 이제 녹음도 해야 되고 준비할 게 엄청 많죠. 어떠세요?"

일이 틀어지긴 했지만, 그렇다고 자리에서 일어나기도 애매했다. 그리고 노래 정도는 들어 줄 수 있었기에 태진은 가만히 노래를 들어 봤다. 확실히 에이드 때처럼 멤버들을 제대로 알고 있어서인지 멤버들과 굉장히 잘 어울리는 노래였다.

"좋은데요?"

"정말요? 감사합니다! 팀장님 말씀 들으니까 걱정이 싹 가시네요."

"진짜 트리스타분들하고 잘 어울리는 거 같아요."

"아이고 진짜 다행이다. 이게 좀 급하게 쓴 곡이거든요. 원래 다른 곡을 썼는데 애들이 나이를 먹어서 그런지… 좀 벅차해요. 춤까지 추려면 아무래도 안 될 거 같더라고요."

하긴 데뷔한 지 9년이 넘어가니 아이돌치곤 나이가 좀 있긴 했다.

"원래는 조금 더 격동적이고 더 신나는 걸로 하고 싶었는데… 애들이 너무 힘들어해요. 또 내 고집대로 나가다가 다은이처럼 도 망갈까 봐 그러지도 못하겠고. 아이고. 생각해 보면 애들도 자기들 한계를 잘 알고 있기도 하고요. 자기들이 춤을 잘 추는 것도 아니 고… 지금 안무도 힘들어해서 안무 엎은 게 벌써 세 번째예요."

의도치 않게 박 대표의 하소연을 듣게 되었다. 그러던 중 태진은 문득 급식 팀이 떠올랐다. 급식 팀에게 트리스타의 안무를 부탁한 다면 박 대표도 시간이 생길 것 같았다. 안무만으로 바쁜 건 아니겠 지만, 적어도 그 시간만큼은 OST 작곡을 할 수 있을 것 같았다. 태 진이 그 얘기를 할까 고민하던 중 박 대표가 다른 음악을 틀었다.

"이게 제가 생각했던 타이틀곡이거든요. 이게 요즘 트렌드예 요. 혹에 노래가 계속 나오는 게 아니라 2마디 나오고 멜로디와 리듬에 맞춰서 춤추고 또 4마디 부르고 춤추고 이런 식이에요. 이때 추는 춤들이 중요한데 애들이 그걸 소화를 못 해요. 아이 고, 너무 아깝죠. 이런 곡이 4곡이 더 있는데… 이걸 앨범에 못 담아요. 한 2년만 젊었어도……."

스피커를 통해 나오는 노래를 듣던 태진의 입술이 그 어느 때 보다 심하게 부르르 떨렸다.

제3장

—

세 회사

다음 날. 한 건물에서 나온 곽이정은 한 투자 회사의 심사관과 미팅을 마치고 나오는 길이었다.

"후우."

깊은 한숨을 뱉었지만 실망하는 표정은 아니었다. 처음부터 투자를 받으려고 찾은 것이 아니었다. 아직 급식 팀과 계약을 한 것이 아니기에 투자를 받지 못할 거란 것도 알고 있었다. 다만 계약을 했을 때 상대방이 어떤 것을 원하는지 알기 위해서 찾은 것이었고, 나름대로 성과가 있었기에 실망하진 않았다.

다만 혼자서 모든 일을 맡아야 하다 보니 시간이 너무 부족했다. 급식 팀과 계약을 하기 전에 모든 준비를 마쳐 놓고 싶었기에 잠시도 쉴 틈이 없었다. 곽이정은 바로 차에 올라타고는 심사관을 만나는 동안 왔던 전화와 메시지를 확인했다.

여러 곳에서 왔지만 가장 우선인 곡에 대해 연락을 온 곳부터 전화를 걸었다.

"이 부장님, 안녕하세요."

─네, 바쁘신가 보네요.

"일이 좀 있었습니다. 죄송해요. 우리 친구들 노래 들어 보셨죠?"

─듣긴 했어요. 음…….

"편하게 말씀해 주서도 됩니다."

전화 통화를 하는 상대방은 다름 아닌 라온의 이종락 부장이었다. 한국에서 가장 잘나가는 가수 기획사의 A&R 팀장이었다. 사이가 좋다고 할 수 없음에도 이런 부탁을 할 수 있었던 데에는 이유가 있었다. 처음부터 이런 부탁을 염두에 두고 라온 소속의 가수가 작곡한 곡을 사 왔다. 그 곡을 사용하지 않을 수 있지만 라온의 A&R 팀을 이용할 수 있다면 손해 보는 장사는 아니라고 판단했다. 물론 라온에게만 부탁한 것은 아니었다. 태진은 물론이고 기존에 알고 있던 관계자들에게 전부 부탁을 해 놓은 상태였다.

─곡 잘 들었고요. 뭐, 우리 에이토 곡만 보내신 게 아니던데요?

"아, 앨범을 준비 중이라서요. 여러 곳에서 받아 보고 있죠."

─그냥 싱글로 내고 지켜보는 게 좋을 텐데.

곽이정도 싱글로 활동할 계획이었다. 지금은 그저 이종락의 비위를 맞추기 위한 변명이었다.

—아무튼 우리는 에이토가 보낸 레퀴엠이 가장 좋은 거 같아요.
"그런가요?"
—우리 애가 써서 그런 게 아니라 진짜 그렇게 생각합니다. 혹시 오해할까 봐 파트까지 배분해서 다시 보냈어요. 목소리 좀 날카롭게 들리는 친구 있죠. 그 친구를 메인으로 해서 보냈으니까 확인해 보세요.
"그렇게까지 신경 써 주셨네요. 감사합니다."

원하던 대로 상황이 흘러갔다. 그건 이종락뿐만이 아니었다. 다른 회사들에서도 통화에서도 비슷한 내용이었다. 다른 점이라고는 각자 회사에 관련된 작곡가의 노래를 추천했다는 점이다.

'확실히 목소리 특이한 그 두 명 위주네.'

곽이정이 처음 들었을 때부터 목소리가 독특하다고 생각했던 멤버였다. 대부분 관계자들이 그 두 사람 위주로 구성을 짜서 보내 왔다. 한 곡에서 모든 멤버가 주목받기는 쉽지 않기에 팀을 대표하는 멤버를 만드는 게 다음 활동에 유리했다. 그렇기에 곽이정도 이것이 맞다고 생각하고 있지만 마음에 걸리는 건 어쩔 수 없었다. 한 멤버만 튀다 보면 예전의 이혜영처럼 외톨이가 되진 않을까 걱정이 되었다.

"후우… 이제 한태진한테서만 연락이 오면 되나."

보냈던 곡들과 아무런 연관이 없다 보니 태진이 가장 객관적인 평가를 해 줄 것이었다. 그리고 라온의 다즐링이나 한겨울, 그리고 에이드의 곡을 추천하고 성공시킨 성과가 있다 보니 가장 기대되기도 했다. 다만 아직 어떤 연락도 오지 않고 있었다. 그때, 기다리던 태진에게 전화가 걸려 왔다.

"한 팀장, 들어 봤어요?"
―들어 봤어요.

급한 마음에 인사도 없이 용건부터 말했다.

"어땠어요?"
―아… 그게 좀.

시원치 않은 반응에 곽이정의 표정이 일그러졌다.

"지금 만날 수 있어요?"
―저 지금 나와 있어서요. 그냥 전화로 말씀드릴게요.
"잠시만요. 후."

곽이정은 태진의 입에서 어떤 말이 나올지 긴장한 나머지 운전에 집중이 되지 않았다. 그렇기에 주변에 주차할 곳을 찾았고,

그곳에 차를 세워 둔 뒤 입을 열었다.

"말씀하세요."
─제가 듣기에 보낸 곡 중에 급식하고 어울리는 곡은 없었어요.
"그렇군요… 그래요. 어차피 바로 활동할 생각은 아니었고 멤
버들에게 맞춰서 편곡하려고 했던 거니까요."
─어? 그런 계획이셨구나… 그럼 제가 괜한 일을 한 거네요.
"괜한 일이라니요?"

곽이정은 의아한 얼굴로 태진의 대답을 기다렸다.

─제가 어울릴 만한 곡을 들어서 소개해 드리려고 했거든요.
"어? 그런 곡이 있어요?"
─에이드 씨 '내 가슴에' 작곡하신 분이 만드신 노래인데 급식
팀하고 되게 잘 어울릴 거 같아서요.
"어디로 가야 되죠? 제가 직접 가 볼게요."
─제가 받아 와서 들려 드릴 수 있어요. 메일로 보내 드릴까요?
"그럼 그렇게 부탁할게요. 끊지 말아 봐요."

곽이정은 보조석에 있던 노트북으로 메일로 온 음원을 다운
받은 뒤 곧바로 재생했다.

─그 노래 맞아요. 가이드는 트리스타가 부른 건데 급식 팀이
부르면 더 잘 살릴 수 있을 거예요.

곽이정은 대답도 하지 않고 음악에 집중했다. 분명 좋기는 했지만 다른 곡들에 비해 확연히 좋다는 느낌은 아니었다. 그때, 최신 곡들에서 많이 들어 본 것처럼 잠시 브레이킹이 되더니 갑자기 분위기가 바뀌었다.

"오."
─그 부분이 훅인데 멤버들 전체를 돋보이게 만들 수 있거든요. 훅도 좋아서 그 부분을 두 분이 번갈아 가면서 부르고 노래 안 나오는 댄스 부분은 멤버들 모두가⋯⋯.
"좀 조용히 해 봐요."
─네⋯⋯.

태진의 설명이 없더라도 그림이 그려졌다. 멜로디도 중독성이 강한데 춤을 출 수 있는 구간도 굉장히 길었기에 정말 딱 급식팀을 위한 노래처럼 느껴졌다. 노래를 전부 다 들은 곽이정은 일말의 고민조차 하지 않았다.

"이거 제가 구매하죠."
─이제 말해도 되나요?
"아! 미안합니다. 노래가 너무 좋아서 실수했어요."
─괜찮아요.
"그래서 곡비는 어느 정도 선인지⋯ 아니지, 제가 무조건 구매하겠습니다. 가능할까요?"

여유는 없지만 어떻게 해서라도 놓칠 수 없는 곡이었다. 연예계 일을 하다 보면 이건 분명히 성공을 할 것 같다는 느낌이 들 때가 있는데 지금이 바로 그때였다. 이미 빚이 많지만 이건 더 빚을 내서라도 무조건 가져와야 하는 곡이었다. 그때, 태진의 입이 열렸다.

—곡비는 안 주셔도 돼요.
"네?"
—곡비 안 주셔도 된다고요. 그 부분은 제가 해결했어요.
"음……? 한 팀장이 해결했다고요……?"
—네. 대신 다른 거 해 주셔야 돼요.
"아."

곽이정은 마치 자신을 흉내 내는 것 같은 기분에 웃음이 나왔다.

"좋아요. 어떤 걸 해 주면 되나요."
—이 곡으로 급식 팀하고 계약 가능하겠죠.
"무조건 됩니다."
—그럼 안무 좀 만들어 주세요.
"안무요?"
—이 곡 가이드 부른 트리스타가 컴백 준비 중인데 안무가 필요해요. 창작에는 창작으로 거래하는 게 좋을 거 같아서요. 물론 안무가 트리스타한테 안 맞으면 수정도 해 주셔야 되고요. 가능하세요? 제가 보기에는 좋은 기회 같아요.

"아……."

곽이정의 입장에서 전혀 문제 될 것은 없었다. 오히려 급식 팀이 짠 안무로 트리스타가 성공한다면 활동할 때 그 점으로 홍보할 수 있는 장점이 될 것이었다. 태진도 그 점을 생각하며 좋은 기회라고 한 듯했다. 다만 급식 팀의 의견이 중요했기에 혼자 결정할 순 없는 문제였다.

"내가 오늘 내로 연락할게요."
―네, 저 시간이 별로 없어서 최대한 빠르게 결정해 주세요.

왜 시간이 없는지 궁금했지만 그보다 노래를 들려주고 싶은 마음이 더 컸다. 전화를 끊은 곽이정은 곧바로 급식 팀 단장에게 전화를 걸었다.

"연습실인가요?"
―네? 네.

아직 계약한 것이 아니기에 곽이정이 준비한 연습실이 아니었다. 그 점이 미안한지 쓸쓸한 미소를 지었다. 하지만 이내 쓸쓸한 표정을 지우고는 입을 열었다.

"멤버들 다 있죠?"
―네, 그렇긴 한데 이제 알바 갈 애들 있는데요.

"어디 가지 말고 계세요. 금방 갑니다."

―네? 갑자기요?

"네. 기대하세요. 지금 출발합니다."

그 말을 끝으로 곽이정은 바로 차를 출발시켰다.

*　　　　　*　　　　　*

다음 날. 레몬기획에 자리한 태진은 굉장히 어색했다. 수십 개의 눈동자가 전부 자신을 보고 있었다. 곽이정은 급식 팀과 계약을 했는지 멤버를 전부 이끌고 찾아왔고, 레몬기획에서도 트리스타와 함께 자리를 하고 있었다. 그러다 보니 카페 문까지 닫고 미팅을 진행 중이었고, 서로를 소개한 태진이 중재를 맡고 있었다. 사실 중재라기보다는 곽이정이 만든 기획사인 헤븐의 편에 서서 도와주고 있다고 보는 게 맞았다.

"여기 급식 팀이 전문 댄서 팀이라서 믿을 만하실 거예요."

"우리가 안무 맡긴 팀도 전문 댄서였는데요."

"그러시겠지만, 여기 급식 팀은 젊은 친구들이 좋아하는 안무를 짜는 걸로 유명해요. 그래서 채이주 배우님도 직접 DM을 보내서 안무 배운 거고요."

"그렇게 듣긴 했는데. 이런 말씀 드리긴 좀 죄송한데 걱정이 되긴 하죠. 한 팀장님을 믿긴 하는데……."

그때, 곽이정의 얼굴에서 예전에 가면을 썼을 때의 얼굴이 보였다.

"그건 저희도 마찬가지네요. 한 팀장이 적극 추천을 해서 그렇긴 하지만."

태진은 어이없는 상황에 곽이정을 봤다. 여기서 또 지기 싫어서 연기를 할 줄은 꿈에도 몰랐다.

"우리 친구들한테 안무 의뢰도 많이 들어옵니다. 최근에 어디서 의뢰 왔죠?"
"Fro 기획에서 신인 걸 그룹이요."
"그렇다네요."

상황을 보니 약간 이해가 되긴 했다. 각자 기획사의 수장들로서 소속 가수의 기를 살리기 위해 보이지 않는 싸움을 하는 중이었다. 하지만 지금 상황에서는 헤븐이 불리했다. 레몬에서는 이미 노래를 들려 준 반면 헤븐은 실질적으로 도움이 될 만한 걸 보여 주진 않았다. 그때, '역시 곽이정'이라는 소리가 나오게 하는 일이 벌어졌다.

"어제 보낸 노래 듣고 만든 안무가 있긴 하죠. 전부는 아니고 우리도 보여 줄 필요가 있으니까 준비했습니다. 간단하게 보시죠."

곽이정은 직접 주변에 있던 테이블 치워 자리를 만들었다. 그러자 단장을 포함한 네 명이 나섰고 곽이정은 박 대표를 보며 물었다.

"노래 좀 부탁드려요."

박 대표는 못마땅해하면서도 궁금했는지 직접 노래를 틀어 주었다. 노래가 들려오기 시작했지만, 급식 팀은 한참이나 가만히 기다렸다. 그러고는 곡의 하이라이트인 코러스가 나오기 시작하자 갑자기 춤을 추기 시작했다. 그 춤을 보는 태진은 피식 웃음이 나왔다.

'박 대표님 곡, 마음에 들었나 보네.'

딱 봐도 신경 써서 만든 춤처럼 보였다. 곡이 마음에 들지 않았다면 이런 춤을 만들어 올 리가 없었다. 너무 어려워 보이지도 않으면서 세련된 느낌마저 들었다. 특히 각자가 다른 자세를 취한 뒤 모두가 모여서 만드는 동작은 눈에 확 들어오기까지 했다. 아니나 다를까 박 대표와 트리스타 멤버들도 눈을 반짝이며 지켜봤다. 그때, 짧은 춤을 마친 단장이 입을 열었다.

"이 부분은 엔딩에도 맞출 수 있으면 더 좋을 거예요. 차례대로 동작 보시면 되게 짧은 동작인데 부분 동작으로 보여 드리면 T.R.E.E가 돼요. 여기가 되게 중요한데 발을 앞으로 내지르듯이 하면서 순간적으로 E를 만들고 바로 빼야지 우스워 보이지 않아요."
"오… 트리였구나!"
"그리고 이 뒤에는 멤버들이 합쳐서 별을 만든 거고요. 합치면 트리스타예요. 찾아보니까 시그니처 안무가 있으면 좋을 거 같아서요. 이 동작은 비트가 달라도 할 수 있는 거라서."

박 대표는 트리스타 멤버들을 보며 의견을 물었고, 트리스타 멤버들은 자기들도 할 수 있을 것 같았는지 긍정적인 표정을 보였다. 그러자 박 대표는 곽이정과 언제 대립했었냐는 얼굴로 웃으며 말했다.

"좋은데요? 기대되네요."

이런 걸 보면 박 대표는 확실히 소속 가수를 위해서라면 물러날 줄 아는 사람이었다. 그래서인지 곽이정도 미소를 보이며 대답했다.

"마음에 드신다니 저희도 좋네요. 그럼 어떻게, 진행하실까요?"
"좋네요. 합시다. 잘 부탁드려요."
"그럼 연습은 어디에서 할까요. 트리스타 연습실에서 할까요?"
"어… 헤븐 연습실에서 하는 게 더 좋지 않을까요? 저희 연습실은 좀 작은데 인원이 많아서."
"저희도 연습실을 준비 중이라서요."

그러고 보니 두 곳 다 연습실도 대여를 해야 되는 작은 기획사들이었다. 태진은 두 사람을 보며 헛웃음을 뱉었다. 그러고는 먼저 곽이정을 보며 말했다.

"안무 처음부터 끝까지 다 책임져 주시는 거죠?"

"그렇죠."

"연습도 박 대표님이 신경 쓰지 않으셔도 되는 거죠?"

"그렇습니다."

이번에는 박 대표를 보며 말했다.

"그럼 안무에 신경 안 쓰셔도 되니까 시간 생기셨죠?"

"그렇죠. 아이고, 고마워요. 역시 한 팀장."

"그럼 OST 참여해 주실 거죠?"

"그렇게 하기로 했으니까 해야죠. 그런데 연습실도 알아보고 해야 되는데……."

태진은 곽이정과 박 대표 두 사람을 보더니 씨익 웃었다.

"그건 걱정하지 마시고요. 연습실 엄청 넓은 곳으로 알아봐 드릴게요."

*　　　　*　　　　*

다음 날, 태진은 곽이정과 급식 팀을 데리고 건물 안으로 들어갔다.

"여기 1층이에요."

곽이정은 물론이고 급식 팀원들은 서로의 눈치를 봤다. 빌딩 건물의 1층에는 대부분 가게들이 들어와 있는데 1층이 연습실이라는 것부터 신뢰가 가지 않는 모양이었다. 밖에서 볼 때도 유리창에 검은색 시트지를 붙여 놨는데 검은색 중간마다 큰 동전이 그려져 있었다. 게다가 밖에서는 아예 볼 수 없도록 해 놔서 마치 바다 스토리 같은 슬롯 게임을 하는 그런 오락실 느낌이었다. 사실 태진도 어제 처음 봤을 때 저들과 같은 반응이었다.

그때, 급식 팀 단장이 곽이정에게 하는 말이 들렸다.

"여기 연습실 맞죠?"

"맞을 겁니다. 한 팀장이 자신 있어 하니까요."

"그렇긴 한데… 1층이면 좀 그럴 거 같은데. 아무리 방음 공사를 잘했다고 하더라도 뛰다 보면 소음이 좀 있을 거거든요."

곽이정도 같은 생각인지 태진을 쳐다봤고, 태진은 입술을 떨며 말했다.

"여기 운영하시는 분이 밑에 층도 같이 운영하셔서 그런 걱정 하지 않으셔도 돼요. 제가 허락도 받았고요. 비밀번호는 이거거든요. 언제든지 오셔서 문 닫고, 문 열고 하시면 돼요."

곽이정은 태진을 가만히 쳐다보더니 입을 열었다.

"비용은요?"

"아, 그건 이따가 대표님 오시면 그때 얘기하시면 돼요."

태진은 말이 끝나자마자 비밀번호를 누르고 문을 활짝 열었다. 그러자 다시 복도가 나왔고 방금 연 문 바로 앞에 유리로 된 자동문이 있었다. 그리고 당연히 유리에는 큰 동전이 있는 검은색 시트지가 붙어 있었다.

다시 봐도 위화감이 드는 디자인에 태진은 옅은 한숨을 뱉고는 유리문 앞에 섰다. 그러자 문이 열리고 연습실 내부가 보였다.

"어······."

모두가 같은 반응을 보였다. 연습실이 한눈에 들어오지 않기에 소리를 내며 고개들이 이리저리로 움직였다. 곽이정 역시 엄청 놀란 얼굴이었다. 태진은 곽이정마저 놀라게 만든 연습실의 규모를 보며 웃었다. 한쪽 벽면이 거울로 되어 있어 운동장만큼 넓은 느낌이었다. 그때, 곽이정이 약간 걱정이 되는 듯한 얼굴로 태진에게 말했다.

"무슨 국립무용단 연습실인가요······?"
"아니에요. 이번에 새롭게 만든 개인 연습실이에요."
"후······."

곽이정이 여기서 걱정할 문제는 한 가지밖에 없었다. 이곳에 오는 동안 위치도 괜찮다고 한데다가 방금까지도 별다른 말이 없었다. 규모를 보고 걱정할 일은 아마 연습실 대여 비용밖에 없을 거라는 생각이 들었다. 태진은 그런 곽이정을 보며 미소를 지으며 말했다.

"진짜 걱정하지 않으셔도 돼요."

곽이정은 자신의 걱정을 들킨 게 민망했는지 어색한 미소를 지었다. 그러고는 이내 의지를 다지듯 입술을 한 번 깨물곤 입을 열었다.

"이 일… 꼭 보답하죠."

누가 들으면 복수를 하겠다는 말처럼 들렸다. 태진은 피식 웃으며 연습실 내부를 설명했다.

"천장 보시면 레일 스피커가 있어요. 이건 레일 스피커 리모컨이고. 좀 좁게 사용하겠다 하시면 이걸 누르면 스피커들이 움직여서 이쪽으로 와요. 그럼 이 부분만 소리가 집중되고요. 넓게 사용하겠다 하시면 전체 스피커에서 소리가 나오게 할 수도 있고요. 음악은 블루투스로 연결해서 직접 트시는 게 편할 거예요. 그리고 그 뒷줄은 조명도 가능하고요."

급식 팀은 천장을 이리저리 살펴보며 감탄하기 바빴다. 그중 단장은 휴대폰 블루투스를 오디오에 연결한 뒤 음악까지 틀어 보았다.

"와… 진짜 쩐다. 엄청 좋은 공연장에서 춤추는 느낌이야."
"바닥 이게 뭐야? 뭐 이렇게 매끈해……"

"여기저기 많이 봤는데 여긴 Fro 연습실보다 훨씬 좋은데?"

"비교도 안 되지. 조명 봐……."

그러던 중 단장이 곽이정을 가만히 쳐다봤다. 계약을 했지만 여전히 100% 믿고 있진 않았다. 하지만 지금 연습실을 보니 약간 믿음이 생겼다. 물론 태진이 구해 온 연습실이긴 하지만 같은 물에서 놀았던 사람이니 곽이정도 다르지 않을 거라는 생각이 들었다. 그 정도로 연습실이 마음에 들었다.

태진은 그 뒤로 탈의실이나 화장실, 샤워실까지 소개해 줬고, 소개를 할 때마다 엄청난 감탄사가 들려왔다. 태진은 다들 엄청 만족해하는 모습을 보며 미소를 지었다. 그때, 태진의 휴대폰이 울렸고, 태진은 곧바로 곽이정을 보며 말했다.

"박 대표님 오셨나 봐요. 모시고 올게요."

잠시 뒤, 태진은 박 대표를 데리고 왔다. 박 대표는 위치와 연습실을 디자인을 보고 누구 연습실인지 단번에 알아차렸다. 하지만 트리스타 멤버들은 급식 팀과 같은 반응들이었다. 두 팀은 서로 신문물을 접한 사람들처럼 다 같이 뭉쳐 다니며 이곳저곳을 살폈고, 박 대표와 곽이정은 태진의 옆에 자리 잡았다. 그때, 박 대표가 입을 열었다.

"여기 다은이네 회사……."

박 대표의 말이 끝나기도 전에 문이 열리더니 에이드가 들어왔다. 박 대표는 이미 예상했기에 헛웃음을 뱉었고, 곽이정은 에이드와 태진을 번갈아 가며 쳐다봤다. 태진은 그런 곽이정을 보며 말했다.

　"여기가 코인 기획 연습실이거든요."
　"코인 기획… 1인 기획사 아닙니까……? 소속 가수가 또 있나요?"
　"두 분이에요. 에이드 씨랑 한겨울 씨."
　"그러니까 내 말은… 둘 다 발라드 가수인데?"
　"혹시 몰라서 준비하셨대요."

　에이드의 돈 씀씀이를 잘 모르는 곽이정은 영 이해하기 힘들다는 표정을 지었다. 그리고 그런 표정으로 에이드에게 인사를 했다.
　곽이정은 연신 정신을 차릴 수 없었다. 태진이 걱정을 하지 말라고 했지만 비용부터 걱정이 되는 건 어쩔 수 없었다. 게다가 박 대표와 친분이 있어 보이는 모습 때문에 자신이 꼽사리가 된 것처럼 느껴졌다. 자신만 그러면 상관이 없겠지만, 급식 팀까지 꼽사리 취급을 받을 수 있기에 최대한 덤덤한 척을 유지했다. 하지만 얘기가 계속될수록 덤덤할 수가 없었다.

　"그러니까 저희가 연습실을 계속 사용해도 된다는 건가요?"
　"정확히는 트리스타하고 나눠서 사용하는 거죠. 한 팀장님한테 들어 보니까 활동 기간이 안 겹칠 거라고 하던데요?"
　"그건 그런데… 정말 우리가 연습실 사용하는 조건이 에이드 님 안무 지도 하는 게 다인 건가요?"

"네, 활동 기간 아닐 때 일주일에 한 번! 두 번은 내가 힘들 거 같아서요. 상부상조하는 거죠!"

이게 도대체 무슨 조건인 건지 이해할 수가 없었다. 하지만 기회를 놓칠 수는 없기에 바로 단장을 불렀다.

"다래 씨, 잠깐만 와 보실래요."

급식 팀 단장이 오자 의견을 물었고, 단장은 원래도 많이 하던 일이었기에 크게 문제 되지 않는다고 밝혔다. 오히려 최근 엄청 이슈를 받은 에이드에게 춤을 가르쳐 주는 게 기쁜 표정이었다. 그렇게 다래를 다시 보내고는 곽이정은 아직도 믿기지 않는지 입을 열지 않았다. 그때, 그동안 입을 다물고 있던 박 대표가 입을 열기 시작했다.

"야, 다은아. 너 이렇게 돈 막 쓰다가 망하는 거 순간이야."
"아, 또 잔소리. 내 돈 내 마음대로 쓴다는데 왜 잔소리를 할까."
"걱정돼서 그러지. 너, 댄스가 돼? 너 이제 마흔이야."
"마흔은 춤추면 안 돼? 그런 법이 어디 있어. 있으면 가져와 봐. 무슨 프로듀서가 저렇게 꼰대야. 정 걱정되면 오빠는 돈 주고 사용해. 오빠도 돈 많이 벌었잖아."
"주려고 했어! 얼마야!"
"얼마지……? 이 정도면 월 삼십?"

태진은 하마터면 소리를 내서 웃을 뻔했다. 이 정도면 조명을 켜서 나가는 전기세만으로도 그 정도 금액이 나올 듯했다. 그때, 에이드가 갑자기 태진을 쳐다보더니 박 대표에게 말했다.

"오빠는 돈 꼭 내라."
"낸다니까."
"헤븐 대표님은 안 내서도 돼요."
"저도 내겠습니다……."
"이것 봐! 저 오빠 때문에! 진짜 안 내서도 돼요. 우리 회사 이미지 올리는 걸로 충분해요."

곽이정은 무슨 소리인지 모르겠다는 얼굴로 에이드를 빤히 쳐다봤고, 에이드는 박 대표를 보며 콧방귀를 끼고는 이내 온화한 표정으로 바뀌고는 말을 이었다.

"한 팀장님이 기대되는 팀이라고 그러셨거든요. 팀원들 멘탈도 좋고, 실력도 있고, 곡도 좋고. 분명히 성공할 팀이라고 했어요. 그런 팀하고 관계를 만들면 언젠가 도움이 되겠죠? 내가 콘서트 할 때 게스트로 온다든가."

에이드는 태진을 보며 씨익 웃더니 말을 이었다.

"한 팀장님이 된다고 하면 되는 거거든요. 그리고 대표님이라면 무조건 성공시킬 거라고 엄청 믿고 계시던데."

"하……."

곽이정은 생각이 많은 얼굴로 태진을 봤다. 그러고는 이내 고맙다는 표정으로 가볍게 고개를 숙였고, 태진은 지금까지 곽이정에게 저런 인사를 받아 본 적이 없다 보니 엄청 놀랐다. 그때, 에이드가 박 대표를 째려보며 말했다.

"한 팀장님이 트리스타 얘긴 없었거든? 그러니까 오빠는 돈 꼭 내."

꼽사리라고 느끼던 곽이정은 그제야 어깨에 힘이 들어간 자세로 돌아왔고, 박 대표는 엄청 서운하다는 얼굴로 태진을 봤다. 태진은 이렇게 되면 원래 계획했던 것이 문제가 될 수 있기에 서둘러 박 대표를 보며 말했다.

"곽이정 팀… 아니 대표님 얘기 하다가 나온 거예요. 물론 트리스타도 노래도 좋고 춤도 열심히 연습하면 좋은 결과 있을 거예요. 제 생각에는 올해는 트리스타하고 급식이 가장 인기 있는 그룹이 될 거 같은데요. 아! 물론 에이드 씨도 포함이고요."

"봐! 봤지! 한 팀장님이 우리 트리스타도 잘된다잖아. 아, 그럼 나도 안 내."

에이드는 어이없다는 얼굴로 박 대표를 봤고, 박 대표는 눈도 마주치지 않고 말을 뱉었다.

"절대 안 내! 돈 내면 망할 거 같은 분위기인데 어떻게 돈을 내!"

그리고 태진도 그런 박 대표의 말을 돕고 나섰다.

"반드시 잘될 거예요."
"봤지! 나 돈 못 내."
"어우, 저 짠돌이. 마음대로 해. 참고로 계약은 따로 안 할 거야. 돈도 안 받는데 계약하는 거 웃기잖아. 대표님도 괜찮으시죠?"

곽이정은 계약서가 없다는 게 걸렸지만 조건이 말도 안 되다 보니 계약서에 이런 조건을 적는다는 것도 우스웠다. 게다가 태진이 그러라며 고개를 끄덕이고 있는 모습을 보자 묘하게 믿음이 갔다. 그렇게 곽이정의 대답으로 상황이 정리가 되었다.

태진은 그제야 안도의 한숨을 뱉고는 박 대표를 보며 말했다.

"이제 OST 작업 해 주셔야죠."
"아! 해야죠. 이렇게 받았으면 해야죠… 후, 이미 읽어 보긴 했고 어떤 느낌으로 가야 될지도 다 구상해 놨으니까 그리 오래 걸리진 않을 겁니다."

태진은 만족스러운 결과에 입술을 떨었고, 곽이정은 그제야 태진이 나선 이유를 알고는 미소를 지었다.

'잘 배웠네.'

                    *   *   *

  며칠 뒤. 태진은 오랜만에 집에서 휴식을 취하는 중이었다. 그
동안도 주말에 쉬기는 했지만, 일이 많았기에 그것에 대해서 생
각을 하느라 쉬는 기분이 들지 않았는데 이젠 일이 정리가 되어
서인지 굉장히 편안하게 휴식을 취하는 중이었다. 다만 예전과
다르게 다들 바빠서인지 지금은 집에 혼자였다.

  어머니는 여전히 커피숍에 나가셨고, 태민은 웹툰 작업을 한다
며 웹툰 작가 작업실에 가 있는 상태였다. 그리고 태은은 아마도
선우 무대가 있는 극장에 가 있을 것이었다. 가족들 모두가 무얼
하고 있는지 알고 있었지만, 아버지만큼은 행선지를 알 수 없었다.

  "다들 엄청 바쁘네. 밥 혼자 먹어야 되나."

  집에 혼자 있게 될 줄 몰랐기에 밥부터가 문제였다. 그때, 현
관문 열리는 소리가 들리더니 아버지가 들어왔다.

  "어디 다녀오셨어요?"
  "어, 잠깐 어디 다녀왔지. 어쩐 일로 거실에 나와 있어? 밥은?"
  "먹으려고요. 식사하셨어요?"
  "간만에 짜장면이나 시켜 먹을까?"
  "좋은데요?"

태진은 식사를 주문한 뒤 아버지와 함께 소파에 앉았다.

"주말인데 어디 다녀오셨어요?"

그러자 아버지가 갑자기 한숨을 뱉었다. 무슨 일이 있는 건가 걱정된 마음에 아버지를 지켜볼 때였다.

"선물을 좀 사 주려고 했는데 생각하고 약간 다르네."
"선물이요? 누구 주시려고요."
"태은이 줘야지. 태은이 다음 주에 입학하잖아."
"아! 그렇네요."

태진도 무슨 선물을 줄지 생각만 하다가 일이 바빠서 잊고 있었다. 그래도 다행히 아버지 덕분에 까먹고 넘어가진 않을 듯했다.

"무슨 선물 사시려고요?"

그러자 아버지가 휴대폰을 내밀며 사진을 보여 주기 시작했다.

제4장

—

스스로 찾은 선물

휴대폰을 보던 태진은 상당히 놀란 얼굴로 아버지를 바라봤다.

"차 사 주시게요?"
"그럴까 생각했지. 태진이 너처럼 경차라도 있으면 좋을 거 같아서."
"태은이가 차 필요하대요?"
"태은이가 뭐 필요하다고 한 거 본 적 있어? 투덜거리기는 해도 뭐 사 달라고 말은 안 하잖아. 그래서 사 줄까 해서."

그러고 보면 태은이 뭐 사 달라고 한 걸 본 적이 없었다. 하지만 아직 태은이 어리게만 보여서 그런지 운전을 한다니 걱정이 되었다.

"면허부터 따야죠."

"며칠 전에 면허 땄어."

"진짜요?"

"네가 소개시켜 준 회사 있지. 거기 사장님이 주행 연습 해 주시고 해서 땄다는데."

"아, 이 자식은 얘기를 잘 안 해. 쓸데없는 말만 하고."

"면허도 있으니까 차 있으면 좋을 거 같더라고. 얘기 해 보니까 학교 다니면서도 일을 계속하고 싶다고 하더라. 그 회사에서도 태은이 일 잘한다고 그렇게 하라고 했대. 그런데 학교가 천안이니까 지하철 타고 가면 두 시간 걸려. 거기서 또 회사 가면 3시간이야. 그런데 차로 가면 회사까지 1시간 반이야. 그게 너무 그렇잖아. 버스 타고 가더라도 엄청 갈아 타야 되니까 시간이 너무 낭비되는 거 같아서."

"아… 그러네요."

역시 가족을 생각하는 아버지답게 세심한 부분까지 걱정하고 있었다.

"그래서 차 알아보셨어요?"

"네 거랑 똑같은 차 알아봤지. 나중에 자기가 돈 벌어서 바꾸면 되니까 일단은 경차로 사 주려고 했어. 그래서 사 주는 김에 너처럼 새 차 알아봤는데 출고되는 데 최소 6개월 걸린다네. 반도체 대란이다 뭐다 해서 6개월이나 걸린대."

"그렇게 오래 걸려요?"

"그것도 빠른 거라더라. 아빠는 너 때만 생각하고 그거 타고 입학식 가려고 했는데. 선물로."

아버지는 말을 하다 말고 태진의 등을 탁 두드렸다.

"태은이만 대학 가서 좋아서 그러는 거 아니다? 서운해하지 마."
"네? 안 그래요. 저도 선물 주셨는데."
"그렇지? 아무튼 이걸 어떻게 해야 될까 걱정이네. 중고를 사야 되나."
"그런데 무리하시는 거 아니세요?"
"아빠 힘 있어. 자식이. 이번에 목돈이 좀 생겨서 돈 걱정 안 해도 돼."
"저도 회사에서 돈 받을 거 같은데 저도 보탤게요. 그리고 차도 제가 알아볼게요."
"안 그래도 돼! 장가가려면 돈 모아 둬야지!"
"회사 일 잘되서 성과급 받는 거예요. 그리고 제 차도 우리 가족들이 다 같이 사 주신 거잖아요. 이번엔 저도 같이 할게요."

아버지는 기분 좋은지 미소를 지으며 태진을 가만히 쳐다봤다.

"이제 마음이 많이 놓이네. 후우, 그래. 이번에는 형들 덕 좀 보게 해 줘."

태진은 가볍게 웃고는 곧바로 방으로 들어갔다.

*　　　*　　　*

　태민과 상의를 하려고 기다렸지만 늦게 온다는 말에 태진은 직접 태민이 작업하는 곳으로 이동했다. 웹툰 작가의 사무실에 있을 줄 알았는데 태민이 있는 곳은 김정연 미디어였다. 근처 커피숍에서 기다리고 있을 때 후줄근한 모습의 태민이 들어왔다.

"형, 뭐 하러 힘들게 여기까지 왔어."

"회사에서 작업하는 거야?"

"어, 여기가 편해서. 편집자분들하고 바로바로 소통도 되고 그래서 여기가 편하더라고."

"토요일인데?"

"어, 그래서 오늘은 없고, 대신 더 든든한 사람이 봐주셔."

"누구?"

"대표님 와 계셔."

"대표님?"

"김정연 작가님 말이야. 신경 되게 많이 써 주셔."

태진은 깜짝 놀란 마음에 급하게 물었다.

"바쁘실 텐데?"

"형이랑 작업하는 거 말하는 거야? 그것도 회사에서 쓰시던데. 설마 내가 방해하고 있다고 생각하는 거 아니지?"

"그런 거 아니지."

"하다가 컨펌 받을 거 모아 놓으면 쉬러 나오셔서 봐주시고 그래. 걱정하지 않아도 돼."

"걱정 안 해. 작업은 잘돼?"

"일단 우리 회사 내에서 반응은 되게 좋아. 총 300화로 잡고 20화까지 그렸는데 다들 재미있다고 하더라고. 내가 쓴 글 보면서 상상했던 거랑 비슷하다고 해서."

"잘됐네. 언제 론칭해?"

"론칭 날짜 잡혀서 이렇게 하는 거야. 다음 달에 파이온에서 독점으로 들어가. 그래서 좀 바쁘네. 아, 태은이 얘기가 뭐야?"

태진은 바쁜 태민의 시간을 뺏지 않기 위해 곧바로 얘기를 꺼냈다. 그러자 가만히 듣고 있던 태민이 고개를 끄덕이더니 입을 열었다.

"그거 내가 사 줄게. 형도 이번에 차 바꿔. 경차 말고 좀 튼튼한 차로 바꿔."

"지금 차 너무 좋아. 뭐 하러 바꿔."

"내가 바꿔 줄게. 태은이도 사 주면서."

태민은 씨익 웃더니 입을 열었다.

"나 돈 들어와서 좀 있어."

"정산받았어?"

"저번 달부터 받았어. 그래서 좀 돼."

"많이?"

"응, 좀 많아. 그러니까 내가 사 줄게."

"아니야. 됐어. 나도 좀 보태고 싶어서 그래. 이번에는 그럼 아버지, 어머니하고 우리 둘이 해서 같이 사 주자."

태민도 태진의 마음을 알아서인지 웃으며 고개를 끄덕거렸다.

"그런데 신차 뽑으려면 시간이 오래 걸린다네. 그래서 중고로 사야 되는데 좀 알아보려고."

"믿을 만한 사람 있어? 막 사기당하고 그러는 거 아니야?"

"알아봐야지."

"형도 바쁘잖아. 어, 잠깐만 대표님한테서 전화 왔다."

태진이 대답하려 할 때, 태민의 휴대폰이 울렸다.

"네, 대표님. 네, 잠깐 커피숍이에요. 아, 오곡라떼요? 네, 그런데 시간이 좀 걸릴 거 같아요. 그런 건 아니고 형이 와서… 네? 아, 네."

태민이 통화를 하다 말고 갑자기 휴대폰을 내려놓았다. 그러고는 갑자기 태진을 보며 피식 웃었다.

"형 대단한 거 같아."

"왜?"

"형이랑 있다고 얘기하자마자 오신대."

"작가님이?"

"어. 누가 찾아와도 시큰둥하신데 형 얘기하니까 직접 오신다네."

"말하지 말지. 괜히 방해하는 거 같잖아."

이렇게 김정연을 만나게 될 줄 몰랐던 태진은 약간 난감했다. 일 얘기를 하러 온 게 아니라 가족 얘기를 하러 온 건데 잘못하면 김정연과 계속 일 얘기를 해야 될 수도 있었다. 일이 싫은 건 아니었지만 오랜만에 주말을 가족에게 투자하고 싶었기 때문이었다.

잠시 뒤, 김정연이 커피숍으로 들어왔고, 태진을 발견하고는 반갑게 손을 흔들었다. 그러고는 음료를 주문하고는 태진에게 다가왔다.

"한 팀장! 여기까지 왔으면 나한테도 연락을 해야지. 좀 섭섭한데?"

"그런 게 아니라 태민이 좀 보러 왔어요."

"농담이에요. 나도 얼굴이나 보고 인사나 하러 왔어요. 강 이사한테 얘기 들었어요. 에이드 씨 OST 합류했다고. 역시 능력 있어."

얼굴 보러 왔다고 하더니 바로 일 얘기가 나왔다. 만나게 되면 어쩔 수 없는 일이기에 태진은 웃으며 대답했다. 그렇게 한참이나 일에 대해서 얘기가 오갔다. 그러다 보니 정작 태민과 대화를 나눌 수가 없었다. 그때, 태민이 시간을 확인하더니 자리에서 일어나려 했다.

"저 먼저 올라갈게요. 영수 형 기다리고 계실 거 같아서요."

"아니야. 천천히 가. 영수가 태민이 너 천천히 올라오게 해 달라고 나한테 신신당부했어. 형이나 동생이나 참 일에 대한 열정이 어마어마하단 말이야."

태진은 무슨 상황인지 알아차리고는 피식 웃었다. 태민이 잘하고 싶은 마음에 같이 일하는 웹툰 작가를 다그치고 있는 듯했다. 그때, 김정연이 태민과 태진을 번갈아 보더니 태진에게 말했다.

"그게 아니면 내가 방해해서?"
"아니에요. 얘기 다 했어요."
"가족 얘기?"
"아, 네. 막냇동생이 이번에 대학 들어가서 차를 선물로 사 주려고요."
"이제 대학생? 나이 차가 꽤 나네요?"
"좀 나요."
"그런데 대학생한테 무슨 차를 선물로 사 줘요. 잘나가는 패밀리라서 그런가?"
"그런 게 아니라 일도 하고 있어서 차가 필요할 거 같아서요."

대답을 듣던 김정연이 순간 눈을 번쩍였다.

"무슨 일 해요? 형들 둘 다 최고인데 막냇동생도 최고일 거 같은데? 한씨 형제들한테 그런 피가 흐르나?"
"그냥 아르바이트 하고 있어요. 선우 무대라고 무대 제작하는 회사예요."

"그럼 언젠가 볼 수도 있겠네."

"그럴 수도 있을 거예요. 재밌어하더라고요. 차도 그래서 사주려고 하는 거예요. 학교에서 회사까지 좀 거리가 있어서요."

"어, 그러네. 무슨 차 사 주려고요?"

"경차 알아보고 있어요."

"동생분도 그 차 원한대요? 기왕 줄 거면 원하는 거로 줘야지."

생각해 보니 태은의 의견 없이 결정되어 버렸다. 만약에 준다면 고마워하며 받겠지만, 따로 원하는 게 있을 수도 있었다. 태진은 태민을 가만히 쳐다봤고, 태민도 아차 하는 얼굴로 턱을 쓰다듬었다. 그러더니 김정연에게 양해를 구하고는 곧바로 전화를 걸었다.

"어디냐?"

─극장인데? 왜. 빨리 말해.

"너 만약에 차가 세 대가 있어."

─또 뭔 소리야. 뭐 또 우황청심환 먹고 차에서 자려고? 내가 면허 왜 땄는지 알아? 나 면접 갔을 때 작은형 잤지! 그때 내가 아무것도 못 하는 상황이 너무 한심해서 딴 거야.

"닥쳐! 스피커폰이니까 이상한 소리 하지 마."

태민은 시뻘게진 얼굴로 김정연을 살폈고, 김정연은 이 상황이 재미있는지 입까지 가려 가며 웃고 있었다.

—왜? 스피커폰으로 얘기해? 동네 사람들! 우리 작은형 청심환
에 취해서 4시간 잤……

"제발 좀 닥쳐. 형이 말해. 아, 이 또라이 같은 놈이."

—어? 큰형아도 있어?

태민이 휴대폰을 태진 쪽으로 쭉 밀어 버렸기에 태진이 전화
를 이어 받았다.

"형이야."

—뭐야, 왜 둘이 같이 있어?

"형이 태민이네 회사 근처 지나가다가 만났어."

—어, 그래? 그럼 이따가 극장에도 잠깐 들러. 오늘 작업 빨리
끝나서 9시에 퇴근이니까 나 싣고 가. 꼭!

"김 반장님 차 타고 가는 거 아니야?"

—아니야. 방향 달라서 요즘 이상한 사람 차 타고 간단 말이야.

일하는 사람들 중 누군가의 차를 얻어 타고 다니는 모양이었
다. 그러다 보니 차를 선물해 주면 굉장히 기뻐할 것 같았다.

—그런데 왜 전화했어?

"그게 어… 만약에 말이야. 아! 태민이랑 커피숍 왔는데 이벤
트를 하더라고. 뭐 당첨되면 차를 주나 봐."

—무슨 차. 레몬 티 이런 거?

"아니, 진짜 타고 다니는 차."

─그 가게 곧 망하겠네. 무슨 차를 경품으로 줘. 현실성이 너무 없네.

태은의 지적에 태진도 부끄러움이 몰려와 점점 목소리가 작아졌다.

"이벤트를 크게 하나 봐. 그래서 하나는 아버지 차 같은 중형 세단. 하나는 내 차 같은 경차. 하나는 SUV 이렇게 있어. 이런 거 있으면 넌 어떤 거 탈 거야?
─갑자기?
"당첨되면 골라야 하나 보더라고."

나름대로 안 들키기 위해 최선을 다해 연기했다.

─아, 우리 형아들 지금 인생 낭비 하는 중이구나? 쓸데없는 거에 고민하는 거 보니까 삶이 여유로운가 봐. 그게 당첨이 되겠어? 말도 안 되는 거 고민하지 말고 집에나 가. 아니지. 이따 데리러 와.

김정연은 거의 숨넘어 갈 정도로 웃고 있었고, 태민은 고개를 숙인 채 애꿎은 이마만 쓸어 대고 있었다. 태진도 슬슬 부끄럽기 시작했다.

"그냥 재미로 한 거지. 혹시나 당첨되면 어떤 거 받을 건지. 나는 경차 했는데 태민이는 SUV가 좋다고 하더라고."

—작은형은 자려고 큰 차 골랐나?

"형, 그냥 끊어 버려. 우리가 생각을 잘못했다."

태민이 억지로 전화를 끊으려 할 때, 태은의 대답이 들렸다.

—종류가 세 개밖에 없어?

"왜? 넌 다른 종류가 좋아? 스포츠카 이런 거?"

—스포츠카도 내 스타일은 아니지.

"네 스타일은 뭔데?"

—나? 음, 난 하얀색 포터?

"포터? 트럭?"

—일할 때 장비 싣고 다니기도 좋고 운전할 때 시야도 좋고.
만약에 내가 당첨되면 팔아서 포터 사지.

전혀 생각하지도 못한 대답이었다. 대답을 들은 태민도 고개
를 들고 태진을 쳐다봤고, 태진도 태민을 보며 입술을 씰룩거렸
다. 역시 예상을 뛰어넘는 태은이었다.

—아무튼 그런 거에 목숨 걸지 말고 그 시간에 돈 벌어서 살
궁리해. 사람들이 욕심만 많아서 말이야.

"그런 거 아니라니까."

—이거 물어보려고 전화한 거야?

"그냥 궁금해서."

—어휴, 우리 형아들… 기다려 봐. 내가 돈 벌어서 사 줄게. 작

은형은 캠핑카로 사 준다. 자라고. 아무튼 이따 데리러 올 거지?

"알았어."

—나 안 데려오면 그 형네 회사 강 팀장이랑 같이 가야 된단 말이야.

"강 팀장?"

—곽 아저씨 그만두고 새로 온 사람 말이야! 사람들한테는 말도 잘 안 하고 되게 까칠한데 나한테만 잘해 줘! 형 때문인 거 같은데 사람들이 오해한단 말이야. 나 좋아하는 거 같다고.

"그래서 데리러 오라고 한 거야?"

—그래! 형 동료라서 잘해 주는 거 사람들한테 알려야지.

"일은 잘하시고 계셔?"

—강 팀장님? 잘 모르겠는데. 곽 아저씨 있을 때랑 크게 차이가 없어서.

태진은 가볍게 웃었다. 곽이정이 있을 때와 차이가 없다는 것은 굉장한 칭찬이었다. 강 팀장도 제대로 일을 하고 있는 듯 보였다. 그렇게 통화를 마치자 웃음을 참고 있던 김정연이 소리내어 한참을 웃고 나서야 태진을 쳐다봤다.

김정연이 너무 웃는 바람에 태진은 머쓱해하며 태민을 봤다. 태민이 청심환 먹고 잤다는 부분에서 웃었던 것이기에 태민은 굉장히 민망해하며 고개를 돌리고 있었다. 그때, 김정연이 숨을 크게 뱉더니 입을 열었다.

"삼 형제 되게 웃기네. 막냇동생이 매력 뿜뿜이었네."

"막내가 좀 자유분방해요."

"재밌네. 이제 20살인데 포터 산다는 것부터 되게 신선하네. 혹시 지금 이런 장면 나중에 글로 써도 될까요?"

"어떤……."

"무뚝뚝한 주인공의 유일한 천적인 동생! 우리 태민이가 이렇게 당하고 있는 거 알면 우리 편집자들 안 믿을걸요? 우리 직원들 전부 좀 어려워하는데. 흐흐흐. 아, 신선해."

일상생활에서도 소재를 찾는 걸 보니 작가라는 것이 다시금 실감됐다. 태진은 웃으며 태민을 봤고, 태민은 대답 대신 헛기침을 뱉고는 입을 열었다.

"포터나 사 주자. 근데 포터도 새 차 뽑으려면 오래 기다려야 되나?"

"전체적으로 그런다는 거 같은데."

대화를 듣던 김정연이 씨익 웃으며 대화에 끼어들었다.

"뉴스 보니까 신차보다 중고차 값이 비싼 경우도 있다던데."

"그래요?"

"잘 사야 돼요. 내가 소개해 줄까요?"

"아시는 분 있으세요?"

"아는 사람은 아니고. 기다려 봐요. 대학 입학 선물이면 시간도 얼마 없네. 언제까지?"

"입학식이 열흘 남았더라고요."

"되게 빠듯하겠네. 그리고 기왕이면 최신형이 좋죠?"

"그렇긴 한데… 저희가 알아봐도 돼요. 부담드리는 거 같아서요."

"에이, 오랜만에 배 아프게 웃었는데 웃게 만들어 준 값은 해야지."

김정연은 말이 끝나기 무섭게 바로 전화기를 꺼내 들더니 어디론가 전화를 걸었다.

"감독님, 잘 지냈어요? 아직도 중고차 딜러들하고 연락하고 그러죠? 다름이 아니라 차를 사려고 하는데 아니, 아니, 포터. 그런 게 있어요. 최신형으로 미터도 깔끔한 걸로. 가격 후려치면 안 되고! 알았어요. 오케이. 아니, 나 말고."

김정연은 휴대폰을 입에서 멀리 떨어뜨리고는 태진에게 물었다.

"한 팀장 번호 주면 되죠?"

"아, 네."

그러자 김정연은 씨익 웃고는 다시 통화를 이어 나갔다.

"내가 번호 보낼 테니까 그쪽에 견적서 보내 주면 될 거예요. 아니, 우리 회사 작가가 필요하다고 그래서. 아무튼 연락 줘요."

김정연 통화를 끊자 태진은 조심스럽게 물었다.

"무슨 감독님이세요……?"
"아, 소품 팀 감독이에요. 드라마는 잘 안 하는데 나랑 같이
한 적도 있어서 친해요."
"괜히 작가님이 아쉬운 소리 하게 만든 거 같아서……."
"아니에요. 웃게 해 준 값이라니까. 그리고 이분이 액션영화
소품 전문이라 딜러들 많이 알아요. 알죠? 도시에서 차들 다 부
서지고 그럴 때 새 차로 못 하잖아요. 그래서 친한 사람들 좀 있
더라고요. 아무튼 곧 연락 갈 거예요."

태진은 고개를 숙여 감사 인사를 전했고, 태민도 민망한 듯한 얼
굴로 고개를 숙였다. 그러자 김정연이 태민을 보더니 씨익 웃었다.

"태민아, 우리 같은 회사 없다? 알지? 출판사 중에 가족 복지
까지 신경 써 주는 회사가 어디 있어."

태진은 그제야 김정연이 이렇게 나온 이유를 알 것 같았다.
웃게 해 준 값은 그냥 한 말이었고, 태민과 오래 일하려고 잘해
주려고 한 일이었다. 이렇게 할 정도로 동생이 인정받고 있는 모
습을 보자 태진은 미소가 절로 지어졌다.

*　　　　　*　　　　　*

며칠 뒤. 지원 팀 사무실은 평소처럼 무브 캐스팅을 전담하고 있는 중이었다. 하지만 약간 비중이 있는 조연들은 거의 캐스팅이 끝난 상태이다 보니 여유가 생겼다. 그동안 바쁜 일정 덕분인지 직원들도 이제는 어느 정도 적응을 해 가고 있는 모습이었다.

다만 지금 무브 같은 규모가 있는 일은 더 들어오지 않고 있었다. 그렇다고 걱정이 되진 않았다. 당장은 일이 없지만 그렇다고 아예 없는 것도 아니었고, 무브가 성공을 한다면 얘기가 달라질 게 확실했다. 그러니 여유가 있을 때 최대한 누려야 했다. 때문에 처음으로 월차까지 쓴 상태였다. 그때, 마침 퇴근 시간이 되었고, 그때 마침 태진의 휴대폰이 울렸다.

"어, 왔어? 내려갈게."

통화를 마친 태진은 곧바로 자리에서 일어났다.

"저 약속이 있어서 먼저 가 볼게요. 8화에 등장하는 보살 어머니는 목요일 와서 다시 찾아봐요."
"일단 저희가 추려 놓겠습니다."

김정연이 보낸 대본의 8화에 잠깐이지만 이주의 어머니 역이 등장했다. 분량은 적지만 이주의 또 다른 분위기를 꺼낼 수 있는 등장인물이었다. 그렇기에 단역배우를 구하기는 애매한데 분량을 보면 또 거의 단역이나 마찬가지였기에 중년 배우를 캐스팅하기도 애매했다. 지금도 그 부분을 얘기하고 있었다.

"일단 정리만 해 두시면 제가 확인할게요."

"네, 그런데 오늘 차 계약하는 날이에요?"

"네, 맞아요."

"막냇동생분 너무 좋아하겠다! 형들이 차도 사 주고."

"아무튼 내일 무슨 일 있으면 연락 주세요. 오후에라도 올게요."

"에이, 아닙니다. 편히 다녀오세요."

태은이 사용할 차였기에 태은의 명의로 등록하기 위해 같이 갈 예정이었다. 물론 태은에게 말을 하진 않고 갈 곳이 있다고만 알려 주며 회사 앞으로 오라고 했다. 태진의 경우처럼 가족이 다 같이 갔으면 좋겠지만, 평일이기에 다들 바빴다. 그중 태은이 가장 바빠 태은의 스케줄에 맞출 수 있는 사람이 태진밖에 없었기 때문에 태진이 동행하기로 했다.

짐을 챙긴 태진이 서둘러 나가려고 할 때, 연습실 문이 열리더니 주연 삼인방이 함께 들어왔다. 그중 이주가 짐을 챙긴 태진을 보더니 인상을 찌푸렸다.

"어? 어디 가세요?"

"아, 네. 약속이 있어서요."

"어… 그럼 안 되는데."

"네?"

"아……."

세 사람이 같이 온 모습을 본 태진도 걱정이 되었다. 회사 앞에서는 태은이 기다리고 있었기에 난감해져 버렸다. 그때, 이주가 잘 포장된 작은 박스 하나를 내밀었다. 태진은 의아해하며 박스를 받았다.

"이게 뭐예요?"
"내일 태은 씨 대학 입학이잖아요. 선물!"
"네?"

태진은 박스를 한 번 쳐다본 뒤 다시 이주에게 내밀었다.

"아! 아니에요. 괜찮아요."
"뭘 괜찮아요. 태은 씨한테 주는 건데. 비싼 거 아니고 무선 이어폰이에요. 그러니까 부담 갖지 말라고 해요. 예전에 태은 씨 나온 영상 조회수 많이 나와서 감사 표시 하는 거예요."
"아… 감사합니다. 잘 전해 줄게요."

그때, 뒤에 있던 단우와 차오름도 쇼핑백과 봉투를 내밀었다. 쇼핑백을 내민 단우는 멋쩍게 웃으며 나름대로의 이유를 말했다.

"저도 팀장님이 형 같아서 그런지… 한 팀장님 동생이 제 동생 같아서요……."
"아……."
"전 뇌물입니다. 앞으로도 잘 부탁드린다는 뇌물!"

생각지도 못한 선물들에 태진은 굉장히 부담스러웠다. 이걸 받아도 되는 건가 고민할 때, 이주가 생각할 틈을 주지 않고 말을 이었다.

"다은이 언니가 오늘 팀장님이랑 같이 오라고 했는데……."
"에이드 씨요?"
"다은이 언니도 선물 준비했다고, 몰래 준다고 그랬는데! 그래서 지금 같이 가려고 온 건데! 현수 씨한테 팀장님이랑 간다고 이따 밤에 데리러 오라고 해 놨는데……."

에이드와 연습을 하면서 친해진 모양이었다. 하지만 에이드가 선물을 준비했다는 말을 듣는 순간 가슴이 벌렁벌렁거렸다. 무슨 선물을 준비했을지 알 순 없지만, 받으면 안 될 것 같다는 생각이 들었다. 그때, 태은에게 전화가 걸려 왔다.

"금방 내려가. 잠깐만 기다려."
"어? 태은 씨 온 거예요?"

이주는 잘됐다는 표정을 짓더니 태진에게 주었던 선물을 다시 가져갔다.

"선물은 직접 줘야지 제맛! 잘됐다! 어디 가세요? 방향 같으면 저 코인기획에 떨궈 주시고 가세요."
"방향이 좀 달라서요……."
"되게 거리 두려고 하는 거 같아서 좀 섭섭하네."

"아니에요. 진짜 방향이 달라서 그래요."
"알았어요. 선물은 직접 줘도 되죠?"

뭔가 말린 듯한 느낌이었다. 태진은 마지못해 수락을 했고, 이 주 뒤에 있던 단우와 오름도 각자의 선물을 다시 챙겨 갔다.

＊　　　　＊　　　　＊

회사 건물 앞에서 기다리던 태은은 투덜거리며 로비를 뚫어져 라 쳐다보는 중이었다.

"왜 안 나와"

그때, 로비에 서 있는 태진이 보였고, 안으로 들어오라는 손짓 을 했다.

"아, 내가 참아야지. 후우."

태은은 마지못해 태진에게 다가갔다. 그러자 로비에 익숙한 얼굴들이 보였다.

"어……?"
"태은 씨!"
"누나!"

"올, 이제 대학생!"

태은은 어리둥절한 얼굴로 태진을 봤고, 태진 역시 머쓱한 상황이었기에 그저 웃어넘겼다.

"축하해요! 자, 이건 입학 선물!"
"어? 이런 거 안 주셔도 되는데."
"태은 씨 때문에 조회수 잘 나와서 주는 거예요."
"아, 그런 거예요? 그런 거면 좀 더 큰 거 주시지."
"푸흡, 진짜 뻔뻔해."
"농담이에요. 감사합니다!"

이주가 선물을 건네주자 오름도 인사를 하며 건네주었다. 태은이 오름을 알 리 없다 보니 굉장히 어색해했다. 그러던 중 단우가 쇼핑백 하나를 내밀었고, 단우를 본 순간 태은이 입을 쩍 벌렸다.

"권단우다……. 아니지, 배우님……."

권단우야 얼굴이 알려졌으니 태은이 알 수도 있었다. 그런데 단우의 표정이 이상했다. 고개를 갸웃거리더니 태은이 누군지 알아차렸다는 듯이 굉장히 반가운 얼굴을 하더니 태진에게 말했다.

"어, 팀장님 동생이 이분이셨어요?"
"제 동생 아세요?"

"알죠. 당연히 알죠."

"어떻게 아세요?"

"저 연극 프로젝트 할 때 자주 오셨잖아요."

"그렇긴 하다고 들었는데… 그때는 관객이었을 텐데."

"아! 커튼콜 하고 그럴 때 무대에 올라와서 배우들하고 사진 안 찍고 무대 배경만 쳐다보던 분이라 기억하거든요. 저 말고도 다른 형, 누나들도 뭐 하는 사람인지 되게 궁금해했거든요. 사진을 찍는 것도 아니고 종이 들고 와서 사인 준비 하는데 사인은 안 받고 그림만 그리고 있고 그래서요."

태진은 놀란 얼굴로 태은을 쳐다봤다. 그러자 태은이 별일 아니라는 듯 뻔뻔한 표정으로 대답했다.

"내가 떡잎부터 좀 달랐지. 그러니까 선우 무대에 부장으로 있는 거야."

"좀 겸손해야지."

"농담이야. 배우님도 농담인지 아실걸? 큰형아는 유머 감각이 너무 없어."

태진과는 180도 다른 태은의 모습에 주연 삼인방은 피식거리며 웃었고, 선물을 받아 든 태은은 고개를 꾸벅 숙여 인사했다.

"정말 감사해요. 잘 쓰겠습니다. 제가 당장은 아니고 나중에 노인대학 입학하실 때 보답……."

"그만해라."

주연 삼인방은 낮이라고는 전혀 가리지 않는 태은을 보며 웃었다. 그러던 중 이주가 태은에게 말했다.

"그럼 형이랑 좋은 시간 보내세요. 우린 이만 빠져 줄게요."
"네? 왜요? 누나도 같이 가는 거 아니에요?"
"아니에요."

태진은 갈수록 꼬이는 상황에 진땀이 났다. 이벤트도 해 본 사람이나 하는 거란 생각이 머릿속에 가득했다. 태은도 가만있으면 되는데 이주와 같이 가자고 부추기고 있었다. 태은을 에이드에게 데려가고 싶었던 이주는 그나마 눈치를 보며 한발 물러섰다.

"에이, 가족 모임에 끼는 건 좀 그렇고요. 혹시 이따가 시간 되면 형이랑 잠깐 들러요."
"같이 가서도 될 거 같은데. 전 형들이 사 주는 차 타고 오고, 누나는 형이랑 타고 오면 될 거 같은데."

태진은 깜짝 놀란 얼굴로 태은을 쳐다봤다.

"너, 알고 있었어?"
"뭘?"
"차 사는 거."

"당연히 알지. 작은형이 형 만날 때 면허증 챙기라고 그렇게 얘기 했는데 왜 몰라. 그리고 아빠랑 엄마도 갑자기 포터보다는 승용차가 낫지 않겠냐고 계속 그러는데 어떻게 몰라."

"아……."

"뭐야, 모르는 척했어야 되는 거야? 그거 사 준대서 온 거지 안 그랬으면 안 왔지."

태진은 혼자 숨기려고 한 노력이 억울했다. 이렇게 다 안 이상 더 이상 뭘 숨길 필요가 없었다.

"이주 씨도 같이 가실래요?"

"그래도 돼요?"

"네, 어차피 현수 씨한테 부탁하려면 시간도 좀 걸리고 할 거 같은데 같이 갔다가 코인에 모셔다 드릴게요."

"저야 좋죠!"

태진은 고개를 끄덕이며 단우와 오름을 봤다. 두 사람은 에이드와 친분도 없고 코인에 갈 일도 없기에 발을 뺐다. 그렇게 세 사람은 태진의 차가 있는 주차장으로 향했다.

*　　　　*　　　　*

코인에 도착한 태진은 헛웃음이 나왔다. 태은이 운전을 잘할까 걱정했는데 그럴 필요가 없었다. 신호에 한 번 걸려 거리가 벌어지긴 했지만 곧 따라올 거라고 생각했는데, 코인에 도착하니 이미 차가 주차되어 있었다.

"벌써 와 있었네. 태은 씨 초보 아니에요?"
"그러게요……. 게임을 많이 해서 금방 배웠나."
"푸흡, 그런 게 어디 있어요."
"운전하는 게임도 많이 하고 그랬거든요. 그런데 차 여기다 세워 두고 어디 갔지."
"그러게요. 어? 저기 있다. 어?"

태은을 발견한 이주가 어리둥절한 표정으로 한쪽을 가리켰다. 그쪽을 본 태진은 헛웃음을 뱉어 버렸다. 태은의 앞에 있는 사람은 곽이정이었다. 선우 무대에서 만났으니 아는 사이란 건 알고 있었는데 두 사람의 분위기가 낯설었다. 태은은 평소와 같았고 곽이정은 뭐가 그렇게 웃긴지 활짝 웃고 있었다.

"곽이정 팀장님 저렇게 웃는 거 처음 보는데요? 신기하다. 태은 씨가 사람 끌어들이는 매력이 있구나."

태은이 곽이정과 무슨 대화를 나누는지 궁금했던 태진은 서둘러 걸음을 옮겼다. 그러자 태진을 발견한 곽이정이 아까와 같은 미소를 지으며 태진에게 말했다.

"얘기 안 했어요?"

"네?"

"나 회사 나와서 기획사 차린 걸 몰라서요. 나한테 이번에는 여기에 기웃거리는 중이냐고 하던데."

태은은 장난기 가득한 얼굴로 웃으면서 말했다.

"농담인데 뭘 형한테까지 말하고 그러세요. 그래서 여기가 아저씨 회사예요?"

"그건 아니죠."

"기웃거리는 건 맞네."

태진은 두 사람을 신기한 얼굴로 바라봤다. 누가 보면 굉장히 친한 사이로 알 것 같았다. 곽이정도 태은을 어리게 봐서 그런지 귀엽게 보고 있었다. 그런 곽이정이 뭔가 생각났다는 듯 갑자기 태은에게 손짓하며 자신의 차로 갔다.

"아저씨도 차 바꿨어요? 우리 회사 올 때는 이 차 아니었는데?"

뒤따라온 태진도 곽이정의 차를 봤다. 아마 멤버들을 태우고 다니기 위해서인지 기존의 차가 아닌 큰 승합차였다. 그때, 곽이정이 태은에게 물었다.

"그렇죠. 그런데 누가 또 차를 바꿨나요?"

"저요. 저 차 샀거든요. 형들이 사 줬어요."

"허… 대단하네요."

"아까 저기 서 있던 하얀 트럭이요. 그게 제 차!"

차가 마음에 드는지 자랑을 했다. 곽이정은 어이가 없는지 태은을 한 번 쳐다보더니 이내 호탕한 웃음을 뱉었다.

"하하하. 한 부장답네요. 그럼 이것도 좋아하겠네."

"뭐요? 저 뭐 주려고요?"

곽이정은 차문을 열더니 네모난 가방을 꺼낸 뒤 태은에게 건넸다. 태진이 저게 뭘까 하고 지켜볼 때, 그 어떤 선물보다 기뻐하는 태은이 보였다.

"와! 쩐다! 휴대용 공구 박스! 쩐다! 떼서 허리에 다는 것도 붙어 있네!"

가방을 이리저리 만지더니 한 부분을 떼어 내고 허리띠처럼 허리에 감쌌다. 그러고는 너무 마음에 드는 얼굴로 곽이정에게 엄지를 내밀었다.

"저 좀 있어 보여요? 장인 스멜 좀 나지 않아요?"

"하하하."

"안 그래도 월급 타면 이거 사야지 생각했는데! 너무 좋다!"

"다행이네요. 공구들은 천천히 직접 채워 가세요."

"너무 좋다."

차를 사 줄 때보다 더 좋아하는 모습에 약간 배신감까지 들었다. 무선 이어폰을 선물했던 이주도 어이가 없는지 헛웃음을 뱉고 있었다. 이리저리 자신의 모습을 살피느라 바쁘던 태은이 갑자기 곽이정에게 물었다.

"아저씨도 저 대학 입학 선물 주시는 거예요?"
"전 그런 건 아니고요. 전에부터 주려고 했죠."
"저한테 왜요?"
"뇌물? 나중에 지금 일 그만두고 선우 무대 취직할 때 잘 좀 봐 달라는 뜻이죠."
"하하, 이제야 좀 사람이 진솔해졌네. 걱정 마요. 제가 이거 차고 열심히 일해서 바로 꽂아 줄게요."

태진은 곽이정이 저런 농담도 할 줄 아는 사람이라는 점이 신선했기에 반사적으로 이주를 봤고, 이주 역시 엄청 놀란 얼굴로 자신이 본 게 맞느냐는 얼굴로 태진을 보고 있었다. 그때, 태은이 태진에게 자랑하듯 허리춤을 내밀고는 말했다.

"이제 집에 가는 거지? 집에 가서 공구 사야지."

곽이정 때문에 넋이 나가 있던 이주는 그제야 정신을 차리고 서둘러 말했다.

"잠깐 들렀다 가요. 에이드 알죠? 여기 에이드 언니도 있는데."

"괜찮아요."

"왜요! 에이드 언니 인기 엄청 많은데. 사진도 찍고 그러면 되잖아요."

"내 인생의 연예인은 누나뿐이에요."

"어우, 푸흐흐. 말하는 거 봐. 저러니까 사람들이 다 좋아하지."

어쩜 저렇게 너스레를 잘 떠는지 태진도 웃음이 나왔다. 선물이 부담되긴 하지만 여기까지 온 김에 그냥 가면 에이드가 서운해할 것이 뻔했기에 태진이 입을 열었다.

"잠깐만 들렀다 가자."

태진은 내켜 하지 않는 태은을 데리고 안으로 들어갔다. 지하로 가려 할 때, 뒤따라오던 곽이정이 태진을 붙잡았다.

"에이드 씨 지금 연습실에 있을 겁니다."

벌써 춤을 배우고 있는 모양이었다. 태진은 바로 연습실로 향했고, 연습을 문을 열자 큰 노랫소리와 함께 춤을 추고 있는 사람들이 보였다. 그런 음악 소리를 뚫고 뒤에서 감탄하는 소리가 들려왔다. 규모를 보고 놀란 태은의 목소리였다.

"와… 뭐 이렇게 커? 사람이 저렇게 많은데 휑해 보이네…….
이야, 극장 무대보다 훨씬 크네."

태은의 감탄에 태진은 가볍게 웃었다. 무엇이든지 지금하고 있는
일과 비교하는 모습을 보니 정말 좋아하는 일을 하고 있다는 것이 느
껴졌다. 그때, 태진을 발견한 에이드가 음악을 끄고는 곧장 다가왔다.

"어휴, 오긴 오셨네!"

코인기획에 오는 동안 이주가 상황을 얘기해 준 모양이었다. 에
이드는 태진을 보며 씨익 웃더니 고개를 내밀어 태은을 쳐다봤다.

"안녕하세요. 태은 씨?"
"네, 맞아요. 안녕하세요."

태은은 태진을 쳐다봤다. 이주야 그렇다 치더라도 오늘 하루
종일 자신과 상관없는 사람들한테 축하를 받다 보니 지금도 형
인 태진과 연관돼 있다는 걸 알아차렸다.

"대학 입학한다면서요?"
"네."
"잠깐만요."

에이드는 혼자 신난 얼굴로 밖으로 나가더니 가방 하나를 들

고 들어왔다.

"자! 이거 입학 선물."
"네?"
"요즘 대학생들은 노트북 필수라면서요."
"노트북이요?"

예상한 것보다 더 큰 선물이었다. 태은이 마음에 들어하더라도 받아서는 안 될 것 같다는 생각에 태진이 나서려 할 때 태은이 말했다.

"이건 너무 과한데요."
"과하긴요! 한 팀장님이 저한테 해 주신 거에 비하면 아무것도 아닌데."
"그건 형이 한 거고 저는 오늘 처음 뵙는데 이걸 받으면 좀 그렇죠. 형도 이거 때문에 곤란해질 수도 있고. 마음만 받을게요! 아니지. 속속속. 노트북을 가슴에 담았어요."

태은은 씨익 웃으며 노트북을 건네주었고, 곽이정은 솔직하게 할 말 다 하는 태은의 모습에 고개를 돌린 채 웃어 버렸다. 자신이 겪을 때는 얄미웠는데 한 발 떨어져서 저런 모습을 보자 참 당당하게 보이면서도 웃기기도 했다.

오히려 선물을 준비한 에이드만 굉장히 멋쩍어할 때, 태은이 입을 열었다.

"노트북은 좀 너무하고 더 좋은 선물 받고 싶은데."

"네? 어떤 선물이요?"

"혹시 대학 가서 인맥 자랑하게 '내 가슴에' 불러 주세요! 그거 찍어 가게."

상대방의 기분이 상하지 않는 거절이었다. 태진은 너무나 기특한 마음에 태은의 머리를 쓰다듬었다. 그리고 에이드는 곧바로 노래 부를 준비를 했다. 그렇게 태은만을 위한 노래가 시작되었다.

태은은 휴대폰으로 열심히 촬영하기 시작했고, 트리스타 멤버들이나 급식 팀들도 촬영에 방해되지 않게 태은의 옆으로 자리를 이동했다. 그리고 노래가 끝나자 에이드가 입을 열었다.

"대학 입학 축하해요! 괜찮았어요? 태은 씨?"

"너무 좋은데요? 목소리까지! 굿."

태은은 웃으며 영상을 저장하고 나서야 박수를 보냈다. 그러자 이주가 갑자기 태은의 휴대폰을 가리키며 말했다.

"와, 인생 연예인이라고 하더니 내 인맥은 필요 없나 보네!"

"필요하죠! 부탁하기가 미안해서 그렇죠!"

말이 끝나기 무섭게 태진은 휴대폰을 내밀었고, 이주 역시 축하 인사를 해 주었다. 선물을 받을 때보다 더 좋아하는 그 모습에 태진도 웃으며 지켜봤다. 그때, 조용하던 곽이정이 대뜸 입을 열었다.

"우리 가수도 곧 유명해질 텐데 영상 같이 찍죠. 다래 씨, 좀
모아 주세요."

설마 곽이정까지 이럴 줄 몰랐다. 하지만 곽이정의 표정을 보
니 약간 계산적인 생각을 하고 하는 행동처럼 보였다. 태진이 다
른 사람들에게 보여 줄 때 에이드와 채이주를 함께 보여 줄 것이
고, 그 뒤에 급식 팀이 나온다면 같은 급은 아니더라도 적어도 가
수라고 인식할 수 있다고 생각한 듯했다. 곽이정의 말에 앞에 나
온 급식 팀은 그사이에 팀명도 새로 정했는지 음악방송에서나
하는 인사를 했다.

"둘, 셋. 에잇! 에이! 안녕하세요. 8A입니다."
"어? 이주 누나랑 같이 춤췄던 분들인데?"
"어! 맞아요!"
"어쩐지, 가수셨구나."

이주의 영상을 봤는지 태은도 급식 팀의 정체를 단번에 알아차렸
다. 인사를 나누는 사이에 곽이정이 음악을 틀었고, 그와 동시에 급
식 팀원들은 대열을 갖추었다. 그리고 곽이정이 태진의 옆에 섰다.

"축하 파티가 커졌네요."
"그러게요. 감사합니다."
"후후, 노래는 어때요?"

"어? 목소리가 다르네. 녹음하셨어요?"

"연습을 해야 되니까 가녹음을 했죠. 에이드 씨가 좋게 봐주셔서 밑에서 바로 했습니다."

트리스타가 소화하지 못했던 곡이지만 급식 팀에게는 잘 어울리는 곡이었다.

"안무도 벌써 완성된 거예요?"

"생각보다 빠르죠?"

"그러게요. 멋있네요."

힘이 넘쳐 보이는 안무부터 하이라이트 부분에는 중독성 있는 안무까지, 다양한 안무가 들어갔다. 게다가 노래도 멤버들과 잘 어울려서인지 당장 활동을 해도 문제가 없을 것 같은 느낌이었다.

"그런데 8A는 무슨 뜻이에요?"

"여덟 명의 엔젤."

"아… 멤버들이 싫어할 거 같은데요?"

"그래서 다른 이유도 있죠. 여덟 명의 Another Level. 춤만큼은 다른 레벨이죠."

"그건 멋있네요. 에잇 에이. 인사도 중독성 있고. 노래도 좋고 춤도 좋고. 잘될 거 같은데요?"

태진의 칭찬이 마음에 드는지 곽이정은 미소를 지은 채 멤버들을 바라봤다. 그렇게 안무가 끝나자 태은은 영상을 저장하더니 곧바로 물었다.

"이제 데뷔하는 거예요?"
"아니요. 아직 연습 중이라서요."
"너무 좋아요. 노래도 제 스타일인데. 데뷔는 언제 해요?"
"저희도 아직 몰라요."

태은은 바로 곽이정을 봤고, 곽이정은 웃는 얼굴로 대답했다.

"좀 더 다듬어지면 곧 할 겁니다."

그 말을 듣던 태은은 고개를 끄덕이더니 사람들에게 양해를 구했다. 그러고는 갑자기 휴대폰을 들고 밖으로 나갔다. 다들 왜 저러는 건지 궁금하단 얼굴로 태진을 봤지만 태진도 태은이 어디로 튈지 알 수가 없었기에 어깨만 으쓱거렸다. 그때, 함께 있던 트리스타 멤버인 나연이 쭈뼛대며 태진에게 말했다.

"저희도 하고 싶은데."
"네?"
"저희도 동생분 축하 인사도 하고 싶고… 팀장님한테 어떻게 들리나 확인도 하고 싶고 그래서요."
"아."

곽이정과 대화를 하면서 8A를 칭찬했던 걸 들은 모양이었다. 태은의 축하는 핑계였다. 태진도 궁금하기도 했기에 고개를 끄덕거리자 트리스타도 준비를 했다.

"동생분 오시면 할게요!"

태진 때문이라고는 하나 명목은 축하 공연이었다. 한국의 최고 대학도 아니고 지방대학에 합격했는데 이렇게 많은 사람들에게 축하받는 사람은 태은이 유일할 듯했다. 태진은 웃으며 태은을 기다렸다.

잠시 뒤, 잔뜩 상기된 얼굴의 태은이 연습실로 들어왔다. 그러고는 뭔가 말을 하려고 하다 말고는 자리를 잡고 서 있는 트리스타를 보고는 고개를 갸웃거렸다. 그러자 트리스타 멤버들이 태은에게 앉으라고 손짓했다.

그렇게 트리스타의 공연까지 이어졌고, 공연을 다 본 태은은 또다시 활짝 웃으며 박수를 보냈다.

"이 곡도 너무 좋은데요? 춤도 쉬워서 따라 하기 좋고."

태진이 보기에도 꽤 완성도가 있어 보였다. 8A와 다른 분위기이긴 하지만 또 다른 매력이 있었다. 그때, 태은이 8A에게 했던 질문과 똑같은 질문을 했다.

"언제 데뷔하세요? 아니지 컴백이지."
"저희 아세요?"

"알죠. 형이랑 TV 볼 때 가끔 봤는데."

"와! 신기하다! 팀장님이 저희 알아보셨을 때 저희 진짜 감동 이었는데!"

"우리 형은 원래 다 알아요. 그래서 언제 컴백하세요?"

"저희도 아직 날짜 잡히지는 않았어요."

"아, 잘됐다."

태은은 갑자기 벌떡 일어났다. 태진은 태은이 무슨 짓을 하려 고 저러는 건지 긴장한 채 지켜볼 때, 태은이 두 팀을 향해 모이 라는 듯 손을 움직였다. 그러고는 곽이정에게까지 오라는 손짓을 했다. 그렇게 다 모이자 태은은 먼저 트리스타 멤버에게 말했다.

"다른 회사죠?"

"네."

"그럼 대표님이나 관계자분은 안 계세요?"

"네. 바쁘셔서."

"그럼 제가 지금부터 하는 말 잘 듣고… 아니지, 영상을 찍으 세요. 그리고 아저씨는 실수! 대표님은 안 찍으셔도 됩니다."

다들 의아한 얼굴로 태은을 쳐다볼 때, 태은이 갑자기 고개를 꾸벅 숙였다.

"안녕하세요. 선우 무대에서 일하고 있는 한태은 부장이라고 합니다. 만나서 반갑습니다. 일단 선우 무대로 말할 것 같으면 연극 무대 설치 전문 업체입니다. 물론 지금은요. 하지만 최근에는 그 영역을 넓혀서 팸플릿이나 홍보지까지 담당하고 있고요. 연계된 업체도 상당히 많은 튼튼한 회사입니다."

갑자기 선우 무대 소개를 왜 하고 있는 건지 의아해할 때였다. 태은이 씨익 웃으며 말을 이었다.

"요즘 같은 기획사가 넘쳐 나는 시기에 데뷔는 정말 힘들죠. 데뷔를 했다고 하더라도 살아남기도 힘들고요. 살아남기 위해서는 시작부터 달라야 한다고 생각합니다. 첫 단추를 잘 꿰야 한다는 옛말이 있잖아요. 그런 것처럼 첫걸음이 굉장히 중요하다고 생각합니다. 그래서 저희 선우 무대에서는 쇼케이스 무대도 담당을 합니다. 장소도 알아봐 드리고, 그 장소와 컨셉에 맞는 최고의 무대를 제작해 드립니다."

그제야 태은의 속셈을 알아차린 사람들은 어이가 없어서 웃었다.

*   *   *

다음 날. 태은의 입학식 덕분에 대학교에 처음 와 본 태진은 뭔가 기분이 묘했다. 전부 긴장한 듯 보이면서도 대학 생활을 기대하고 있어서인지 태진도 마치 자신이 대학생이 된 기분이었다. 그렇게 캠퍼스를 둘러보고 있을 때 태민이 입을 열었다.

"이제 내가 청심환 먹은 거 이해돼?"

"하하. 좀 떨리긴 하네. 그래도 오늘은 먹지 마."

"챙겨 오지도 않았어. 그런데 형 안 바빠? 이렇게 회사 빼도 돼?"

"월차 냈지. 넌?"

"난 오후에 가야 돼. 아버지도 월차 내셨나?"

그러고 보니 요 며칠 퇴근도 일찍 하신 거 같았다. 하지만 표정을 보면 그 어느 때보다 밝았기에 큰 문제는 없는 것처럼 보였다.

"태은이가 우리 중에 첫 대학생이니까 월차 내셨겠지."

"그렇긴 하네. 저렇게 좋아하실 줄 알았으면 대학 가 볼 걸 그랬네."

"지금도 늦지 않았지."

"안 늦기는. 한태은이 대학 간 순간 이미 늦은 거야. 내년에 내가 대학 가 봐. 분명히 1학년이라고 놀릴 게 뻔해."

"하하, 그러네."

태진이 웃으며 걸음을 옮길 때, 앞서 가던 부모님 두 분이 걸음을 멈추더니 한곳을 뚫어져라 쳐다봤다. 아버지는 큰 관심이 없는 듯한 얼굴이었지만 어머니는 아는 사람을 만난 것처럼 너무나 반가워하는 얼굴이었다.

"왜 그러세요?"

"저기, 저기. 사람들한테 사인해 주는 분. 윤미숙 배우 아니야?"

"아, 맞네요. 교수님으로 오셨다고 들었는데 입학식인데도 오셨나 보네요."

"우리 태은이 교수님인 거야?"

"네, 윤미숙 배우님 좋아하세요?"

"좋아하지. 항상 멋있는 역할 맡잖아. 실제로 봐도 되게 멋있는 사람이구나."

태진은 소녀 같은 어머니의 모습에 웃으며 말했다.

"이주 씨랑은 야구도 같이 보셨잖아요."

"이주 씨는 딸 같아서 편하잖아. 저분은 많이 봐서 그런지 신기하네."

"저희도 사인해 달라고 할까요?"

"아니야, 우리 태은이 교수님인데 번거롭게 해 드리면 안 되지. 그냥 가자."

윤미숙과 안면이 있기는 했다. 다만 태진이 아니라 가면맨으로 만났던 거였기에 윤미숙은 태진을 알 리가 없었다. 그래도 같은 업계에서 일하고 있다 보니 인사 정도는 나눌 수 있었다. 그때, 사람들과 사진 촬영과 사인을 끝낸 윤미숙이 태진을 봤다. 가족 모두가 쳐다보고 있어서 눈에 들어온 모양이었다. 마침 잘됐다는 생각에 태진은 꾸벅 인사를 했다.

"안녕하세요."

"아, 네 안녕하세요. 같이 사진 찍을까요?"

역시 인성 좋기로 유명한 배우다웠다. 가면을 쓰고 만났을 때
도 좋은 기분이었는데 지금도 마찬가지였다. 먼저 권한 윤미숙
의 말에 어머니는 혼자 가기 민망했는지 소녀처럼 붉어진 얼굴
로 아버지를 끌고 윤미숙의 옆에 섰다. 그런 어머니의 모습을 보
자 입술까지 떨릴 정도였다.

사진을 찍은 태진이 인사를 하려 할 때, 어머니가 입을 열었다.

"정말 팬이에요. 저희 막내도 교수님한테 배울 수 있어서 영광
이에요."

"과찬이세요. 그런데 아드님이 연극영화과예요?"

"네, 맞아요. 이번에 입학해요."

"아, 그래요. 이름이 어떻게 돼요?"

"한태은이라고, 지금은 먼저 강당에 가 있어요."

윤미숙은 태은을 아는지 환하게 웃더니 말했다.

"선우 무대 한 부장 부모님이셨군요. 어휴, 안녕하세요."

"어머, 우리 태은일 기억해 주시네요."

"기억을 못 할 리가 없죠. 일단 가시죠. 저도 강당 가는 길인데."

윤미숙과 동행을 하게 된 게 기쁜지 어머니는 환하게 웃으며
걸음을 옮겼고, 태진은 태민과 함께 그 뒤를 따랐다. 그때, 윤미

숙이 하는 말이 들렸다.

"제 소속사하고 선우 무대가 되게 친밀해요. 그래서 회사 직
원한테 얘기했더니 되게 잘 알더라고요. 일도 잘하고 싹싹하고
그런다고."
"우리 태은이가요?"
"친화력 좋은 걸로 유명하던데요. 그리고 형 두 명도 엄청 유
명한 분이라서 회사에서 잘 해 주라고 신신당부하던데요. 한 명
은 인기 작가고, 한 명은 저도 이름을 많이 들어서 알아요. 한태
진 팀장이라고. 그분도 자녀분이시죠?"

어머니는 자식의 얘기에 기쁜지 환하게 웃으며 고개를 돌렸
고, 태민과 태진도 머쓱해하며 인사했다.

"안녕하세요. 태은이 작은형 한태민입니다."
"배우님 안녕하세요. 전 태은이 큰형이고, MfB에서 일하고 있
는 한태진이라고 합니다."

윤미숙은 엄청 반가워하는 얼굴로 걸음을 멈췄다. 그러고는 태
민과 태진에게 손까지 내밀어 악수까지 하더니 어머니에게 말했다.

"두 분이 형이셨구나. 어쩌면 형제가 다 잘났을까. 부모님들이
엄청 잘 키우셨나 봐요."
"우리 아들들이 알아서 잘 컸죠. 그저 잘 자라서 감사할 따름

이죠."

"작은 아드님은 요즘 서로 잡아가려고 할 만큼 인기 있는 작가님이시고 큰 아드님은 저도 귀에 못이 박힐 정도로 얘기를 들었어요. 저희 회사에서도 한 팀장 말이면 끝으로 메주 쑨다고 해도 믿으라고 그러거든요. 안 그래도 나도 한번 만나고 싶었는데."

누가 저런 말을 했을지 뻔했다. 이창진 말고는 저런 말을 할 사람이 없었다. 그때, 윤미숙이 태진을 보더니 장난스러운 말투로 말했다.

"우리 회사도 좀 예쁘게 봐주세요. 우리 실장님들 속이 타들어 가요."

"네?"

"이번에 김정연 작가님하고 일하시잖아요. 그런데 우리 회사에 연락 한 번 안 줬다고 아주 서운해하고 그러던데요? 좀 우리 회사도 예쁘게 봐주세요."

"아!"

"주연은 아니더라도 작품만 좋으면 다 하니까 연락 좀 주고 그러세요."

주연이 MfB의 배우 세 명으로 정해지다 보니 주연급의 배우들이 많은 플레이스에 연락할 일이 없었다. 하지만 지금은 달랐다. 윤미숙의 얘기를 듣자마자 머릿속에 스치고 지나가는 배역이 떠올랐다. 하지만 자리가 자리이다 보니 여기서 꺼낼 수는 없었다. 그리고 윤미숙에게 곧바로 얘기하면 삐질 사람이 있기에 지금은 입을 다무는 게 나을 듯했다.

윤미숙도 그 말을 끝으로 태진에게 관심을 거두었다. 하지만 관심만 거두었을 뿐 자식을 둔 부모로서 어머니에게 계속해서 삼 형제 칭찬을 늘어놓았다. 그렇게 강당까지 도착했고, 윤미숙도 인사를 하고는 안으로 들어갔다.

"아들들, 엄마 실수 안 했지?"
"실수 안 하셨어요."
"우리 아들들 칭찬하서서 너무 들떠서 무슨 말을 한지도 모르겠네."

태진은 미소를 짓고는 태민에게 말했다.

"아버지 엄마 모시고 먼저 들어가 있어. 전화 좀 하고 갈게."
"알았어. 못 찾겠으면 전화하고."

그렇게 가족들이 강당에 들어가자 태진은 조용한 곳으로 자리를 옮겨 곧바로 전화를 걸었다.

*　　　　　*　　　　　*

잠시 뒤. 입학식이 시작되었고, 부모님들이 어디 있는지는 찾았지만 전화를 기다려야 하는 입장이다 보니 입구 쪽에서 입학식을 지켜보았다. 입학식은 굉장히 심심하게 진행되었고, 신입생 대표가 나와 선서까지 하는 걸 지켜볼 때였다. 기다리던 전화가 걸려 왔고, 태진은 곧바로 강당을 나섰다.

"네, 실장님. 오랜만이네요."
—그러게요.
"연락드리려고 했는데 좀 늦었네요."
—나도 연락 기다렸는데 이렇게 늦을 줄은 몰랐네요.

바로 이창진 실장이었고, 윤미숙이 말한 대로 삐진 느낌이 강하게 들었다.

"국현 씨가 보낸 시나리오는 보셨어요?"
—봤으니까 전화했죠.
"어떠셨어요?"
—난 모르겠어요. 미숙 누님한테 얘기는 해 보겠는데 요즘 워낙 바빠서. 아시죠? 동생분 입학하는 학교 교수님으로 가신 거.
"알고 있어요."
—참 신기하죠? 그런 일 있으면 직접 얘기해 줄 만한데 필요할 때만 연락하고.
"연극 준비하시느라 바쁘실 거 같아서요. 이번에는 아주 전담하셨잖아요."
—그게 더 그렇죠! 곽이정 그놈도 빠지고 한 팀장은 얼굴도 안 비치는 건 둘째 치고 연락 한 번 없고. 정말 서운해요.

"조만간 극장으로 찾아뵐게요."

이창진이 단단히 토라진 모양이었다. 이창진의 말대로 필요할 때만 연락한 것이다 보니 이해가 되긴 했다. 하지만 이미 윤미숙에게 꽂힌 이상 그녀가 꼭 필요했다.

ㅡ아무튼 우리가 연락은 했는데 오늘 입학식 있어서 전화를 안 받거든요. 이따가 다시 연락해 볼게요. 됐죠?

"그게, 실례가 안 된다면 제가 직접 만나 뵙고 설명드려도 될까요?"

ㅡ직접요? 상운대 좀 먼데?

"동생 입학식이라서 저도 와 있거든요.

ㅡ그래요. 그럼. 메시지는 남겨 놓을 테니까 만나고 다시 연락… 아니지 연락하라고 해도 안 하겠지. 우리가 그런 사이가 아니니까. 우리 거리 두면서 일 얘기만 하는 사이니까.

"아니에요. 제가 다시 연락드릴게요."

태진은 아직 추운 날임에도 진땀이 나는지 이마를 쓰다듬었다. 그러고는 다시 강당으로 들어갔다.

*   *   *

입학식이 끝나고 태은과 사진까지 찍은 태진은 가족들에게 먼저 가라고 하고는 윤미숙의 교수실에 자리했다.

"앉아요. 나도 몇 번 안 와서 따로 줄 건 없네요."

"괜찮습니다."

"물이라도 드세요."

윤미숙은 태진에게 물을 건네고는 자리에 앉았다.

"이 실장한테 메시지 온 건 봤어요. 무브 캐스팅하신다고요."

"네, 맞아요."

"되게 갑작스럽네요? 혹시 아까 아침에 내가 한 얘기 때문에 그런 거예요?"

"그건 아니고요. 아직 못 구한 배역이 있었는데 배우님 보자 마자 잘 어울릴 거 같아서 이렇게 연락드리게 됐습니다."

"하긴 그렇게 캐스팅되기도 하니까."

"배역이 좀 작아서 말씀드릴까 고민했는데 아까 작품만 좋으면 배역은 크게 상관하지 않는다고 하셔서 찾아뵙게 됐습니다."

"김정연 작가 작품이면 말할 것도 없죠."

태진은 대화가 잘 풀려 가는 분위기에 주먹을 불끈 쥐었다. 윤미숙이라면 연기도 탄탄한 데다가 기존에도 비슷한 배역을 맡은 적이 있었다. 그러다 보니 윤미숙을 캐스팅한다면 호흡을 맞춰야 하는 이주에게도 도움이 될 듯했다.

"8화 대본부터 등장하고요. 좀 짧게 나오지만 강렬한 인상을 심어 줄 그런 역이에요. 액자식 구성으로 해서 여자 주인공의 성장 배경에 관한 얘기가 잠깐 나오거든요."

"대본 요약한 거 보면 귀신이잖아요."

"쉽게 말하면 그렇죠. 하지만 귀신 씬 등장 전에 그렇게 된 사정도 나와요. 어머니가 먼저 신병을 앓았어요. 근데 신내림을 안받으려고 그러다 보니까 의학적으로 설명할 수 없는 병에 걸려요. 그러면서 혼자 중얼거리는 게 많이 나와요. 내 딸은 안 된다고. 자기가 신을 안 받으면 딸한테 간다는 걸 암시하는 거죠."

윤미숙은 고개를 끄덕이며 태진의 설명을 들었고, 태진도 김정연의 대본을 믿기에 있는 그대로 설명했다.

"그러면서도 자기가 죽으면 딸한테 갈까 봐 죽지도 못하는 거예요. 그래서 딸에게 피해를 주지 않으려고 집을 나간 겁니다. 그렇게 혼자 살면서 끝까지 딸에게 이런 걸 물려주지 않으려고 병에 조금이라도 도움이 되는 일은 다 하게 돼요. 그러다가 제약 회사에서 진행하는 임상시험에 참여하는 거예요. 조금이라도 희망이 보이는 건 뭐든지 다 하거든요. 그러다가 사망을 한 거고요."

"그 엄마가 딸에게 빙의가 된다는 거군요. 근데 요약을 왜 이렇게 해서 보냈어. 나중에 대본을 다시 한번 읽어 볼게요."

"이게 되게 중요한 장면이에요. 그동안 엄마가 자신을 버렸다고만 생각했었는데, 그게 아니라는 걸 알게 되고 남자 주인공을 더 적극적으로 돕기 시작하는 계기가 되는 씬이라서요."

"아. 음."

윤미숙은 바로 이해를 했는지 고개를 끄덕거렸다. 그 모습을 본 태진은 속으로 쾌재를 불렀다. 그때, 윤미숙이 입을 열었다.

"역시 김정연 작가 작품답게 좋네요. 그런데 스케줄이 문제네요. 대본 리딩도 끝났다고 들었는데 그럼 곧 촬영일 거잖아요. 8회 정도면 학기 중이겠는데요? 내가 연기한다고 수업을 빼먹고 싶지는 않은데."

"연출 팀하고 잘 조율해서 스케줄에 문제 생기지 않도록 하겠습니다."

"그게 되나요. 얘기만 들어도 한 장소 촬영이 아니고 돌아다녀야 할 거 같은데."

그때, 윤미숙이 태진을 가만히 쳐다봤다. 그러고는 갑자기 고개를 쭉 내밀고는 입을 열었다.

"내가 만나고 싶었다고 한 거 기억나요?"

"네? 아, 네."

"그럼 내 촬영 있을 때 내가 원하는 사람으로 특강 해 줄 수 있어요? 이 실장한테 듣기로는 한 팀장님하고 친하다고 들었는데."

윤미숙은 손으로 얼굴을 쓸어내리는 시늉을 하며 말했다.

"가면맨하고 친하다면서요."

갑자기 나온 가면맨의 얘기에 태진은 흠칫 놀랐다. 혹시 이창 진이 정체를 말했다면 아까 처음 보는 척 인사했기에 상황이 민 망해질 수 있었다. 그러다 보니 가면맨과 친하다는 말에 어떤 대 답을 해야 할지 판단이 서지 않았다. 그러다 보니 대답이 늦어졌 고, 윤미숙은 그런 태진을 보며 입을 열었다.

"다른 게 아니라 내가 너무 인상 깊어서 그래요. 팀장님은 저 있을 때 없으셔서 모를 거예요."

말하는 걸 보니 이창진이 말을 하진 않은 모양이었다. 생각보다 이창진의 입이 무거웠다. 태진은 약간 편해지기도 했지만, 한편으로 는 속이는 게 마음에 걸리기도 했다. 그때, 윤미숙의 말이 이어졌다.

"내가 원하는 교육 방식은 아니에요. 좀 거칠더라고요."
"아, 좀 그렇죠. 원래는 안 그런데."
"그래요? 역시 잘 아시나 보네. 아무튼 그때 많이 놀랐어요. 말이 거칠어서 그렇지 그 어떤 연기 지도자보다 지적이 정확하더 라고요. 저도 듣다 보면 아, 저래서 이상했구나 하는 생각이 들 정도였어요. 그래서 그런지 후배들 실력도 일취월장하더군요."
"다들 경력이 오래되셔서 그랬을 거예요."
"그렇진 않죠. 그랬으면 이미 스카웃이나 투자를 받았을 텐데 그 처럼 무명으로 있진 않았겠죠. 확실히 시간이 갈수록 달라지더라고 요. 처음에는 기대하지 않아서 놀란 걸 수도 있는데 마지막에는 진심으로 놀랐어요. 처음에 봤을 때보다 훨씬 더 완성도가 높아져서."

윤미숙은 연극을 회상하는지 옅은 미소를 짓고는 말을 이었다.

"사실 내가 교수직을 수락한 것도 가면맨 때문이기도 해요. 전에도 많이 제안이 왔었어요. 그런데 다 거절을 했는데 가면맨이 하는 걸 보니까 나도 지금까지 했던 경험으로 후배들에게 도움이 될 수 있을 거 같아서 수락한 거예요."

"아, 그러셨군요."

"아직은 수업을 안 해 봐서 감이 안 잡히는데 그래도 최대한 많은 경험을 하게 해 주고 싶어요. 그런데 현실적으로는 힘들잖아요. 아직 나도 경험하지 못한 것도 있으니까. 그래서 여러 사람들에게 부탁을 해서 도움이 될 만한 말을 듣게 해 주고 싶어요. 그 사람 중 한 명이 가면맨이기도 하고요."

"배우님이 더 잘 가르쳐 주시지 않을까요?"

"그렇진 않다고 생각해요. 저하고 스타일이 달라서 누가 더 잘 가르친다고 하기는 그렇죠. 연기란 게 같은 주제를 보고도 다르게 느낄 수 있는 거라서 그 시야를 좀 넓혀 주면 학생들에게 도움이 되겠죠."

학생들을 위하는 윤미숙의 진심에 고민이 되었다. 그때, 윤미숙의 휴대폰이 울렸고, 윤미숙은 확인을 하고 피식 웃었다.

"이 실장이 단단히 삐졌나 보네요."

"이창진 실장님이요?"

"네. 해도 되고 안 해도 되고 마음대로 하라는데요. 그러면서 자기가 그랬다고 말을 꼭 하래요. 둘이 엄청 친한가 봐요?"

"아, 네. 많이 도움 받았거든요."

"사람이 실없어 보이긴 해도 투정 부리는 건 자기 편한테만 그러는 사람인데 한 팀장도 같은 편이라고 생각했나 보네요."

"되게 잘해 주세요."

"원래 그런 사람이니까. 요즘 일이 잘 안 풀려서 어디에 투정 부리고 싶었나 봐요. 아무튼 이 실장 얘기는 그만하고, 어떻게 가능할까요?"

태진은 다시 가면을 써야 하는 상황에 잠시 고민이 되었지만, '무브'의 완성도를 올리기 위해서라면 윤미숙만큼 좋은 사람도 없었다. 연기도 그렇지만 그동안 쌓아 놓은 인지도도 상당했기에 어떤 배우를 데려오더라도 윤미숙에 미치지 못할 것이었다.

"알겠습니다. 제가 책임지고 배우님이 원하시는 날짜에 섭외하겠습니다."

"휴, 좋아요. 그럼 나도 해야죠."

"수락하시는 건가요?"

"그럼요."

"감사합니다!"

"학생 가족한테 캐스팅당하는 건 처음이네."

"자세한 건 플레이스에 연락해서 조율하고 나서 다시 연락드리겠습니다."

"그래요. 나도 하고 싶다고 말 잘해 놓을게요."

"감사합니다."

태진은 가볍게 웃고는 자리에서 일어났다.

* * *

다음 날. 태진은 회사에 출근하자마자 수잔을 찾았다.

"계약서 준비 되셨죠? 저 주세요."

어제 전화로 준비를 하라고 얘기해 둔 상태였다. 윤미숙 정도의
배우면 비중이 적더라도 출연료를 협의해야 했기에 바로 플레이스
로 갈 예정이었다. 수잔은 웃으며 준비해 둔 계약서를 건네주었다.

"여기요. 무슨 입학식 가서 캐스팅을 해 오세요."

"윤미숙 배우님이 딱 보이더라고요. 보는 순간 캐스팅해야겠
다 싶었죠."

"그래도 어떻게 바로 따 오셨어요. 대단하세요."

태진은 가볍게 웃고는 계약서를 살폈다. 그러던 중 계약서가
이상하다는 것이 느껴졌다. 태진은 수잔을 쳐다봤다.

"왜 그러세요? 몇 번이나 확인해서 잘못된 부분 없을 건데."

"이거 최종 계약서인데요?"

"그거 플레이스에서 그렇게 보내라던데요?"

"네?"

태진은 다시 천천히 읽어 봤다. 확실히 이상한 부분이 보였다.

"여기 출연료 부분에 카메오가 적혀 있어요."

"어? 얘기 되신 거 아니에요?"

"무슨 얘기요?"

"플레이스에 전화했더니 비중도 적고 뭐 해 주신다고 해서 윤미숙 배우님이 직접 카메오로 출연하겠다고 하셨다는데요."

태진은 당황스러움에 이마를 비볐다. 말 잘해 놓겠다는 뜻이 카메오로 출연하겠다는 것이었다. 그때, 대화를 듣던 국현이 웃으며 대화에 끼어들었다.

"진짜 대단하세요. 원래 알고 계시던 사이 아니잖아요. 저번에 처음 보시던 거 같았는데 어떻게 카메오로 출연하겠다고 하신 거예요."

태진은 머리를 긁적이며 어제 있었던 얘기를 해 주었고, 얘기를 들은 국현은 이해가 되었다는 듯 고개를 끄덕이며 말했다.

"가면맨 강의비랑 출연료랑 퉁치는 거였네! 하하, 그렇게도 되네. 잘하셔야겠는데요?"

"그러게요."

"팀장님이 힘드셔서 그렇지 우리는 엄청 좋은데요? 윤미숙 배우님 캐스팅했다는 거 멀티박스에 얘기하니까 아주 그냥 좋아서 난리 났어요. 그것도 카메오로 출연한다니까 그렇게 못마땅해하던 사람들이 역시 MfB라고 칭찬하고 그러더라고요."

멀티박스 입장에서는 그럴 만했다. 그때, 국현의 말이 이어졌다.

"그래도 플레이스 입장에서는 손해긴 할 텐데 그런 거 보면 이실장님이 도와주신 거 같단 말이에요."

"이 실장님이요?"

"그럼요. 어제도 먼저 연락이 왔어요. 괜히 계약서 쓰느라고 머리 굴리지 말고 대충 카메오로 해서 보내라고."

이렇게 도움을 받게 될 줄 몰랐던 태진은 머쓱해하며 이창진의 얼굴을 떠올렸다. 삐져 있으면서도 도와줄 건 최선을 다해서 도와주고 있었다. 그때, 국현이 또다시 입을 열었다.

"스흡, 플레이스도 지금 분위기 많이 안 좋을 텐데 사람은 진짜 좋은 거 같아요."

"분위기가 왜요?"

"작품들 전부 죽 쓰고 있잖아요. 얼마 전에 정광영 씨 들어갔던 드라마도 시청률 저조했는데."

음주 운전으로 물의를 일으킨 권오혁을 대신해 연극 프로젝트에 참여했던 정광영이 드라마에 출연했다. 그런데 생각보다 평가가 좋진 않았다. 물론 정광영에 대한 평가는 상당히 좋았다. 차세대 상남자라며 권오혁을 대신해 제대로 자리를 잡았다. 하지만 드라마 자체의 전체적인 평가가 좋지 않았다. 지상파 드라마의 저주를 깨지 못했다는 기사들이 수두룩했다.

그러면서 지상파 드라마의 저조한 시청률에 대한 원인이 심의 문제에 있다는 기사까지 나왔었다. 그런 기사들이 한두 개가 아니었기에 태진도 정광영이 출연한 드라마에 대해 알고 있었다. 같은 심의를 받더라도 종편의 징계가 더 가볍다며 한동안 심의 규정을 바꿔야 한다는 얘기들이 많았었다.

게다가 이번에 플레이스에서는 권오혁을 대신해 정광영을 넣은 것이었고, 출연료의 일부를 소속사에서 지급하겠다고까지 했다 보니 손해가 이만저만이 아닐 것이었다.

"분위기가 많이 안 좋대요?"

"다른 회사니까 잘은 모르겠는데 1팀 말 들어 보면 좀 그렇다는 거 같더라고요. 그래서 이번 연극에 더 신경 쓰는 거 같다고 그러던데요? 하긴 연극 잘되면 구멍 난 거 다 메워지지 않을까요?"

그 말을 들은 태진은 잠시 생각에 잠겼다. 이창진에게 도움을 받은 만큼 도움을 줄 수도 있을 듯했다. 게다가 겸사겸사 토라진 것도 어느 정도 풀어줄 수 있을 듯했다. 태진은 국현을 보며 물었다.

"제 가면 있죠?"

"현미 씨, 캐비닛에 정리해 뒀죠?"

태진은 곧바로 캐비닛을 열고는 가면을 찾았다. 그러고는 가면을 얼굴에 가져갔다. 오랜만에 쓰는 것이지만 맞춤으로 제작해서인지 딱 붙는 느낌이었다. 가면을 쓴 태진을 처음 본 신입들은 신기하면서도 놀라운지 눈을 떼지 못했다. 그나마 저 모습이 익숙한 수잔이 입을 열었다.

"가면은 왜 또 쓰세요?"

"연극 프로젝트에 좀 도움이 될까 해서요. 이 실장님이 도와주셨으니까 저도 도와줄까 하거든요. 그리고 1팀도 같이하는 건데 잘되면 좋을 거 같아서요."

"그럼 한동안 또 기사 나올 텐데 괜찮으시겠어요?"

"어차피 좀 인지도를 좀 올려 놔야 할 거 같아서요."

"네?"

"그래야 윤미숙 배우님 대신해서 강의 갔을 때 학생들도 알아볼 거 같기도 하고요. 할 거면 제대로 해야죠."

"아……."

태진은 가면을 다시 벗고는 곧바로 전화를 걸었다.

"이 실장님, 저 한태진입니다."

—어, 그래요. 갑자기 전화 자주 하네?

"감사 인사 드리려고요. 극장이시죠?"

—아침인데 회사죠. 극장은 이따가 2시부터 가는데.

"그럼 이따가 극장 가실 때, 극장에 상주하는 기자분도 계세요?"

—아니요? 우리가 직접 찍어서 보도 자료 보내죠. 그건 왜 갑자기 물어요?

태진은 가볍게 웃고는 입을 열었다.

"홍보에 도움을 드릴까 해서요."

—우리 연극이요?

"기자 분들 몇 분 계시면 더 좋을 거 같은데. 제가 누굴 데리고 갈 거라서요."

—여기 온다고요?

"하하. 네."

—누굴 데려 오는데요. 뭘 알아야 기자를 부르든 말든 하죠.

"제가 가려고요."

—뭐 잘못 드셨나? 왜 갑자기 하지도 않던 농담을 할까… 어…….

말을 하던 이창진도 순간 눈치를 챈 모양이었다. 그러고는 한참 동안 말이 없었다. 그러고는 갑자기 속삭이는 것처럼 조용히 말을 했다.

—가면 쓰고?

"네, 맞아요."

—그럼 바로 불러야지! 오케이! 오케이! 내가 권 부장님한테 얘기해 놓을게요. 안 그래도 부탁하고 싶었는데!

태진은 입술을 떨며 웃었다. 이창진의 목소리만 들어도 토라진 게 이미 다 풀렸다는 게 느껴졌다.

＊　　　　＊　　　　＊

오랜만에 가면을 쓴 채 극장에 도착한 태진은 국현의 차에서 기다렸다.

"좀 천천히 쓰셔도 되지 않아요?"

"누가 볼까 봐요."

"역시 철두철미하셔. 그런데 극장 오랜만이네요. 팀장님도 오랜만이시죠?"

"전 앞에까지는 동생 데리러 왔었어요."

"들어가진 않았잖아요."

국현의 말처럼 오랜만에 극장 내부로 들어가게 된 데다 가면까지 쓰고 있어서 긴장감이 배로 들었다.

"저도 따라갈까요?"

"그냥 계시는 게 나을 거 같아요. 강경애 팀장님도 주목을 좀 받아야 되니까."

"그런가. 저 필요하면 바로 전화 주세요."

"알겠어요. 그리고 이 실장하고 권 부장님한테 얘기해 놓은 상태라 잘해 주실 거예요."

그때, 마침 기다리던 권은희 부장이 나왔고, 태진은 서둘러 차에서 내렸다.

"어! 오셨어요!"

"안… 아, 아, 안녕하세요."

"푸흡, 다시 봐도 너무 신기하네. 목에 뭐 설치하고 그런 거 아니죠?"

목소리 톤을 정비한 태진은 웃으며 권은희를 따라갔다.

"기자들 와 있고요. 다 저희하고 좋은 관계인 분들만 모셨어요. 연극 홍보차 부른 거라 가면맨 오는지 모르고요. 그냥 편하게 구경하시다가 가시면 돼요."

"네, 감사해요."

"감사는 우리가 해야죠. 덕 톡톡히 볼 텐데. 로젠 필 선생님하고는 얘기됐어요?"

"아까 잠깐 얘기는 했어요. 좀 부담스러워하시긴 했는데 알았다고 하셨어요."

"저희도 얘기하긴 했는데 아무래도 팀… 자꾸 버릇처럼 나오네. 아무래도 가면맨이 직접 얘기하는 게 좋을 거 같아서 연락하시라고 한 거예요."

"네, 저도 그게 편해요."

"그럼 가실까요?"

이번 연기 감독인 필에게까지 알린 상태였다. 태진은 심호흡을 하며 극장에 들어섰고, 그와 동시에 연습을 하고 있는 극단이 보였고, 가장 앞좌석에는 이창진과 1팀 강경애가 있었다. 그리고 그들 앞에는 촬영하는 기자들이 보였다.

"기자분들이 생각보다 많네요."

"얼마 없죠. 나머지는 저희 쪽에서 보도 자료 보내기로 했어요. 그런데 정말 괜찮으시죠?"

"네, 괜찮아요. 저희도 잘 부탁드릴게요."

"당연하죠. 그럼 가실까요?"

태진은 이번 홍보의 핵심인 필을 찾았다. 필은 태진과 달리 무대 위에 올라가서 직접 배우들의 호흡을 느끼는 중이었다. 확실히 태진과는 다른 가르침이었다.

태진은 웃으며 천천히 걸음을 옮겼다. 계단의 중간에 다다를때 권은희가 이창진에게 사인을 보냈고, 이창진은 약속한 대로고개를 돌렸다.

"어? 선생님!"

광장히 어색한 연기임에도 기자들의 고개가 동시에 돌아갔다.

"어? 가면맨이네!"

기자들은 서둘러 태진에게 다가와 촬영을 하기 시작했고, 가면을 쓴 태진은 여느 때처럼 기자들에게 귀찮다는 듯 손을 휘휘저었다. 그러고는 곧장 필에게 다가갔다. 연습을 멈춘 필은 태진을 보며 씨익 웃었고, 태진은 그런 로젠 필에게 허리를 꾸벅 숙여 인사했다. 누가 보더라도 존경하고 있는 것 같은 인사였다. 그리고 태진은 기자들이 사진을 찍을 수 있도록 약간의 시간을 주었고, 셔터가 터지는 소리를 들은 뒤에야 고개를 들었다.

이미 설명을 들었던 필도 웃으며 태진에게 손을 내밀었다. 연극의 홍보를 위해서이다 보니 거절할 이유가 없었다. 필은 태진을 살며시 포옹하며 귀에 속삭였다.

"태진, 나 떨리는데?"
"편하게 하세요."
"이제 가면맨보다 더 잘났다는 기사가 나올 텐데 떨리지."
"하하, 원래 저보다 더 대단하시잖아요."
"무슨 말을. 참."

포옹을 풀고 나서도 자리를 옮겨 대화를 나누었다. 물론 기자들에게 보일 만한 위치에 자리를 한 상태였다. 대화 대부분은 연극에 대한 정보였고, 단우에 대한 얘기도 있었다.

"연기들은 잘하세요?"

"괜찮긴 한데 너무 자유롭다고 해야 되나? 몇몇 배우들이 연기가 느는 게 보이니까 재미가 있나 보더라고요. 그래서 자꾸 정해진 틀에서 좀 더 잘하려고 하다 보니까 약간씩 틀에서 벗어나고 있어요. 지금 그걸 잡아 주고 있는 거죠."

"아, 그래서 무대 위에 계셨구나."

"그렇죠. 내가 자유분방하긴 해도 연기는 그러면 안 된다고 생각하는 사람이라서."

"알죠. 그래서 단우 씨도 잘하잖아요."

단우의 얘기를 들은 필은 눈을 반짝이며 태진을 봤다.

"맞다. 단우 잘하죠?"

"네, 잘하죠."

"단우가 좀 특이한 거 알죠? 촬영할 때 항상 긴장하게 만들어야 돼요. 많이 변하긴 했는데 가끔 연기 같지 않게 자기를 담으려고 할 때가 있거든요? 긴장이 풀렸을 때 그게 나와요. 그러니까 좀 틀어진다 하면 강하게 지적을 해요. 가면맨이 하던 거처럼."

"선배님들하고 연기해서 긴장 많이 하고 있더라고요."

"그럼 다행이고. 우리 단우 잘 좀 부탁해요."

마치 부모처럼 말하는 모습이었다. 생각해 보니까 태진이 필에게 맡긴 건데 되레 반대로 말하는 걸 깨닫고 웃음이 나왔다. 그때, 어깨를 들썩거리는 두 사람의 모습에 무슨 대화를 하는지 궁금했던 기자들이 살금살금 다가왔다.

"저기, 인터뷰 좀 가능할까요? 저 온 뉴스에서 나온 최태성 기자입니다."
"인터뷰 좀 부탁드립니다."

하나둘씩 모이더니 이제는 거의 모든 기자들이 태진에게 인터뷰 요청을 해 왔다. 태진은 콘셉트대로 귀찮다는 듯 손을 내밀었고, 고개를 살짝 기울여 기자들의 뒤편을 봤다. 그러자 이창진과 함께 있던 강경애가 숨을 크게 뱉고는 빠르게 다가왔다.

"잠시만요, 잠시만요. 저희 선생님이 약속된 인터뷰를 좋아하시지 않으셔서 양해 좀 부탁드립니다."

태진은 순간 당황했다. 이미 오기전에 강경애에게 말해 놓은 것이기에 상황이 당황스러워서가 아니었다. 강경애의 말투 때문이었다. 곽이정을 생각해서인지 모르겠지만, 어색해도 너무 어색했다. 태진은 손으로 입으로 가리고 강경애에게 속삭였다.

"자연스럽게 하세요."

태진의 말을 들은 강경애는 얼굴이 시뻘겋게 달아올랐다. 날

카로운 인상의 강경애의 얼굴이 빨개진 걸 보니 태진은 웃음이 나왔다. 하지만 기자들은 이상함을 느끼진 못했는지 강경애의 말만 듣고 득달같이 달려들었다.

"어? 가면맨이 MfB 소속인 건가요?"
"어디 소속되어 있지 않은 걸로 알고 있었는데요. 한 말씀만 해 주시면 안 될까요?"
"같은 소속이라서 로젠 필 씨하고도 친분이 있었던 건가요?"

기자들은 동시에 질문을 쏟아 냈고, 강경애는 빨개진 얼굴로 입을 열었다.

"잠시만요. 제가 말씀드려 볼 테니 기다려 주세요."

강경애는 태진을 향해 뒤를 돌았다. 그런데 눈은 태진을 쳐다보지 못하고 뒤쪽을 쳐다보고 있었다. 태진은 인상과는 너무 다른 모습에 강경애를 보며 웃었다. 그리고는 알았다는 듯 고개를 끄덕거렸다. 그리고는 기자들을 향해 말했다.

"질문 하나씩만."

콘셉트대로 말을 짧게 했지만, 기자들은 태진의 말투를 개의치않고 기회를 놓칠세라 질문을 쏟아 냈다. 그러자 약속대로 강경애가 나서 상황을 정리했다.

"왼쪽 기자분부터 질문받을게요. 하나씩만 질문하시면 됩니다."

어떤 질문이 올지 모르기에 이제부터 태진도 긴장을 해야 했다.

"MfB 소속이신 겁니까?"
"그렇다고 볼 수 있죠. 다음."
"정체를 공개하실 생각은 없으신 건가요?"
"아직은. 다음."
"좀 성의 있게 대답해 주시면 안 될까요?"
"질문인 겁니까?"
"아니, 그건 아니고… 연극 프로젝트를 끝으로 잠적하셨는데 오늘을 기점으로 다시 활동하시는 겁니까?"
"잠적한 적 없습니다."
"로젠 필 씨하고는 원래 알고 계셨던 사이인가요?"
"지도를 받은 적 있습니다."
"그럼 할리우드에서 활동하셨던 건가요?"
"하나씩만."

정확히 하나의 질문만 받다 보니 기자들도 가장 필요한 질문을 쥐어짜 냈다. 그렇게 기자들의 인터뷰가 끝이 나자 태진은 그만하겠다는 듯 강경애를 쳐다봤고, 강경애는 재빠르게 기자들과 태진의 사이를 막아 섰다.

"여기까지 하죠. 차후에 인터뷰를 하게 되면 여기 계신 기자님들 우선으로 연락드리겠습니다. 가시죠, 선생님."

강경애가 태진을 안내했고, 그 상황을 지켜보던 이창진도 기자들의 아쉬운 마음을 풀어 주기 위해 나섰다.

*　　　　*　　　　*

밖으로 나온 태진은 강경애와 함께 기다리고 있던 국현의 차에 올라탔다. 국현은 강경애를 보고는 고개를 숙여 인사를 했다.

"팀장님, 안녕하세요."
"네, 안녕하세요."
"저희 팀장님 때문에 많이 놀라셨죠?"
"아니에요. 미리 말씀해 주셔서 놀라진 않았어요."
"하긴 팀장님도 짬밥이 있는데 이런 건 보통이죠."

그러고 보니 강경애도 경력이 상당했다. 이런 상황을 겪어 보지 않았더라도 자연스럽게 넘길 만한 수준의 경력이 있을 텐데 아까는 너무 어색했다. 태진은 의아한 표정으로 강경애를 쳐다봤다. 그때, 강경애가 대뜸 고개를 숙여 인사했다.

"감사합니다……."
"네?"

"1팀 힘 실어 주시려고 도와주신 거잖아요."

"1팀만 보고 한 건 아니에요. 그냥 등장하면 플레이스만 주목이 될 거 같아서 그런 거예요. 같이 진행하는 건데 우리 MfB도 얻는 게 있어야죠."

"진행은 저희 1팀에서 하고 있으니까요. 감사합니다."

이렇게 인사를 받으려고 연기를 한 것은 아니었다. 연극도 홍보하면서 도와준 이창진에게 보답을 하려고 한 것이었다. MfB까지 주목받게 한 건 덤이었다. 그때, 강경애가 말을 이었다.

"다시 한번 감사드려요. 마지막으로 맡은 일 제대로 할 수 있을 거 같아서 다행이네요."

"네? 왜요? 무슨 일 있으세요? 회사 그만두신다는 거예요?"

"네……."

혹시 1팀원들이 따르지 않아서인가 하는 생각부터 들었다. 만약 그렇다면 곽이정이 넘겨준 파일로 협박을 해서라도 따르게 만들든가 아니면 지원 팀처럼 아예 팀원들을 새로 뽑는 것도 나을 거라는 생각이 들었다. 하지만 강경애의 입에서는 전혀 예상하지 못했던 말이 나왔다.

"스스로 좀 찔려서요."

"충분히 잘하시고 계신데요. 평가도 좋던데."

"어찌 됐든 내부 고발자잖아요."

"네?"

"지원 팀 팀원 뽑을 때 제가 보냈던 지원서 메일이요."

"아! 그거요."

"내부 고발자의 최후는 저도 알죠. 그 일로 곽이정 회사 나가고… 제가 보낸 메일로 인해서 회사를 나가게 될 줄은 몰랐거든요. 사실 그 정도로 한태진 팀장님이 힘이 있을 줄은 모르고 보낸 거였는데……."

태진은 당황하며 국현을 봤다. 하지만 국현 역시 당황한 건 마찬가지였다.

"곽이정이 왜 저한테 팀장을 맡겼는지 모르겠는데… 처음에는 보상이라고 생각하고 받아들였어요. 그런데 시간이 갈수록 일이 좀 벅차다 보니까 많은 생각이 들더라고요. 일을 제대로 못하면 언제든지 쫓겨날 수 있다는 생각 때문에 항상 초조했어요."

"그런 생각을 왜……."

"제가 내부 고발 했다는 걸 지원 팀이 알고 있으니까요. 언제든지 회사에 소문나도 이상하지 않잖아요. 내가 팀장이 되려고 내부 고발해서 곽이정을 쫓아냈다, 이런 얘기가 돌 게 뻔한데. 그래서 일하는 게 너무 힘들더라고요. 그래서 그만두려고 생각했죠."

"그래서 저 제대로 쳐다보지도 못하셨던 거예요?"

"그렇죠… 그러니까 이번 일이 끝날 때까지만이라도 지금처럼 비밀을 지켜 주셨으면 합니다……."

태진은 신경도 안 쓰고 있었는데 정작 메일을 보냈던 강경애는 그 일로 힘들어하고 있었다. 곽이정을 제대로 알지 못하기에 생긴 오해였다. 그러자 국현이 헛웃음을 뱉고는 말했다.

"이게 다 곽이정 팀장님… 아니지, 이젠 대표님이지. 곽 대표님이 혼자 잘났다고 일하니까 이런 오해가 생기지. 팀장님, 그때 1팀장님이 보낸 메일 바로 지우시지 않았어요?"

"바로 지웠죠."

"저희 그거 아예 까먹고 있었어요. 그리고 그 내용 잘못됐어요. 우리가 당사자가 아니라서 말은 못 하지만 그거 오해예요. 팀장님 맞죠?"

"국현 씨 말대로 오해예요. 신경쓰지 않으셔도 돼요."

"맞아요. 그거 회사에 얘기하면 완전 허위사실유포 되는 건데."

강경애는 무슨 상황인지 모르겠다는 얼굴이었다. 그렇다고 곽이정의 사정을 얘기해 줄 순 없다 보니 태진은 필요한 말만 해주었다.

"곽 팀장님이 회사 나가신 건 회사 분위기가 자기 생각하고 달라져서예요. 그리고 팀원들하고 관계가 좀 틀어진 것도 있는데 그건 자기가 오해하게 만든 거니까 받아들여야죠. 절대 1팀장님이 보낸 메일 때문에 나간 건 아니에요. 자발적으로 나간 거예요."

"정말이요……?"

"제가 그럴 힘도 없고요 혹시 힘이 있더라도 쫓아내진 않죠. 곽 팀장님이 일은 잘했잖아요. 그리고 내부 고발 메일은 저희들은 완전 잊고 있었어요. 얘기 안 하셨으면 아예 기억도 못 했을 텐데."

"정말 팀장님이 쫓아낸 거 아니세요……?"

"진짜 아니에요. 그냥 다른 일 하려고 나간 거예요. 그리고 곽 팀장님이 그렇게 나쁜 사람은 아니에요. …나쁜가? 음, 사서 오해하게 만드는 스타일이긴 하죠. 그리고 1팀장님 원망하고 그럴 사람도 아니에요. 요즘 하는 일도 바쁘고 잘돼서 그럴 시간도 없을 거예요."

강경애는 믿을 수 없다는 표정으로 태진과 국현을 번갈아 쳐다봤고, 국현은 헛웃음을 뱉으며 말을 이었다.

"이게 사회가 문제야! 내부 고발 한 게 어때서! 잘못된 게 있으면 고쳐야지! 왜 내부 고발 한 사람이 이렇게 마음 써야 돼! 1팀장님! 신경 안 써도 돼요. 만약에라도 그런 일 있으면 저한테 말씀하세요. 제가 대자보로 고발해 버릴 테니까."

"진짜 아닌 거예요……?"

"진짜라니까요."

태진은 약간 답답한 마음에 한숨이 나왔다. 팀장을 넘기면서 어느 정도 언질이라도 해 줬을 거라고 생각했는데 언질은커녕 일에 대해서만 넘겨준 모양이었다.

"잠시만요. 제가 곽이정 팀장 잘 살고 있다는 거 확인시켜 드릴게요."

"네?"

"기다려 보세요."

태진은 곧바로 전화를 걸더니 스피커폰으로 바꾸었다.

—어, 한 팀장. 안 그래도 내가 연락하려고 했는데.

"왜요?"

—한 부장 때문에 우리 쇼케이스 하게 생겼다고.

"쇼케이스 결정하셨어요?"

—원래는 신인이 쇼케이스 하는 것도 부담스러워서 안 하려고 했는데 그때 에이드 씨도 얘기 들었잖아요. 그래서 투자를 한다고 하더라고요. 레몬하고 우리 헤븐에 둘 다. 그래서 레몬부터 진행하고 우리는 그다음에 하기로 했습니다. 부담스럽긴 해도 하는 게 도움이 되니까.

"같이 한다고요?"

—같이는 아니고 한 달 텀을 두고. 괜히 경쟁하면 서로 얼굴 붉혀야 되니까 우리나 박 대표도 꺼려지더라고요. 그리고 우리는 조금 더 연습이 필요해서 잘됐죠.

"태은이가 담당한대요?"

—아니요. 김 반장님이 맡아 주신다고 하네요. 장소까지 섭외해 주신다고 하셨습니다. 장소는 한 팀장 익숙한 곳이고요.

"어딘데요?"

—플레이스 소극장이요. 지금 연극 프로젝트가 이제 곧 시작이고 한 달 유지되니까 끝나면 바로 할 수 있게 해 주신다고 하셨습니다. 나중에 시간 될 때 연습실 들러서 애들 한번 봐주세요.

"아, 잘됐네요. 저도 지금 플레이스 극장인데."

강경애는 진심으로 놀랐다. 곽이정을 꽤 오래 알았음에도 이렇게 말을 많이 하는 건 처음 봤다. 게다가 묻지도 않는 말까지 술술 하고 있었고 무엇보다 목소리에서 즐거워하고 있다는 것이 느껴졌다. 그리고 그때, 곽이정의 말이 이어졌다.

―연극 프로젝트 때문에 가셨나 보군요.

"네, 좀 일이 있어서요."

―음, 가면 경애 씨 좀 도와주고 하세요. 급하게 넘겨서 많이 힘들어하고 있을 겁니다.

"지금 같이 계신데 직접 말씀하실래요?"

―아닙니다. 한 팀장이 신경 좀 써 주세요. 저도 연극 시작하면 한번 보러 가겠습니다.

"알겠어요."

―그런데 왜 전화한 거죠?

"연습 잘하고 있나 해서요."

―후후, 잘하고 있습니다. 우리보다 이주 씨나 신경 쓰세요. 노래를 그렇게 해서야 쯧. 아무튼 조만간 오세요. 기다리겠습니다.

그렇게 통화가 끝났고 태진은 놀란 얼굴의 경애를 보며 말했다.

"보셨죠? 지금 되게 즐기면서 일하고 계세요. 그러니까 팀장님도 괜한 일에 신경 쓰지 마시고 편하게 하세요."

"……."

"회사 그만두실 거 아니죠?"

지금은 혼란스러운지 강경애는 대답을 하지 않았다. 하긴 태진도 직접 얘기를 듣기 전까지 오해를 하고 있었다 보니 강경애가 혼란스러운 건 당연했다. 하지만 생각이 정리된다면 회사를 그만두는 일은 없을 듯 보였다.

*   *   *

다음 날. 가면맨의 등장과 플레이스의 홍보력이 더해져 그에 대한 기사가 쏟아졌다. 그와 더불어 MfB에도 섭외에 대한 연락이 밀어닥쳐 정신이 없었다. 가면맨은 물론이고 현재 로젠 필이 MfB와 계약했다 보니 두 사람을 섭외하기 위해 연락을 취했고, 회사에서는 그에 대한 연락을 지원 팀에 돌렸다. 그로 인해 모든 직원이 전화를 받고 있었다. 그러던 중 통화를 마친 국현이 혀를 내밀며 태진을 봤다.

"스흡, 가면맨 인기가 이 정도였어요……? 이 정도면 진짜 활동해야 되겠는데요?"

"그 정도는 아니고 시기가 잘 맞았던 거 같아요. 요즘 큰 소식들이 없는데 갑자기 기사들이 쏟아져 나오니까 이거다 싶어서 연락하는 거 같아요. 그리고 가면맨보다 필 씨 섭외 전화가 더 많이 오잖아요."

"가면맨도 되게 많아요. 아침 방송에까지 연락이 오는데. 이거 다 권 부장님 계획이죠? 난리 났네."

홍보는 플레이스의 권은희 부장이 담당했고, 국현이 감탄한 것처럼 효과가 상당했다.

「가면맨과 로젠 필. 스승과 제자?」
「가면맨도 인정한 로젠 필」
「역시 스승님! 연출가 로젠 필을 응원하러 온 가면맨」
「가면맨도 인정한 헐리우드 출신 연기 지도자 로젠 필, 집중 탐구」

기사에 올라온 사진 대부분은 태진이 고개를 숙여 인사하는 모습이었다. 그리고 내용도 인터뷰를 짧게 했다 보니 가면맨에 대한 내용은 그다지 많지 않았고, 그 자리를 로젠 필의 기사 내용으로 채웠다.

로젠 필이 이미 많이 알려진 사람이기는 하나 모르는 사람도 많았다. 라이브 액팅을 봤다면 모를까 보지 못했던 사람이 알 수는 없었다. 하지만 이번 기사를 통해 로젠 필이 어떤 사람이라는 걸 제대로 소개했다. 원래도 대단한 경력을 갖고 있었기에 그저 있는 그대로 공개를 했고, 그로 인해 그런 사람에게 지도를 받는 연극 프로젝트까지 관심을 받게 되었다. 더불어 시즌 1을 맡았던 가면맨까지 로젠 필 정도의 수준으로 인정받고 있었다.

그 부분이 부담스러울 뿐 나머지는 태진의 생각대로 되고 있었다. 물론 태진은 그저 아이디어를 던진 것뿐이었다. 이렇게 만든 건 권은희 부장이었다. 그때, 다시 전화가 울렸고, 이번에는 태진의 개인 휴대폰이었다.

"네, 강 팀장님."

―와……

"왜 그러세요?"

―이거 다 예상하신 거죠? 감사합니다…….

바로 1팀장인 강경애였다. 회사 일로 연락을 했을 거라 생각했는데 다른 이유인 듯했다.

"무슨 말씀 하시는 거예요?"

―지금 극장 난리도 아니에요.

"네?"

―기자들 어마어마해요."

"아! 그렇게 많아요? 다 필 씨 보러 왔나 보네요. 저희가 스케줄 안 된다고 다 거절했는데."

―아! 그래서 돌렸구나!

"뭘 돌려요?"

―필 선생님 인터뷰 대신 극단 인터뷰 요청을 했더라고요. 그래서 덕분에 저희 1팀도 이제 숨 좀 쉴 거 같아요.

역시 기자들이었다. 취재를 하루 이틀 한 사람들이 아니다 보니 어떤 식으로 돌아가야 하는지 알고 있었다. 다만 왜 이 일로 1팀의 숨통이 트인 건지는 알 수 없었다. 그때, 강 팀장의 말이 이어졌다.

─사실 Y튜브 채널 조회수가 죽 쓰고 있었거든요. 연습하는 걸 올려서 좀 다큐 같다 보니까 저희 예상보다 조회수가 안 나왔어요. 그런데 어제부터 갑자기 확 늘기 시작하더라고요.

"아, 다행이네요."

─그래서 저희도 면목이 좀 섰죠. 곽이정 팀장이 협찬사들한테 장담한 게 있는데 그걸 못 하고 있던 상태였거든요. 그런데 오늘은 먼저 전화 와서 조회수 늘었다고 알려 주더라고요.

곽이정이 장담한 걸 자신은 해내지 못하는 것에서 부담을 느낀 듯 보였다. 아니나 다를까 경애가 부드러운 말투로 입을 열었다.

─어제 제 얘기 듣고 이렇게 해 주신 거죠? 저 회사 그만두지 말라고.

전혀 그런 것이 아니었다. 강 팀장도 조금만 생각해 보면 아니라는 걸 알 것이었다. 하지만 지금은 저렇게라도 생각하며 기댈 곳이 필요한 듯 보였기에 태진은 긍정도 부정도 하지 않았다.

─감사해요. 도와주신 만큼 열심히 해 볼게요.

"잘하실 거예요."

태진은 웃으며 통화를 마쳤다. 그러자 옆에 있던 국현이 궁금하단 얼굴로 속삭였다.

"강경애 팀장님이에요?"
"네."
"왜요? 그만둔대요?"

태진은 입술을 떨며 웃고는 고개를 저었다.

*   *   *

며칠 뒤. 지금까지 진행하던 일들이 동시에 시작되었다. 가장 우선적으론 어젯밤 정만이 출연하는 드라마의 첫 화가 나갔다. 태진도 당연히 드라마를 봤고, 국현과 수잔도 드라마를 본 모양이었다.

"스읍, 장난 아니던데요? 정만 씨 연기도 연기인데 흐름이 되게 좋던데요?"
"진짜 연기 잘하더라고요. 이게 첫 드라마라는 걸 대체 누가 믿어요. 이 드라마 잘될 것 같은데 그럼 라액에서 어마어마하게 좋아하겠네."
"당연하죠. 자기네 프로그램 출신 배우가 연기를 그렇게 잘해버리는데 더 홍보하겠죠."
"정만 씨 등장할 때 나오는 음침한 바이올린 소리도 기가 막히던데."

태진이 말을 할 필요도 없었다. 첫 화를 봤을 뿐인데도 국현과 수잔도 이미 드라마에 빠져 버렸다. 그리고 태진도 인정하고 있었다. 사전 제작이 아니라 지금도 실시간으로 촬영을 하고 있기에 뒷부분이 어떻게 방송될지는 알 수 없지만 첫 화만큼은 굉장히 재미있었다.

강정구 감독이 작정하고 만들었다는 게 느껴졌다. 물론 정만의 연기도 훌륭했지만 화면 전환 같은 연출이 정만의 연기를 더욱 살리고 있었다. 예전에 큰 성과를 냈던 '노비'보다 더 발전된 느낌이었다. 태진은 웃으며 시간을 확인하고는 전화를 걸었다.

"정만 씨, 촬영장이에요?"

―어, 형! 맞아요!

"방해하는 거 아니죠?"

―네! 아니에요. 지금 저희 첫 방송 나갔다고 강 팀장님이 커피 차 보내 주셔서 커피 마시고 있었어요.

강경애가 곽이정의 행동을 따라 한 모양이었다.

"드라마 잘 나왔더라고요. 축하해요."

―감사합니다! 그래서 저희도 지금 분위기 되게 좋아요. 서로 말은 안 하는데 약간 들뜬 분위기예요.

"너무 들뜨진 말고요."

―네!

"강 감독님도 잘해 주시죠?"

─당연하죠. 저번에 형 다녀가신 이후로 완전 다른 분 되셨어
요. 혼내는 건 똑같은데 억지로 혼내시는 건 아니라서 흐흐. 요
즘은 칭찬도 해 주시고 그러세요.

"잘됐네요. 조만간 한번 갈게요."

─네! 아, 맞다. 권단우… 는 언제 촬영 들어가요?

"단우 씨요?"

단우가 나이가 더 많은데도 라이벌로 생각해서인지 형이란 소
리가 안 나오는 모양이었다. 태진은 가볍게 웃고는 대답했다.

"오늘부터 촬영해요. 근데 방송은 겹칠 일 없을 거예요."

─아, 그렇구나. 알겠습니다! 저 부르네요. 가 볼게요!

"촬영 잘해요!"

태진은 전화를 끊고는 가볍게 웃었다. 그러고는 자리에서 일어
났다. 방금 정만에게 말한 것처럼 단우의 첫 촬영도 시작되었고,
지금부터 촬영장에 갈 예정이었다. 사실 캐스팅을 함으로써 태진
의 역할은 끝이었다. 하지만 아무래도 주연 삼인방이 MfB 소속
인 데다가 지금은 아니더라도 초창기에는 캐스팅에 반대가 있었
기에 태진도 약간 걱정된 마음에 직접 눈으로 보고 싶었다. 짐을
챙긴 태진은 수잔과 국현을 보며 말했다.

"내일은 수잔 씨가 봐 주시고, 내일모레는 국현 씨가 봐 주세요."

"네! 바로 퇴근하시는 거예요?"

"극장까지 갔다가 퇴근할 거 같아요. 현미 씨는 촬영장에서 바로 퇴근할 거고요."

"스흡, 극장도 가시게요? 너무 바쁘시네. 이거 보세요. 우리 지원 팀이 총괄 팀이라니까."

그 외에 연극 프로젝트의 공연도 시작되었다. 1팀에서 담당을 하고 있지만, 필이 연기 지도를 했고, 태은이 있는 선우 무대에서 미술을 맡았기에 안 볼 수가 없었다.

"현미 씨, 준비되셨어요? 그럼 가죠."

신입인 현미도 태진을 따라 자리에서 일어났다.

*　　　　*　　　　*

촬영장에 도착하니 촬영 준비는 이미 준비가 끝나 있는 상태였고, 배우들이 간단한 리허설을 하며 동선을 체크하고 있었다.

"팀장님, 단우 씨 저기 계시네요."

"네, 봤어요. 리허설 하나 보네요."

"어… 그런데 손 다치신 거 아니에요?"

단우는 손에 붕대를 감고 있었고, 현미는 걱정된 얼굴로 단우를 가리켰다. 태진은 그런 현미를 쳐다본 뒤 입을 열었다.

"대본 안 봤어요?"

"네?"

"이거 1화에 나올 씬인데. 대본에 나와 있는 내용이에요."

"아… 중간까지는 다 캐스팅이 돼서 뒷부분만 봤어요."

"회사 가면 앞부분도 꼭 보세요. 흐름도 있어서 우리도 봐야 해요."

"네……."

현미가 열심히 하는 걸 알기에 태진도 그 부분에 대해서 더 이상 말하지 않았다.

"저 부분이 되게 중요한 씬이에요. 단우 씨가 왜 임상시험에 참가 했는지, 왜 식물인간이 됐는지에 대해 이해시키는 전개 부분이에요."

"아, 네… 그럼 분장이구나……."

"맞아요. 여기가 공사장이잖아요. 공사장에서 일하다가 다친 것도 서러운데 일도 못 하게 된 그런 장면이에요."

"아… 김정연 작가님 특유의 불쌍한 주인공이네요."

태진은 웃으며 현미를 봤다. 감독에 대해서도 조사를 잘하더니 작가들에 대해서도 많이 알고 있는 모양이었다. 지금은 신입인 데다가 회사 일도 바빠서 앞 대본을 읽지 않는 실수를 했지만, 신입들 중 가장 기대되는 직원이었다. 태진은 가볍게 웃고는 걸음을 옮겼다.

"감독님, 안녕하세요."

"아, 이게 누구야. 한 팀장님! 첫 촬영이라고 오신 거예요?"

"네, 잠깐 잘하는지 보려고요."

"이런 책임감까지. 하하. 마침 잘 오셨네. 우리도 준비 끝났는데."

"그럼 이제 촬영이신 거예요?"

김 감독이 대답하려 할 때, 뒤에서 익숙한 목소리들이 동시에 들려왔다.

"어, 한 팀장도 왔어요?"

"어? 팀장님!"

"한 팀장님?"

고개를 돌려 보니 김정연 작가와 함께 주연 삼인방인 오름과 이주가 걸어오고 있었다. 김정연 작가는 첫 촬영이다 보니 올 수 있었지만, 두 사람은 스케줄이 없는데 와 있는 것이 의아했다. 두 사람에게 아무런 말도 전해 듣지 못했기에 무슨 상황인지 이해를 할 수가 없었다. 게다가 옷은 또 왜 저렇게 차려입은 건지도 의아했다. 그때, 세 사람을 본 감독이 스태프에게 하는 말이 들렸다.

"고사 준비 다 됐지? 다 오셨으니까 후딱 하자. 한 팀장도 가지 말고 잘 부탁한다고 인사드리세요. 알았죠?"

김 감독은 곧바로 고사상 확인을 하러 갔고, 태진도 그제야 세 사람이 왜 온 건지 알 수 있었다. 그때, 김정연이 웃으며 말했다.

　"고사 지내러 왔어요?"
　"아, 실은 몰랐어요."
　"얻어걸렸네?"

　김정연은 피식 웃더니 걸음을 옮겼고, 태진도 그 뒤를 따랐다. 고사를 지내는 걸 TV로 본 적은 있었지만 실제로 해 본 적도 없기에 약간 긴장되었다. 그때, 김정연과 함께 이주가 갑자기 걸음을 늦추더니 태진의 옆에 섰다. 그러고는 태진의 손에 무언가를 쥐여 주며 속삭였다.

　"준비 안 했죠?"

　손을 펴보니 빳빳한 5만 원 권 지폐 몇 장이 들려 있었다.

　"아! 이따가 꼭 갚을게요."
　"당연하죠."
　"갑작스러워서 생각도 못 하고 있었어요."

　태진은 지폐가 구겨지지 않게 조심히 재킷 안주머니에 넣고는 입을 열었다.

"고사 지내 본 적 있으세요?"

"저도 처음이에요. 되게 해 보고 싶었는데! 저 신품별 때도 중간에 들어가서 못 해 봤거든요."

"원래 고사 지내는 거예요?"

"아까 작가님 말씀 들어 보니까 아닌 거 같던데요. 감독님이 꼭 해야 된다고 하셨대요."

"감독님이요?"

"아무래도 유령이나 무당 얘기라서 귀신 붙으면 안 된다고, 해야 된다고 했대요."

내용에 따라서 달라지는 모양이었다. 그리고 그때, 태진의 옆에 단우가 붙었다. 별다른 말도 없이 고개만 살짝 숙여 인사를 했다. 원래의 예의 바른 단우의 모습과 달랐다. 그때, 뒤따라오던 오름이 웃으며 하는 말이 들렸다.

"단우야, 너 필 선생님이 메소드 하지 말라고 했다면서. 벌써부터 캐릭터 잡고 있으면 어떻게 해."

억울한 장면에 맞게 분위기를 유지하고 있다는 걸 알았다. 태진은 피식 웃을 때, 단우가 억울해하는 얼굴로 태진을 쳐다보며 말했다.

"저 이번에 목숨 걸었어요."

단우가 저 정도로 단호한 결의를 보인 적이 없다 보니 태진은 흠칫 놀랐다. 그때, 이주가 피식거리며 웃더니 입을 열었다.

"쟤, 야차 봤네."
"야차요? 정만 씨 나온 거요?"
"네. 단우 쟤 정만이 얘기에 엄청 예민하더라고요. 타도 최정만이라고."

태진은 웃으며 단우를 봤고, 단우는 민망한지 고개를 돌렸다. 이제는 정말 서로 라이벌로 여기고 있었다. 태진은 그런 단우에게 힘을 실어 주기 위해 웃으며 말했다.

"정만 씨도 단우 씨 엄청 신경 쓰더라고요. 오늘 촬영 시작하는 것까지 알 정도로요."

별거 아닌 말일 수도 있지만, 라이벌로 생각하는 사람도 자신을 라이벌로 여기고 있다는 걸 안 단우에게는 굉장히 여운이 남는 말이었다. 그래서인지 약간 긴장하고 있는 것이 보였지만 전에 필이 말한 대로라면 약간의 긴장이 단우에게는 더 도움이 될 것이었다.

* * *

고사가 끝나자 곧바로 촬영이 시작되었고, 태진은 멀리서 단우의 모습을 지켜봤다. 필에게서 연기를 배우고 오름과 이주와 함께 연습을 한 단우의 연기는 확실히 달라져 보였다. 캐릭터를 통해 자신을 보여 주려는 모습은 보이지 않았다. 이제는 캐릭터 자체가 되어 가려는 것이 느껴졌다. 태진은 웃으면서 현미에게 물었다.

"어때요?"
"엄청 잘하시는 거 같아요."
"그래요? 어떤 걸 봐서요?"
"감독님이 엄청 좋아하시고 계셔서요."

현미는 단우가 아닌 주변 스태프들의 반응을 보고 있었다. 사람들의 반응도 중요했기에 태진은 가볍게 웃었다. 그러고는 김 감독을 봤는데 크게 표정이 변하거나 그러지 않았다. 평소에는 약간 가벼워 보이는 느낌이었는데 지금은 오히려 무게감이 느껴졌다.

"김 감독님도 특징이 있어요?"
"그건 잘 모르겠어요… 인터뷰 같은 것도 잘 안 하셔서요."
"그런데 좋아하는 걸 어떻게 알아요?"
"시작할 때는 의자에 반쯤 드러누워 계셨는데 점점 앞으로 자세가 오셔서요. 아닐 수도 있는데 권단우 배우님이 대사할 때 따라 하기도 하시는 거 같아서요."
"아, 그런 걸 다 보고 있었어요?"
"아무리 제가 에이전트라고 해도 여기 스태프분들이 저보다 더 잘 볼 거 같아서 그분들 반응 보는 게 확실할 거 같아서 그랬어요……."

현미는 자신의 부족한 면을 어떻게 해서든지 채우려고 했다.

꼼수이기는 하지만 지금 당장 현미에게는 좋은 방법인 듯했다.

"좋네요. 그래도 연기도 잘 보셔야 돼요. 스태프들 반응을 보는 건 내가 캐스팅한 것에 대해 검증을 받는 거잖아요."
"네……."
"만약에 우리가 캐스팅을 했는데 연기를 못하면 문제가 되잖아요. 이미 캐스팅을 해서 스태프들 반응이 안 좋더라도 물릴 수도 없어요."
"아… 네. 열심히 공부하겠습니다……."

현미는 자신의 부족한 점을 바로 메모했고, 그런 현미의 모습에 태진은 얼마 전까지만 해도 자신도 저랬을 거란 생각에 웃음이 나왔다. 그때, 현미가 조심스럽게 말했다.

"저도 팀장님처럼 될 수 있을까요……?"
"저보다 더 잘하실 거 같은데요? 전 감독님들 조사할 생각도 못 했었거든요."

태진은 진심이었다. 태진은 잘할 수 있는 직업을 찾아 에이전트가 된 것이지만, 현미는 이미 에이전트를 목표로 하고 많은 준비를 한 상태에서 에이전트가 된 것이었다. 그러다 보니 태진도 신입 사원들 중 현미에게 거는 기대가 가장 컸다.

그때, 감독이 컷 신호를 줬고, 단우의 상대역의 표정을 담기 위한 촬영을 시작했다. 잠시 휴식이 생긴 단우는 곧바로 태진에게 달려왔고, 기대에 찬 얼굴로 쳐다봤다. 태진은 단우가 어떤 말을 듣고 싶어 하는지 알기에 입술을 떨며 말했다.

"되게 좋았어요. 정만 씨도 긴장해야겠는데요?"
"진짜요?"
"정말 좋았어요. 그런데 정만 씨도 단우 씨한테 안 밀리려고 더 열심히 하더라고요. 단우 씨도 긴장을 좀 해야 될 거 같아요."
"저도 더 열심히 하려고요! 걱정 마세요!"

칭찬만 해 줄 수도 있었지만, 전에 필이 말한 걸 잊지 않고 긴장을 유지할 수 있도록 말했다. 현미에게 느낀 것처럼 단우도 앞으로가 더 기대가 되었다. 물론 단우의 라이벌인 정만까지도.
잠시 뒤, 공사장 촬영이 끝나고 촬영 장소를 이동하기 위해 스태프들이 짐을 챙겼고, 그때, 김 감독이 단우에게 하는 말이 들렸다.

"단우 씨, 너무 좋은데? 이렇게만 해 주면 금방금방 찍겠어."
"감사합니다!"
"화면발도 어마어마하고 그냥 대본 속에서 캐릭터를 뽑아 온 느낌이야. 너무 좋았어."

김 감독뿐만이 아니라 스태프들이나 조연들도 단우에게 칭찬의 말을 건넸다. 약간 긴장이 풀어질까 걱정이 됐지만, 단우를 보면 그렇지 않아 보였다. 오직 정만만을 신경 쓰는 얼굴이었다. 정만이 출연하는 야차가 잘될수록 단우도 더 잘할 것 같은 모습이었다. 태진은 차에 올라타는 단우를 가만히 쳐다봤다.

"걱정 없겠네."

*   *   *

현미를 지하철역에 내려 준 뒤 태진은 곧장 플레이스 극장으로 향했다. 현미가 같이 가겠다고 했지만 지원 팀의 일도 아닌데다가 사적인 일도 있었기에 억지로 퇴근을 시키다시피 했다. 일이 손에 익으면 쉬고 싶어도 마음 편히 쉴 수가 없기에 쉴 수 있을 때 쉬는 게 가장 좋았다.

극장에 도착한 태진은 약간 놀랐다. 이제 곧 시작이기에 이미 입장들을 했는지 입구엔 사람들이 그렇게 많지 않았는데 주차장은 차로 가득 차 있었다. 1시즌 때와는 완전히 달랐다. 1시즌 첫 공연 당시에는 객선이 거의 텅텅 빈 채로 진행되었었다. 같은 첫 공연임에도 시작부터 차이가 났다.

주차를 하고 온 태진은 곧바로 전화를 걸었다.

―어, 형. 도착했어?

"들어갔어?"

―어, 사람 진짜 많아. 진짜 이런 공연에 태은이가 참여했어?

"태은이 못 만났어?"

―보이지도 않던데. 난 구청 공연 이런 건지 알았네. 아무튼 기다려 봐. 나 금방 나갈게.

그때, 누군가가 수레에 한가득 짐을 싣고 끌고 오고 있었다. 가만히 보니 익숙한 얼굴이었다.

"알아서 들어갈게. 일단 전화 끊는다."

—표도 없으면서 무슨 수로 들어와.

"아는 분 있어서. 금방 갈게."

—어딘지 모르잖아. F열 10이니까 바로 보일 거야.

태진은 전화를 끊고는 짐을 끌고 오는 사람에게 다가갔다.

"연 대표님, 안녕하세요."

"어? 한 팀장님!"

바로 선우 무대의 대표였다. 김 반장은 어디 갔는지 연 대표 혼자 짐을 옮기고 있었다.

"제가 들어 드릴게요. 이거 포스터예요?"

"네! 아, 좀 늦었는데 잘됐네. 주차장에 차가 못 들어가서 저 밑에서부터 끌고 왔더니 힘들어 죽겠어요."

"사람 많더라고요. 그런데 공연 시작하는 거 같던데 아직 포스터 안 붙이셨어요?"

"오늘 공연하는 건 붙였죠. 이거는 내일 공연하는 거 미리 홍보하려고 붙이는 거예요. 공연 다 보고 나갈 때 관심 가지라고요."

태진은 수레를 건네받고는 걸음을 옮겼다. 그러고는 궁금했던 것들을 질문했다.

"저희 태은이 일 잘해요?"

"우리 한 부장? 일 잘하죠. 잘해도 너무 잘하죠. 우리 복덩이 인데."

"그래요?"

"빈말이 아니라 너무 싹싹해요. 힘들 만도 한데 늦은 적도 없고 모르는 것도 자기가 먼저 나서서 배우려고 하고. 아, 맞다! 이번엔 쇼케이스 건도 따 오더라고요. 팀장님이 도와주셨다고 그랬는데?"

"아, 저는 그냥 인사만 시켰고요. 태은이가 갑자기 그런 제안을 하더라고요."

"그것 봐요. 정말 일 잘해요. 우리 선우 무대에 팀을 꾸려 놔서 바쁘게 움직여야 되는데 아주 타이밍 좋게 제대로 구해 왔어요. 그러고 보면 우리가 한 팀장님 도움을 엄청 받네요?"

"제 동생 잘 봐주셔서 제가 감사하죠."

연 대표는 기분 좋은 미소를 짓더니 수레에서 포스터를 어깨에 들쳐 멨다. 태진도 마찬가지로 포스터 한 묶음을 어깨에 멘 채 연 대표를 따라 들어갔고, 로비에 도착하자 연 대표가 웃으면서 포스터를 감싸고 있던 비닐을 뜯어 냈다.

"이거 보세요. 이것도 한 부장이 도와준 건데."

"포스터를요?"

"그럼요!"

"어……? 1시즌 때하고 비슷한 컨셉 같은데요? 아닌가? 제가 잘 몰라서 그렇게 보이는 건가?"

연 대표는 소리가 새어 나갈까 봐 입을 가린 채 마구 웃었다. 뭐가 웃긴 건지 태진은 의아해하며 연 대표의 웃음이 멈추길 기다렸다. 잠시 뒤, 연 대표가 눈물까지 닦으며 말했다.

"컨셉은 똑같아요. 5가지 연극을 하나처럼 보이게. 티켓도 같은 컨셉이고요."

"이걸 태은이가 도와줬다는 건가요? 태은이가 그림은 잘 못 그렸던 거 같은데."

"그게 아니고. 사실 플레이스에서 1시즌에서 티켓이 너무 좋았다고 이번에도 획기적인 그런 디자인을 요구했었어요. 그런데 아무리 머릴 쥐어짜 내도 아이디어가 안 나오더라고요."

"그렇죠. 그때 그 티켓들이 아직까지 언급이 되고 있으니까요."

"맞아요. 그래서 고민이 엄청 많았는데 한 부장이 해결해 주더라고요."

"태은이가요?"

"권은희 부장님이 왔을 때 우리 한 부장이 나서서 얘기를 했죠."

태진은 무슨 말을 했을까 궁금한 마음에 대꾸도 하지 않고 연 대표의 입만 바라봤다.

"티켓 컨셉을 바꿀 필요가 있냐고 그러더라고요. 차라리 티켓이나 포스터 컨셉을 유지하면 연극 프로젝트 고유의 특징도 만들 수 있고 나중에 왕중왕전 같은 거 한다고 했잖아요. 그때 포스터만으로도 홍보가 될 거라고 그렇게 설득하더라고요. 또 뭐라고 그랬더라. 무슨 게임 얘기 했는데."

"게임이요?"

"네, 사람들이 좋아하는 게임은 억지로 포맷을 바꾸지 않고 그 포맷을 유지한 채 약간의 디자인만 발전시킨다고 그랬던 거 같은데. 그게 트렌드라고."

"아……."

"그래서 권은희 부장님도 그 자리에서 바로 찬성했어요. 그래서 내가 너무 편해졌죠. 우리 한 부장 없었으면 어떻게 할 뻔했어요."

그때, 로비로 태은이 뛰어나왔다.

"큰형, 뭐야? 언제 왔어?"

"방금 왔어."

"들어가서 기다리지 뭐 관객이 이런 것까지 도우려고 그래. 대표님도 왜 전화를 하시지. 안 오셔서 제가 나와 봤잖아요."

"나도 방금 막 왔어. 한 팀장님이 도와주셔서 편하게 왔어."

"아무튼 주세요. 지금부터 바로 붙여야 돼요."

"혼자?"

"아니요. 이제 곧 올 거예요. 지금은 무대는 이제 극 넘어갈 때 변경하기만 하면 돼서 그거 확인만 되면 오실 거예요."

태은의 모습이 뭔가 색다르게 느껴졌다. 반갑게 맞아 주지 않는 것이 섭섭하기도 했지만, 그보다 태은의 모습이 생소했다. 평소 어리게만 보였는데 극장에서 보니 막내의 느낌이 아니었다. 스스로 일을 찾아서 하는 모습을 보니 진짜 선우 무대 소속의 부장으로 보였다.

태진이 씨익 웃으며 포스터를 붙이는 태은의 모습을 물끄러미 쳐다볼 때, 태은이 뒤를 돌며 말했다.

"큰형, 좀 들어가 있어. 되게 부담돼."
"하하. 알았어. 이따가 집에 같이 갈 거야?"
"아니? 오늘 정리하고 내일 공연 준비도 하고 가야지."
"밥도 같이 못 먹어?"
"엄마한테 말했는데? 나중에 먹자고."

태진은 아쉽기는 했지만, 바빠서 식사를 같이 못 하는 것이기에 오히려 태은도 마음이 좋지 않을 것이었다. 그렇기에 태진은 더 이상 묻지 않고 고개를 끄덕거렸다.

"알았어. 한태은 멋있다."
"민망하게."
"하하. 진짜 멋있어서 그래. 형 갈게."
"알았어. 재밌게 봐."

태진은 웃으며 극장 안으로 들어갔다. 주차장에서 예상한 대로 이미 객석이 가득 차 있었다. 1시즌 때는 아무리 사람이 많더라도 가장 뒷자리에서 볼 수 있었는데 지금은 뒷자리까지 관객들이 자리했다. 그래서인지 필도 보이지가 않았다. 태진은 서둘러 계단을 내려갔고, 가족들을 발견했다.

"일찍 오셨네요."

태진의 인사에 어머니는 궁금한 게 많았는지 곧바로 질문부터 던졌다.

"큰아들 왔어? 어휴, 이렇게 사람 많은 줄 몰랐네. 태은이는 봤어?"
"네, 방금 보고 왔어요. 되게 바쁘더라고요."
"그래? 잘하고 있어?"
"다들 칭찬해 주시더라고요. 걱정하지 않으셔도 될 거 같아요."
"우리 막내가 꼼꼼해서 잘할 거야. 그런데 아들은 태은이가 만든 게 뭔지 알아?"
"이따가 시작되면 커튼 걷히고 나올 거예요. 전부는 아니더라도 많이 참여했을 거예요."

부모님 두 분 다 연극에는 관심이 없어 보였다. 지금도 태은이 어떤 일을 했는지만 궁금한지 보이지도 않는 커튼 뒤를 흘깃거리고 있었다. 그 모습을 보며 웃을 때, 태민이 말했다.

"태은이 만나느라고 늦은 거야? 아까 왔다는 사람이 안 오길
래 나가려던 참이었어."
"어, 아는 분을 좀 만나서 얘기 좀 하느라고."
"아, 형이 원래 여기 맡았었지? 그래서 그냥 들어왔구나."
"그런 건 아니고. 그런데 넌 괜찮아?"
"뭐가?"
"시간 말이야."

동시에 벌어지는 일들 중의 마지막이 바로 태민이었다.

"괜찮아. 대표님이 같이 일하는 작가님이랑 어시분들도 내일
까지 쉬라고 하셨어. 충분히 마음 가다듬고 오라고."
"오늘 밤에 공개되지?"
"어."

짧은 대답에 약간 긴장이 되는 듯 느껴졌다.

"긴장돼?"
"뭐가. 나?"
"긴장하는 거 같아서."
"나 말고 태은이 이 자식이 잘 했나 걱정돼서 그러지."
"작품은 걱정 안 돼?"

태민은 잠시 천장을 보더니 이내 입꼬리가 쓰윽 올라갔다. 그러고는 앞을 쳐다본 채 대답했다.

"걱정보다는 기대되지. 내가 봐도 재밌더라고."

자신만만한 태민의 모습에 태진은 약간 놀랐다. 하지만 그것도 잠시, 태민이 이렇게 자신감을 내보인 적이 없다 보니 태진도 기대가 되었다.

*   *   *

다음 날. 회사에 출근한 태진은 어제 일에 대한 결과를 보고 있었다. 플레이스에서 진행하는 연극은 어제 시작했지만 다른 극단들의 공연이 시작되지 않았기에 Y튜브에 올라오지 않았다. 5개 극단의 공연이 끝나면 모두 올라갈 것이었다. 그럼에도 관객들의 인증이 올라왔고, 수는 적더라도 굉장히 평이 좋았다. 다만 소극장이다 보니 그 수가 굉장히 적을 수밖에 없었다.

Y튜브에 공개되고 나서부터가 연극 프로젝트의 시작이라고 볼 수 있는데 그 전부터 평이 좋다 보니 플레이스나 1팀에서도 기대가 큰 듯 보였다. 1팀의 강경애가 보낸 메시지만 봐도 기뻐하는 것이 느껴졌다.

[다음 주 공연까지 전석 매진됐다네요. 한 팀장님이 도와주신

덕분에 홍보가 제대로 됐어요. 감사합니다. 공연 끝나면 인사드릴게요.]

1시즌 때와는 시작부터 다르다 보니 관계자들의 기대는 어쩔 수 없는 것이었다.

그리고 정만이 출연한 야차가 어제부로 2화가 방송되었다. 그런데 야차의 반응은 연극 프로젝트와는 달랐다. 시작부터 반응이 어마어마했다.

ETV와 제작사에서 작정한 듯 홍보하고 나선 덕분에 많은 기사들이 쏟아졌고, 기사에 그치지 않고 Y튜버들을 통해 드라마 리뷰까지 부탁한 모양이었다. 그래서 2화밖에 되지 않음에도 수많은 Y튜버들이 유료 광고 포함이란 문구를 달고 야차를 리뷰했다.

유료 광고 문구가 달려 있다 보니 사람들도 홍보라는 걸 알 것이었다. 그런데도 반응이 굉장히 좋았다. 불과 2화뿐임에도 전개도 탄탄하고 출연진의 연기도 훌륭하다는 평이었고, 그 중심에는 당연히 정만이 있었다. 강정구 사단이 만든 제2의 이혁으로 불리고 있었다. 제2라는 수식어가 붙었지만 그건 이혁의 연기와 비슷해서가 아니라 강정구 감독의 유명한 노비 때문이었기에 태진도 크게 신경 쓰진 않았다.

그리고 '무브' 역시 이제 촬영을 시작하는 단계임에도 홍보를 시작했다. 야차와 달리 보여 줄 영상이 없지만 무브에는 엄청난 사람이 있었다. 바로 스타 작가 김정연이었고, 멀티박스에서는 김정연의 이름으로 홍보를 시작했다. 그리고 지원 팀 역시 그 기사들을 찾아보고 있었다. 그 기사를 보던 국현은 자신이 담당한 신입 직원들에게 물었다.

"스흡, 준섭 씨? 지우 씨? 기사들 봤어요?"

"네… 그런데 좀 너무한 거 같던데요. 저희 배우님들 이름은 짧게 들어가 있고 전부 작가님 얘기뿐이네요."

"저희도 따로 기사를 내보내야 하는 거 아닌가요? 아까 1팀 살펴보니까 거기는 기사도 직접 작성하는 거 같던데요."

"에이, 아직은 기사 내보낼 때가 아니죠."

누가 국현의 조수가 아니랄까 봐 벌써부터 정찰하고 다니는 모양이었다. 세 사람이 저러는 이유는 기사 내용에 MfB 주연 삼인방의 이름이 거의 없었기 때문이었다. 채이주는 유명하지만 단우나 오름을 내세워 홍보하기보다 김정연으로 홍보하는 것이 훨씬 효과가 좋을 것이라고 판단한 모양이었다. 실패 없는 작가, 시청률의 여왕이라는 평가를 받고 있다 보니 그만큼 대중들의 기대를 불러 모으기 쉬웠다. 반응은 당연히 기대가 된다는 쪽이었다. 하지만 MfB 소속의 배우들이 너무 숨겨져 있는 느낌은 들었다. 그리고 그건 수잔과 수잔이 담당하는 신입 직원들이 해결했다.

그러던 중, 통화하고 있던 한 신입 직원에게 수잔이 물었다.

"윤정 씨, 멀티박스에서 뭐래요?"

"대본 리딩하는 영상 원본 보내 준다고 하더라고요. 편집은 저희가 하라고 했는데… 그 부분을 여쭤보려고요."

"아마 거기 편집 안 해 줄 거예요. 우리 배우 홍보한다고 하는 건데. 언제 보내 준대요?"

"바로 보내 준다고 했어요."

"오케이. 그럼 재영 씨하고 진아 씨, 윤정 씨까지 각자 한 명씩 맡아서 영상 온 거 확인하고 4팀에 보내세요. 거기서 영상 다시 확인하고 매니저 팀에 보낼 거니까 나오는 부분 체크만 해서 보내면 돼요."

원래는 기존 세 사람이 두 명씩 담당하기로 했는데 태진이 밖으로 많이 돌아다니다 보니 수잔이 신입 직원 세 명을 담당했다. 태진도 수잔에게 일을 배웠기에 전혀 걱정되지 않았다. 수잔이 벅차 할 수도 있다는 것이 문제였지만, 수잔 역시 열정적으로 일을 가르치고 있었다.

"그리고 나는 세 사람이 겹치는 부분을 찾을게요."

대본 리딩 때 촬영했던 영상으로 홍보를 할 예정이었다. 비록 효과는 적겠지만, 효과가 너무 커도 문제였다. 캐스팅을 이해하지 못하는 사람들도 많을 것이기에 아직은 김정연의 이름 뒤에 숨어서 홍보를 하는 게 더 효과적이었다. 그리고 대본 리딩까지 하는 걸 보여 줌으로써 캐스팅 확정이라는 통보 겸 홍보였다.

그때, 태진의 옆에 있던 현미가 의아한 표정으로 다른 직원들을 쳐다봤다.

"왜요?"

"아… 왜 저희는 기사를 안 내보내는 건지 궁금해서요."

"그거요? 기사로 홍보를 하면 좋은 영향을 얻을 수도 있는데 그렇지 않을 수도 있어서요. 아직 단우 씨나 오름 씨를 잘 모르는 분이 많아서요."

"그래도 어제 권단우 배우님 보니까 연기 너무 잘하시던데."

"그렇죠? 그래서 우리는 사람들에게 연기를 보여 주면서 우리 편을 만들고 홍보를 할 거예요. 그래야 남들이 어디서 이상한 애들 데려왔냐고 할 때 우리 편이 된 사람들이 연기 잘한다고 해 줄 거거든요."

"아… 그래서 홍보도 기사가 아니라 각자 채널에 올리는 거예요?"

"그렇죠? 팬들에게 먼저 인사할 겸."

현미는 이해했다는 듯 고개를 끄덕거렸고, 태진은 그런 현미에게 웃으며 말했다.

"대본은 봤어요?"

"네? 죄송해요."

"음?"

현미라면 어제 얘기했던 부분을 바로 확인할 거라 생각했는데 예상과 다른 대답에 태진은 약간 실망스러웠다.

"어제 보긴 했는데… 다는 못 봤어요."

"아, 그런 거였어요? 양이 많긴 하죠?"

"그런 게 아니라… 저번에 제가 팀장님 동생분 작품이 제 인생작이라고 했잖아요… 그게 어제 웹툰으로 나왔는데 하나만 봐야지 하다가… 한 번에 20개가 올라오는 바람에… 죄송합니다."

태진은 헛웃음을 뱉었다. 태민의 작품을 보느라 대본을 읽지 못했다는 말이 무책임하게도 느껴졌다. 하지만 아무래도 태진의 작품이다 보니 기쁜 마음도 들었다.

"업무 시간 외지만 그래도 확인은 해야지 업무가 진행이 되니까 꼭 확인하셔야 해요. 취미 활동까지 뺏을 순 없지만 그래도 지장이 가선 안 되잖아요."

"네……."

현미에게 업무가 우선이라는 모습을 보여 주느라 말은 그렇게 했지만 마음속에서는 태민의 작품에 대해서 묻고 싶은 마음이 더 컸다.

"아무튼 신경 좀 써 주세요. 그런데… 그렇게 재밌었어요?"

"네? 아, 네……."

"저도 봤는데 바로 1등을 찍긴 했더라고요."

"장난 아니에요. 별점도 10점이더라고요. 얼마나 재미있으면 별점 테러도 없어요."

"그래요?"

"내용도 너무 좋고 그림도 너무 좋고 기다린 보람이 있더라고요. 정말 소설 보면서 상상하던 걸 그대로 끄집어낸 것 같았어요."

태진도 보긴 했는데 가족의 작품이어서인지 객관적으로 볼 수가 없었다. 그러던 참에 현미의 말은 안도감과 함께 기쁨을 주었다. 그래서인지 태진은 자신도 모르게 입술이 요동을 쳤고, 그런 태진의 모습에 팀원들이 전부 태진을 바라봤다.

"수잔, 팀장님 왜 저러세요? 무슨 좋은 일 있나?"
"나도 몰라요. 입술 떨림이 평소와 다른데? 팀장님! 저희도 같이 좋아하고 싶어요!"

모든 팀원의 시선이 태진에게 향했다. 태진은 서둘러 입술을 가렸지만, 좀처럼 떨림이 쉽게 가시지 않았다. 게다가 방금까지 업무가 우선이라고 말했는데 태민의 얘기를 꺼내기도 민망했다. 하지만 이미 태진의 작품의 팬인 현미였기에 태진의 지적은 이미 잊어버렸다는 듯 입을 열었다.

"어제 한태민 작가님 오직 주 웹툰으로 나왔거든요."
"아! 진짜? 말을 좀 해 주시지!"
"스흡, 진짜요? 또 1등인 거 아니에요?"

태진은 대답 대신 머쓱하게 웃었고, 그런 태진의 반응에 국현은 곧바로 휴대폰을 꺼내 들었다. 그러고는 잠시 뒤 혀를 내밀며 고개를 들었다.

"대박… 이거 소설도 또 1등이네?"

"소설 아니고 웹툰으로 나왔어요."

"그러니까요. 소설도 잠깐 내려갔었는데 또 1등이라고요."

"정말요?"

"웹툰 보고 사람들이 보러 왔나 본데요? 웹툰도 1등이고. 이거 또 ―표시 붙은 거 보니까 계속 1등인가 본데요?"

소설까지 영향을 받을 줄은 몰랐다. 태진은 놀란 얼굴로 직접 확인하려 휴대폰을 꺼낼 때, 신입 직원들이 하는 말이 들렸다.

"이거 드라마나 영화화되는 거예요?"

"그렇겠죠. 이렇게 반응이 좋으면 만들고 싶어 하잖아요."

이제 일을 시작한 신입 사원들의 대화를 듣자 정말 현실로 다가온 것 같은 느낌이었다. 오래전 태민과 약속했던 것이 눈앞에 보이는 것만 같았다.

* * *

한 달 뒤. 한 달 사이에 많은 것들이 변해 버렸다. 가장 크게 변한 건 정만이었다. 어제부터 야차의 10화가 올라왔고, 야차는 IPTV나 케이블 및 모든 유료 플랫폼을 포함해 전 채널 시청률 1위라는 대기록을 달성했다. 잠깐이면 그럴 수 있겠지만, 4화부터 지금까지 유지되고 있었다. 그리고 매 화가 올라올 때마다 엄청난 이슈를 몰고 오고 있었다.

그건 한국에서만이 아니었다. ETV가 N플릭스에 제공 계약을 맺음으로써 해외에서도 야차를 볼 수 있게 되었고, 결말이 나지 않으면 시청률이 떨어지는 해외 특성에도 불구하고 여러 나라에서 좋은 성과를 내고 있었다. 그리고 당연히 한국에서는 주연인 정만의 이름 역시 언론에 쉴 새 없이 오르내리고 있었다.

덕분에 1팀의 분위기는 곽이정이 있을 때보다 훨씬 활기찼다. 곽이정이 데려오고 계획한 대로 이뤄지고 있음에도 1팀에서 곽이정이란 존재는 완전히 잊혀 버렸다. 그런 이유 중에는 강경애가 잘 이끌고 있는 것도 있었다. 연극 프로젝트도 상당히 훌륭한 성과를 냈고, 그 성과를 내는 중에도 꾸준히 정만을 보살폈다. 지금도 어제부로 연극 프로젝트가 끝나자마자 정만의 일로 태진을 찾아와 있는 상태였다.

"요즘 제일 바쁘시네요."

"다 한 팀장님 덕분이죠."

"연극도 어제 끝났죠?"

"네, 3일 쉬고 시상식 할 거예요. 플레이스에서 좀 크게 하자고 해서 이번에는 대극장에서 배우분들 가족분들 모시고 할 거예요."

"아, 성과 좋았으니까 그렇게 해도 되겠네요."

"성과도 성과인데 이 실장님이 이렇게 해야지 다음 시즌에 극단 섭외하기 쉽다고 그러셔서요."

"하하."

태진은 이창진을 떠올리며 소리내어 웃고는 질문을 이었다.

"그런데 정만 씨 얘기는 뭐예요?"
"아. 지금 야차가 예상보다 더 반응이 좋아서요."
"그렇죠. 저도 봤어요. 미국 N플릭스에서까지 7등이던데요."
"네, 그래서 해외에서도 섭외가 많이 들어와요. 그런데 아직은 메인 대우는 아닌 거 같아서 좀 지켜보고 있고요."
"해외 업무는 3팀에 도움을 청하세요. 그리고 아직 촬영 중이니까 천천히 해도 되지 않을까요?"
"정만 씨 스케줄은 내일모레까지만 하면 끝이에요."
"벌써요?"
"네, 방송은 아직 남아서 그동안 예능에 좀 출연을 했으면 하거든요. 그래서 저희도 정만 씨한테 직접 물어봤는데 정만 씨가 너무 강력하게 거절을 하더라고요."
"거절한다고요?"
"준비할 게 있다고 그러면서 계속 거절을 하는데 ETV하고 제작사에서는 계속 홍보를 해 달라고 요구하고 있고요."

태진은 선뜻 이해가 되지 않았다. 라이브 액팅도 예능이었기에 예능에 출연하는 것을 부담스러워할 리가 없었다. 혹시 해외 섭외가 부담스러운 건가 하는 마음에 강 팀장에게 물었다.

"어디 어디서 왔는데요?"
"리스트를 준비했는데 해외는 일단 제외하고 국내에서는 대부분 앉아서 대화하는 그런 쇼들이에요."

"위키즈 같은 거요?"

"네, 맞아요."

"해외는요?"

"그게 미국 배우조합상에서도 부르더라고요. 아직 드라마가 진행 중이라서 상을 받는 건 아니고 인기가 많으니까 얼굴 좀 비춰 달라고 요청을 했더라고요. 주연들 전부."

"아."

"몸값 올리기는 좋지만 상을 받는 게 아니라서 가기는 좀 별로라는 생각이 들더라고요. 무엇보다 정만 씨가 안 간다고 할 게 뻔하고요."

"이상하네… 정만 씨가 왜 그럴까요?"

"저도 그게 좀 궁금해서요. 정만 씨가 한 팀장을 잘 따라서 의견을 좀 여쭙고 싶어서 왔는데… 일단은 제가 해결해 볼게요."

태진도 정만이 왜 거절한 것인지 몹시 의아했다. 이제 촬영도 끝나는데 뭘 준비한다고 해외 섭외까지 거절하는 건지 도통 감이 잡히지 않았다.

제5장

—

정만의 걱정

며칠 뒤. 태진은 퇴근 후 또다시 플레이스의 소극장을 찾았다. 무브에 출연 중인 주연 삼인방도 촬영 환경이나 스케줄에 익숙해지며 더 안정적인 연기를 펼치고 있었기에 이제는 걱정할 부분도 없었다. 게다가 셋이 계속 오래 연습을 해 온 덕분인지 서로 의견을 나눠 가며 어려운 부분을 해결해 나가고 있었다. 덕분에 태진은 촬영장에 대한 신경을 덜 쓸 수 있었고, 그 덕택에 지금 극장까지 올 수 있었다.

공연이 끝난 덕분인지 주자창 공간이 여유로웠다. 차에서 내린 태진이 극장에 올라가려 할 때, 이주에게서 전화가 걸려 왔다.

"네, 이주 씨."

─팀장님! 극장 가셨다면서요!

"아, 네. 오늘부터 무대 설치한다고 해서요. 국현 씨가 그래요?"

―네! 아, 나도 같이 가고 싶었는데! 내일모레도 스케줄 잡혀 있는데. 흐흑.

태진이 극장을 찾은 이유는 트리스타의 쇼케이스 준비를 보기 위해 찾은 것이었다. 이주도 코인 연습실을 오가며 트리스타 멤버들과 친분이 생겼기에 아쉬워하고 있었다.

"쇼케이스 할 때 영상으로 찍어서 보내 드릴까요?"

―직접 보는 거랑 다르죠.

"영상으로 볼 때 더 좋을 수도 있잖아요."

―에이… 하긴 지금 내가 하는 거 보면 그럴 수도 있네.

"뭐 하고 계신데요?"

―저 지금 허공에다 연기하고 있죠… 녹색 배경에다가!

"아, CG 들어가는 부분 연기하시는구나."

―이게 제일 어려워요. 하아… 이것도 한 번에 몰아 한다고 대본도 뒤죽박죽 연기해야 되거든요. 지금도 준비하는 거 기다리고 있어요. 아, 촬영 준비 다 됐나 보네. 나중에 또 전화할게요.

아무래도 무당이다 보니 CG가 들어가는 부분이 많았다. 그래도 이주의 연기가 엄청 안정적이라고 전해 들었기에 걱정은 없었다. 전화를 끊은 태진은 가볍게 웃고는 걸음을 옮겼다. 그때, 주차장에 차가 한 대 들어왔다. 태진이 신경 쓰지 않고 가려 할 때, 창문이 열리면서 익숙한 얼굴이 태진을 불렀다.

"한 팀장님!"

"어? 에이드 씨."

"잠깐만요."

에이드는 주차를 하고는 곧장 차에서 내려 태진에게 다가왔다.

"차가 바뀌셨네요?"

"아, 그거! 운전하기 힘들기도 하고 유지비가 너무 많이 들어서 팔아 버렸어요."

"아."

"해외 활동 하느라고 세워 뒀더니 방전됐더라고요. 근데 그거 점프? 그거 하는데도 외국에서 회사 불러야 된대요. 그게 말이 돼요? 그래서 팔아 버렸어요."

태진의 차보다 약간 컸지만 경차였다. 이런 거 보면 자기가 하고 싶은 대로 사는 자유로운 사람처럼 보였다.

"완전 극과 극이죠? 그런데 이게 마음은 더 편한 듯! 그런데 팀장님도 구경하러 오셨어요?"

"네. 동생도 있고 해서요."

"아! 태은 씨."

"그런데 에이드 씨도 구경하러 오신 거예요?"

"아니요? 난 무대 체크하고 동선 체크하려고요. 나 쇼케이스에서 응원군 맡아요!"

"응원군이요?"

"원래 안 하려고 했는데 대명이 오빠가 투자금 뽑으려면 오라고 해서 오는 거예요. 노래는 안 하고 축하 인사만 하려고요."

그제야 에이드가 온 이유를 안 태진은 피식 웃었다.

"그럼 갈까요?"

그때, 태진의 휴대폰이 울렸고, 태진이 휴대폰을 보자 에이드가 웃으면서 말했다.

"통화하시고 오세요."

극장에 들어가는 것조차 쉽지가 않았다. 에이드를 보낸 태진은 곧바로 휴대폰을 확인하고는 곧바로 전화를 받았다.

"정만 씨!"

—형, 어디세요?

"저 일이 있어서 밖에 나와 있어요. 잘 쉬고 있어요?"

—네, 저 잘 쉬었죠. 혹시 언제쯤 일 끝나세요?

강 팀장에게 듣기로는 끝까지 예능 출연을 거절했다고 들었다. 그런 정만이 먼저 연락해서 만나고 싶어 하는 기색을 보이고 있었다.

"지금 일 다 끝났어요. 잠깐 볼까요? 제가 댁 근처로 갈까요?"

—아니요. 제가 형 있는 곳으로 갈게요.

"제가 가는 게 나을 텐데."

—아니에요. 저도 밖에 나가고 싶고 그래서요. 어디로 가면 돼요?

"여기 플레이스 소극장인데 아세요?"

—아! 알죠. 안 그래도 연극 보고 싶어서 찾아봤었죠. 결국 못 봤지만. 아무튼 금방 갈게요. 집에서 가까워서 한 30분이면 갈 거예요.

전화를 끊은 태진은 고개를 끄덕이고는 서둘러 걸음을 옮겼다. 보지도 못하고 차를 돌려 가야 할 줄 알았는데 정만이 온다고 해 준 덕분에 시간이 생겼다.

관계자에게 신분을 밝히고 극장 안으로 들어가자 무대 위에서 지시를 하는 김 반장이 보였고, 선우 무대에서 새롭게 꾸린 팀원들도 보였다. 그중에는 태은도 함께였다.

'열심히네.'

보고만 있어도 기특했다. 태진은 씨익 웃고는 무대를 천천히 살폈다. 아직은 설치 중이었기에 자세한 컨셉은 보이지 않지만 바닥까지 조명이 들어가는 것으로 설치해 놓은 걸 보니 비용도 상당히 많이 들어간 듯했다. 연극 전용 무대가 음악 방송 무대처럼 바뀌어 가고 있었다.

그리고 에이드도 박 대표와 함께 무대 위를 걸어 다니며 살펴보고 있었고, 무대 구석구석을 살펴보며 만족한 듯 미소를 짓고 있었다. 그리고 그와 동시에 태진도 마음이 약간 놓였다.

사실 극장에 안 와도 상관은 없었지만, 태은이 쇼케이스를 제안한 것이기에 걱정된 마음에 찾아온 것이었다. 하지만 선우 무대도 방향을 늘리는 만큼 준비를 제대로 한 듯 보였다. 태진은 편안해진 마음으로 가장 뒷좌석에 앉아 설치하는 걸 지켜봤다. 그때, 누군가에게 무슨 얘기를 들은 김 반장이 갑자기 객석을 쳐다봤다. 그러고는 태진을 발견했는지 곧바로 계단을 뛰어 올라왔다.

"오셨으면 전화라도 하시지 그러셨어요."
"잠깐 들른 거예요."
"한 부장이랑 같이 가려고요?"
"아니에요. 태은이한테 말 안 하셔도 돼요. 그런데 무대가 예쁜데요?"
"그래요? 어휴, 다행이네."
"전이랑 느낌이 많이 다른 거 같아요."
"우리도 시대에 발 맞춰야 될 거 같아서 방송국에서 일했던 사람 위주로 팀원을 짰어요. 지금은 한 팀이지만 차차 늘려 가려고요."
"미리 준비하셨던 거예요?"

김 반장은 코를 찡긋거리며 웃으며 말을 이었다.

"예전에 곽 대표가 그러더라고요."

"곽이정 대표요?"

"네, 그때 사과할 때 술 마시면서 이런저런 얘기를 했는데 자기가 동서기획을 추천한 이유도 얘기해 주더라고요."

"아……."

"들을 때는 기분이 별로 안 좋았는데 생각해 보니까 틀린 말이 아니더라고요. 요즘 트렌드에 맞춰서 하려면 저런 무대 설치 기술도 필요하더라고요. 그게 동서기획은 있고 우리는 없었죠. 그래서 그때부터 준비했고 오늘이 처음 하는 거예요. 우리 아들 이름 걸고 다시 무대 설치하는데 기왕 하는 거 잘해야죠."

이렇게 선우 무대도 발전을 해 나가고 있었다. 그리고 이런 발전은 태은에게까지 영향이 미칠 것이었다. 태진은 기쁜 마음으로 입을 열었다.

"곽 대표 말이 원래 좀 그래요. 들을 땐 기분 나쁜데 틀린 말은 아니거든요."

"그래도 좀 바뀌었던데요?"

"만나 보셨어요?"

"그럼요. 조율을 해야 되니까. 아직 깐깐하긴 한데 그래도 좀 유해진 느낌이랄까. 아무튼 전보다는 훨씬 낫더라고요. 오히려 원하는 게 있으니까 우리도 편하기도 하고."

김 반장은 피식 웃고는 말을 이었다.

"예전에 사이가 어찌 됐든 지금은 고객이니까 잘해 드려야죠. 덕분에 우리도 한 발 앞으로 나간 것도 있으니까 우리도 꽉 대표 한 발 내디딜 수 있게 잘해 주려고요."

"멋있으세요."

"멋있긴요. 나중에 한 팀장님도 도와주셔야 하는데."

"제가요?"

"그럼요. 제가 이렇게 팀원 모으는 게 나중에는 드라마 미술 팀도 지원하려고 하는 건데."

"아! 정말요?"

"그렇죠. 이렇게 인지도 쌓은 다음에 제작사들에 포트폴리오 돌리려고요. 나중에 만나게 되면 잘 좀 부탁드려요. 너무 이른 가? 하하."

힘들어하는 시기가 있었지만 그것들을 이겨 내고 오히려 전보다 더 큰 방향을 잡고 나아가는 듯 보였다. 그렇게 한참이나 김 반장과 대화 중일 때, 정만에게서 연락이 왔다.

"저 이제 가 봐야 해서요."

"그래요. 언제든지 오세요. 그런데 진짜 우리 한 부장 안 보고 가도 돼요?"

"괜찮아요. 열심히 하고 있는 거 봤으니까 그냥 갈게요."

"한 부장이야 항상 열심히지. 알았어요. 또 오세요."

김 반장과 인사를 나눈 태진은 곧바로 극장 밖으로 나왔다.

그러자 길거리에 모자를 눌러쓰고 있는 정만이 보였다. 그리고 정만 주위로 몇몇 사람들이 보였다. 전부 휴대폰을 들고 사진 촬영을 원했고, 정만은 일일이 사진을 찍어 주었다. 저런 걸 보니 정만의 인기가 새삼스레 느껴졌다.

태진은 뒤에서 사람들이 빠지길 기다렸다. 연극 극장이 있지만 평소에는 유동 인구가 적은 곳이기에 다행히 사람들이 많진 않았다. 잠시 뒤 마지막으로 촬영을 마친 정만은 시간을 확인하더니 고개를 돌렸다.

"어, 형. 부르시지 그러셨어요."

"아니에요. 그런데 혼자 왔어요? 매니저님은요?"

"그냥 택시 타고 왔어요."

"차는?"

"저 아직 차가 없어서요. 부모님 차가 있긴 한데 면허만 있지 운전을 안 해 봤어요."

"음……."

사람들이 알아볼 텐데 그런 불편함을 감수하면서까지 이곳에 온 이유가 궁금했다. 태진은 고개를 돌려 커피숍을 쳐다본 뒤 입을 열었다.

"커피숍으로 갈까요? 저기 사람도 별로 없어서 조용하거든요."

"그냥 아무 데나 가도 괜찮아요."

"아니면 술 한잔할까요?"

"아니요. 형 술 못 드시잖아요."

국현이 자주 했던 방법으로 술을 마시면서 마음을 열어 볼 생각이었다.

"짠은 해 줄 수 있죠. 그런데 제가 술집을 잘 안 다녀서 조용한 곳이 어딘지를 잘 모르겠네요."
"그냥 아무 데나 가도 돼요."
"사람들이 알아보면 불편하잖아요."
"불편하다기보다는 아직 적응이 안 돼서요. 그리고 김 실장님도 면담할 때 그런 거 감수해야 된다고 그러시더라고요. 죄인도 아닌데 숨어 살지 말고 하고 싶은 거 하라고. 대신 SNS만 하지 말라고요."
"우리 매니저 팀 김 실장님이요?"
"네. 사람들 피하다 보면 연기 말고는 아무것도 못 한다고요. 필 선생님이 권단우한테 그랬다고 그러시던데요."

하긴 필이 단우를 데리고 이곳저곳을 다닌 것만 봐도 이해가 되었다.

"그럼 저쪽으로 가 볼까요?"

태진은 단우를 데리고 길을 건넜고, 커피숍 뒤편에 있는 고깃집으로 데려갔다. 잠깐 국현을 부를까도 했지만, 정만이 원하지 않는 것일 수도 있기에 생각을 접었다.

식당에 도착해서도 주인부터 손님까지 정만을 알아봤고, 심지어는 태진을 알아보는 사람도 있었다. 손님들 중 한 명에게 사인과 촬영을 해 주자 너 나 할 것 없이 사진 촬영을 요구했고, 그 요구를 다 받아 준 뒤에야 자리에 앉을 수 있었다.

"인기가 엄청 많아졌네요?"

"저도 실감이 잘 안 나요."

"아버님 좋아하시죠?"

"엄청 좋아하시는데 그래도 이제 시작이니까 헛바람 들지 말라고 항상 그러세요."

"하하."

태진도 정만의 아버지를 봤기에 그림이 그려졌다. 잠시 뒤 고기가 도착하자 식사와 함께 술을 곁들였고, 정만은 생각보다 술을 잘 마셨다. 전혀 취한 기색이 보이지 않았다. 처음과 같은 흐트러짐 없는 자세를 유지한 채 계속 술이 들어갔다. 술을 마시며 야차 때의 얘기를 해 주었고, 태진이 다녀간 뒤 많이 변했다며 고맙다는 얘기가 대부분이었다.

태진은 술을 한 잔도 마시진 않았지만 벌써 빈 소주병이 세 병이나 쌓여 있었다. 아무래도 취할 것 같은 기미가 보이지 않았기에 태진은 대놓고 질문을 했다.

"그런데 예능 섭외 많이 왔다던데 왜 거절했어요?"

"아… 예능이요?"

"라액도 잘 했잖아요. 부담되세요?"

"부담이 된다기보다도 연기만 하고 싶어서요. 배우니까요."

"아. 그게 맞긴 하죠. 그런데 작품은 혼자 만드는 게 아니잖아요. 감독님도 있고, 음향 팀이나 분장 팀 같은 스태프들부터 심지어는 정만 씨 스케줄 관리하는 매니저 팀까지 모두가 함께 만든 거잖아요. 그런데 그중에서 정만 씨가 가장 얼굴이 알려져 있고요."

"그렇죠……."

"다른 사람들의 노력이 정만 씨한테 녹아들어 있다고 볼 수도 있잖아요. 그러니까 그들의 노력을 생각해서라도 한 번쯤은 홍보를 하러 예능에 나가는 것도 괜찮다고 봐요."

"저도… 그렇게 생각하긴 하는데… 그냥 예능 나갈 때가 아닌 거 같아서요."

"그럴 때가 아니라니요? 지금 인기 엄청 많던데. 1팀장님이 분석한 거 보니까 완결 나면 최소 40개국에서 1위 예상하던데요?"

정만도 몰랐던 내용인지 혀를 내밀었다. 하지만 그것도 잠시 입술을 깨물더니 태진을 쳐다봤다.

태진은 자신을 가만히 쳐다보는 정만을 보며 혹시 첫 드라마의 성공이 부담스러운 건가 싶었다. 그게 아니면 자신이 출연한 드라마가 잘되는데 저럴 이유가 딱히 없었다. 그때, 정만의 입이 열렸다.

"지금은 그런데… 기사들 보면 곧 깨질 수도 있다고 그러더라고요."

"네?"

"최근에 흥행한 드라마가 없었잖아요. 그러다가 야차가 다시 시청자들을 드라마의 세계로 끌고 왔다고……"

"그건 맞죠."

"그래서 야차 다음에 나올 드라마들이 덕을 볼 거라고 하더라고요."

"아, 더 좋죠. 그만큼 더 탄탄한 시나리오도 나올 거고 그만큼 정만 씨의 선택지도 늘어날 수 있는 건데요."

"그건 아는데… 앞으로 나올 드라마 리스트에 김정연 작가님 드라마도 있었어요. 기대작이라고 하면서 배우들의 파워가 약하지만 연기로 극복해 내면 야차 시청률도 밀어낼 수 있을 거라고 하더라고요."

태진은 헛웃음을 뱉었다. 정만이 저렇게 말한 데에는 두 가지 이유가 있어 보였다. 하나는 무브가 자기가 출연한 야차보다 잘되는 걸 원치 않는 것이었고, 다른 하나는 무브에 출연하는 단우를 견제하고 싶은 것인 듯했다.

"단우 씨 때문에 그래요?"

"네? 아, 네."

"그렇게 신경 쓰여요?"

"신경 쓰이죠. 같은 시기에 데뷔하고 앞으로도 계속 같이하게 될 텐데."

태진은 약간 실망스러웠다. 그렇게 안 봤는데 같이 성장하는 게 아니라 라이벌인 단우가 잘되는 걸 원치 않아하는 듯 느껴졌다. 그때, 정만의 말이 이어졌다.

"물론 형이 참여한 거니까 권단우가 잘되면 좋죠… 저도 발전하는 거 같고요."

태진은 자신이 잘못 느꼈다는 걸 알고는 정만의 얘기에 귀 기울였다.

"그래서 저도 다음 작품을 준비하려고요. 예능에 출연할 시간이 아까워서요."
"제가 알기로는 회사에서 휴식을 준 걸로 알고 있는데."
"그렇긴 한데 가만있기가 그래서요. 권단우보다 하나라도 더 보여줘야 할 거 같아서요."

정만의 얘기를 듣다 보니 뭔가 쫓기는 듯한 느낌마저 들었다. 단우가 정만에게 저럴 정도로 크게 다가온 건가 싶은 생각이 들었다. 그러다 보니 너무 단우에게 신경 쓰다가 정만이 스스로 무너질 수도 있겠다는 생각도 들었다.

서로를 라이벌로 여기며 성장하길 바랐는데 정만에게 오히려 독이 될 수도 있는 듯했다. 태진이 어떤 조언을 해야 할지 가만히 생각할 때, 정만의 입에서 예상치 못한 말이 들렸다.

"하나라도 더 보여 줘야지 나중에 오직 주 캐스팅할 때 제가 우위에 설 수 있잖아요."

"네……?"

"형 동생분 작품이요."

"제 동생이요……?"

"매니저 형들이 형 동생 작품 언제가 됐든 무조건 드라마 영화화 된다고 하더라고요. 그래서 저도 봤는데 진짜 꼭 하고 싶어서요."

전혀 예상하지 못한 말에 태진은 당황했다. 태민의 작품인 '오 직 주'가 인기가 많은 건 사실이었지만 아직 아무런 진행도 되지 않았는데 벌써부터 그걸 준비할 줄은 몰랐다.

"물론 형이 캐스팅을 하겠지만, 강필두 역에 저 아니면 권단우가 될 거 같아서요. 아! 우리 회사 안에서는요. 다른 배우분들도 있는 건 알고 있어요. 그래도 일차적으로 회사 안에서 뽑혀야지 될 거 같아서요. 그런데 권단우는 형네 팀이고 저는 1팀이니까……. 물론 형이 그럴 사람이 아니란 건 알지만… 그래도 좀 불안해서요."

태진은 헛웃음을 삼키고는 정만을 쳐다봤다.

"저도 아직 아무런 얘기도 못 들었는데 벌써부터 그런 걱정을 하세요?"

"목표를 정해 놓는 게 좋을 거 같아서요."

"목표가 오직 주 주연인 거예요?"

"네."

"후우. 정만 씨."

"네?"

"제 동생이지만 제 마음대로 하겠다고 할 순 없어요. 저도 준비를 해서 캐스팅을 담당하게 되면 주연은 꼭 객관적으로 할게요."

정만은 그제야 미소를 보이며 웃었다. 그런 정만을 보며 태진은 가볍게 웃었다.

"그게 꼭 좋은 것도 아닌데. 다른 배우들하고 같이 경쟁해야 되는 거라서."

"그래도 전 그거면 돼요. 저도 진짜 열심히 할 거거든요."

"그러면 오직 주에 대해서 소식을 듣게 되면 알려 줄게요. 그러니까 일단은 편하게 쉬고 잠깐 예능도 한번 나가 주고 그러세요. 예능에 나가서 인지도 올리는 것도 중요해요. 사람들한테 얼굴을 보여서 좋은 인상을 심어 주면 그만큼 티켓 파워도 올라가서 훨씬 유리한 위치에서 시작할 수 있거든요. 티켓 파워도 중요한 거 아시죠?"

태진은 무브의 캐스팅을 통해 배웠던 것을 정만에게 얘기해 주었다. 그러자 정만도 그 부분에 대해서는 생각하지 못했는지 아차 하는 얼굴로 태진을 봤다.

"많이 말고 1팀하고 매니저 팀에서 정만 씨 이미지하고 어울리는 예능을 골랐을 거예요. 잘 얘기해서 하고 싶은 거 한두 개만 하면 도움이 될 거예요."

"아! 네! 역시 형이랑 얘기하길 잘했어요."

"저랑요?"

"그럼요. 답답한 게 싹 풀리면서 안심이 되잖아요. 어후, 이제 좀 취기가 올라오네요."

그사이에 소주병이 더 늘어 다섯 병이나 쌓여 있었다. 태진이 소주병을 보며 혀를 내두를 때 정만이 입을 열었다.

"형 바쁜데 시간 뺏어서 죄송해요."

"아니에요. 이런 일이라면 언제든지 불러도 돼요."

"진짜죠? 감사해요. 그럼 취하기 전에 일어날까요?"

"아직 괜찮아요?"

"네, 아직은 괜찮아요. 더 취하기 전에 집에 가서 어떤 예능 할지 좀 알아보려고요."

"하하, 그래요. 내가 데려다 줄게요."

"감사합니다!"

정만은 언제 고민이 있었냐는 듯 환해진 얼굴로 태진을 따라 나섰다.

*   *   *

며칠 뒤, 태진은 '오직 주'의 반응을 살피는 중이었다. 웹툰은

1등 자리가 고정인 듯 순위 변동 자체가 없었고, 웹소설은 약간의 변동은 있지만 거의 1위 자리를 차지하고 있었다. 사람들의 반응 역시 어마어마했고, 그 반응에 보답하려는지 다른 작품들과 달리 주에 2회나 연재되었다. 게다가 태민의 작품이 올라간 플랫폼에서도 사람들의 반응에 탄력을 받으려는지 공격적으로 홍보를 하고 있었다.

'진짜 이제 곧이겠는데.'

사람들의 반응은 댓글이나 리뷰를 통해 알 수 있었지만, 제작사의 반응은 알 수가 없었다. 태민에게 물어봤지만 회사에서 담당한다며 자신은 잘 모른다고 대답했다. 그렇기에 태진은 그나마 친분이 있는 멀티박스에게 물어본 상태였다. 그리고 국현에게도 지시를 해 놓았다. 그때, 먼저 연락을 받은 국현이 태진에게 급하게 왔다.

"팀장님! JH 임 부장님한테 연락해 봤거든요?"
"뭐래요?"
"어떻게 알았냐고 막 놀라던데요?"
"뭐라고 물어봤는데요?"
"대놓고 물어보기 그래서 JH는 오직 주 준비 안 하냐고 떠봤죠. 그랬더니 화들짝 놀라던데요."
"준비하는 거 맞대요?"
"네. 대외비인데 어떻게 알았냐고 오히려 추궁하던데. 그래서 팀장님 이름 팔기는 좀 그래서 김정연 작가님 이름을 좀 팔았죠.

김정연 작가님하고 지금 같이 일하고 있어서 그럴 거 같았다고."

"그랬더니요?"

국현은 씨익 웃으며 대답했다.

"오히려 정보를 캐묻던데요? 벌써 컨택하는 회사 있냐고? 그러면서 되게 조급해하더라고요. 김정연 작가님하고 한태민 작가님하고 같이 자리 좀 한번 만들어 달라고 부탁도 하고."

"괜히 국현 씨만 곤란한 거 아니에요?"

"에이, 잘 둘러서 말했죠. 지금 대본 쓰시느라고 저도 연락이 안 된다고. 그리고 만약에 김정연 미디어에서 작품화한다고 하면 그때 어차피 만나게 될 거니까 곤란한 일은 없을 거 같아요."

"그럼 다행이고요."

"그런데 진짜 JH까지 관심 보일 정도면 멀지 않았겠는데요? 대박이다."

태진도 동의하듯 고개를 끄덕거렸다. JH라면 웹툰을 드라마화해서 재미를 많이 본 회사였기에 꽤 믿을 만한 정보였다. 그때, 태진에게 전화가 걸려 왔다. 강 이사인 줄 알았는데 모르는 번호였다.

─한태진 팀장님 되세요?"

"네, 제가 한태진인데요."

─안녕하세요. 전 멀티박스 박준규라고 합니다.

"네? 아, 네. 안녕하세요."

—강 이사님이 한 팀장님한테 연락해 보라고 하셔서요. 오직 주 관련한 얘기라고 하시던데요?

"네?"

—아니에요? 저희 기획 팀에 오시더니 갑자기 준비하는 거 보자고 하시더니 연락해 보라고 하시던데 잘 아실 거라고.

태진은 헛웃음이 나왔다. 오직 주에 대해 알아보기 위해 부탁한 것도 강 이사가 아니라 다른 직원이었다. 그런데 그게 강 이사의 귀에까지 들어갔고, 그 탓에 직접 알아본 듯했다. 무브 때 캐스팅 문제로 사이가 그렇게 좋지만은 않았기에 직접 전화하기는 껄끄러웠는지 담당자와 직접 연결을 해 주었다.

"다름이 아니라 오직 주 준비 하시고 계신가 해서요."

—당연하죠. 제작사들에서는 가장 핫한 작품인데요.

"그래요?"

—캐릭터를 잘 잡아 놔서 드라마로 만들기 진짜 좋은 작품이에요.

"아직 웹툰이 초반인데도 벌써 준비하시는 건가요?"

—초반하고는 상관없죠. 무협이나 헌터물 같은 건 드라마로 만들기 어려운데 오직 주 같은 건 현대물이라서 무조건 1순위죠. 그리고 재밌지, 캐릭터 확실하지. 그러니까 저희도 미리 선점을 해 둬야죠.

"어떻게 준비하고 계신지 알 수 있을까요?"

―그건 좀 곤란한데. 혹시 오직 주도 저희하고 같이 일하시려고 하시는 거예요?

"저희도 좀 캐스팅 준비를 좀 미리 해 둘까 해서요."

태진에게 아쉬운 소리를 하지 않는 걸 보니 태민이 동생이라는 건 모르는 모양이었다. 그렇기에 태진도 그 얘기를 꺼내기보다는 준비를 한다는 말로 둘러 댔다.

―솔직히 특별한 건 딱히 없죠. 자본주의니까 작품값으로 얼마를 주겠다 이 정도죠.

"얼마 예상하시는데요?"

―그건 좀 곤란하죠. 지금도 많이 달라지고 있고요. 만약에 저희가 작품 따 오면 MfB의 도움도 필요할 거 같으니까 그때 말씀드릴게요. 강 이사님이 캐스팅 잘됐다고 하시고 다니는 거 보면 또 같이 일하지 않을까요?

자세한 정보를 얻을 수 없어 약간 아쉬웠지만, 멀티박스에서도 벌써 준비를 하고 있다는 정보를 얻은 것으로 만족해야 했다. 그렇게 통화를 마친 태진은 기지개를 켜며 의자에 등을 붙였다. 그 모습을 본 국현이 궁금하단 표정으로 물었다.

"멀티박스도 준비 중이래요?"

"네, 그렇다네요."

"와… 대박. 내로라하는 제작사 두 곳이 관심을 보이네요! 관심 정도가 아니지! 자기네가 하려고 하는 거지!"

"이거 보면 두 곳뿐만이 아닐 거 같은데요. 모르긴 몰라도 이 두 곳이 관심 보인단 소리는 OTT 서비스하는 플랫폼이 관심을 먼저 보였으니까 그런 게 아닐까요?"

"그렇네! 그럼 두 곳이 아니라 제작사란 제작사는 다 준비하고 있겠네! 그럼 이거 제작비도 어마무시한 거 아니에요? OTT 플랫폼 N플릭스하고 디지니하고 웨이븐 막 경쟁하는데 거기다가 방송국도 그냥 손 놓고 보지 않을 거 아니에요. 그럼 제작비 부르는 대로 줄 테고… 황금알 낳는 거위겠는데요……?"

태진은 고개를 끄덕이며 지원 팀원들을 천천히 둘러봤다.

"다들 시간 날 때 오직 주 읽어 보세요. 읽어 보고 미리 캐스팅할 배우들 한 번씩 추려 보세요."

"당연히 우리가 하는 거겠죠?"

"아니요. 우리도 경쟁하려고 준비하는 거죠. 1차적으로는 제작사가 되겠지만, 그 이후에는 우리 문제니까 우리도 미리 준비를 해야죠."

"그래도 팀장님 동생이신데."

"동생이라고 어떻게 맡기라고 해요. 제대로 된 걸 보여 줘야죠. 후, 아직 여유는 좀 있으니까 시간 날 때 미리 읽어들 보세요."

팀원들에게 말하는 동시에 단우와 정만의 얼굴이 동시에 떠올랐다.

＊　　　　＊　　　　＊

　퇴근 후 집에 왔지만 이제는 형제들이 다들 바빠서 태진만 집에 있는 중이었다.

　"어쩌다 보니까 큰아들이 가장 먼저 들어오네?"
　"벌써 퇴근하셨어요?"
　"그럼."

　태진은 아버지 옆에 앉고는 아버지가 보고 있던 책을 힐끔 쳐다봤다.

　"아버지도 바리스타 자격증 따시게요?"
　"아니야. 네 엄마가 보던 거 본 거야. 그런데 일찍 왔네?"
　"아버지는 요즘 회사 안 바쁘세요?"
　"그냥 그렇지."

　밑줄까지 쳐 가며 보고 있는 걸 그냥 보고 있다고 볼 순 없었다. 갑자기 왜 바리스타를 공부하려고 하는 건지 의아해할 때, 아버지가 말을 돌렸다.

　"태민이는 요즘 영어 공부 하나 보던데. 우리 가족 다 공부하네."
　"태민이가 영어 공부를 해요?"

"어, 오늘 아침에도 어떻게 공부했냐고 물어보던데 하도 옛날 일이라서 기억이 놔야 말이지."

"왜요?"

"태민이 작품이 해외 진출 할 거 같다고 번역을 직접 확인하고 싶다고 그러던데? 아빠가 좀 봐 준다니까 직접 하고 싶나 봐."

"해외……."

하긴 생각해 보면 웹툰도 해외 진출이 활발했다. 최근에는 만화와 애니메이션의 왕국인 일본까지 제쳤다는 기사까지 나왔었다. 그러다 보니 태민의 작품도 해외 진출은 예정되어 있었던 것이었다. 다만 해외에서도 반응이 좋다면 드라마화 경쟁은 국내에서 해외까지 전부 신경 써야 했다.

제6장

—

트리스타 쇼케이스

다음 날. 점심 식사를 하고 사무실로 올라온 태진은 남은 점심 시간 동안 태민의 작품을 읽기 위해 휴대폰을 들었다. 그때, 전화가 걸려 왔다.

─한 팀장님! 감사해요.

바로 1팀장인 강경애였다.

─지금 정만 씨 만나고 왔어요.
"만나셨어요?"
─진짜 감사해요. 저희 담당인데도 이렇게 신경 써 주서서 정말 감사해요.

"예능 출연한다고 해요?"

—그럼요. 팀장님이 도움 될 거라고 하셨다면서요. 덕분에 저희도 한시름 놓았어요.

"어디 출연해요?"

—두 개 출연하기로 했고요. 좀 진지하게 얘기할 수 있는 Y퀴즈 하나 하고, 하나는 좀 부담 덜 되게 관찰 예능 지켜보는 거 나가기로 했어요.

"미운 우리 자식이요?"

—네, 맞아요. 회사 들어가서 인사드리려고 했는데 제가 일 때문에 회사에 못 들어가서 이렇게 인사드려서 죄송해요.

"아니에요. 잘됐네요."

—정말 감사드립니다.

감사하다는 말을 수도 없이 듣고 나서야 통화를 마쳤다. 예능 출연을 결정한 정만도 정만이지만, 1팀장인 경애가 회사를 그만둘 일은 없을 듯 보여 미소가 지어졌다. 태진은 피식 웃고는 다시 휴대폰을 집어 들었다.

오직 주가 아직은 드라마화에 대한 계획이 없기에 지금은 무브가 우선이었다. 그렇지만 미리 준비하는 것도 필요했기에 팀원들도 태진처럼 시간이 날 때마다 오직 주를 읽고 있었다. 그 중심에는 원래부터 오직 주의 팬이었던 현미가 있었다.

"맞아요. 이게 도서관에서 빠져나오고부터도 재미있잖아요. 그게 주인공 성격이 시원시원해서 그렇게 느껴지는 거예요. 그런데 그게 얼마나 설정이 세심한 거냐면 매 화 조금씩 강필두의 성격이 변하고 있거든요. 이게 한 번 볼 때는 잘 안 보이는데 몇 번 보면 보여요."

"현미 씨는 몇 번이나 봤는데요?"

"전 7번 정도?"

"이야… 똑같은 걸 7번이나 봐요?"

"저만큼 본 사람 많을걸요? 아무튼 이게 보다 보면 원래 주인공 성격이 되게 착하고 성실했는데 도서관에 오래 갇혀 있다 보니까 성격이 변한 거예요. 계속 혼자 있다 보니까 그게 익숙해서 사람들하고 관계 맺는 것도 어려워하잖아요. 거기서 유머도 나오고 사이다도 나오고. 그런데 회가 거듭될수록 차츰차츰 주인공 성격이 변하는 게 보여요. 성장하는 모습을 보면 저절로 엄마 미소 짓게 만드는 그런 뿌듯함을 느끼게 해 줘요."

팀원들끼리의 대화를 듣던 태진도 현미의 말에 귀 기울였다. 확실히 좋아하는 작품인 데다가 많이 읽어서인지 태진도 도움을 받고 있었다. 그때, 수잔이 박수를 치며 분위기를 환기시켰다.

"이제 일해야죠. 마지막 화 대본 다 확인했죠?"

그러자 팀원들도 휴대폰을 내려놓고 자신들의 자리로 돌아갔다. 그중 수잔이 담당하는 신입 직원이 수잔에게 물었다.

"원래 이렇게 대본이 다 나와 있나요?"

"그렇죠. 왜요?"

"예전에 TV에서 촬영 비하인드 얘기할 때 쪽대본 보고 했다고 그런 걸 봐서요."

"그건 옛날얘기고 요즘은 안 그래요. 김정연 작가님이 빠른 것 도 있는데 보통 요즘은 대본의 틀은 다 만들어 놓고 촬영하죠. 거기서 수정을 하는 거죠. PPL 같은 거나 더 좋은 장면이 떠오 르거나 하면 그때 바꾸는 거예요."

"아, 네."

수잔은 피식 웃고는 태진을 봤다.

"단역 분들하고 엑스트라분들은 계속 이어 나가면 되는데 새 로운 인물은 어떻게 하죠?"

"병실에서 이주 씨랑 오름 씨 만나는 병원 씬 말씀하시는 거죠?"

"네, 맞아요. 그 씬에서 도움 주는 분이 대사가 좀 있어서요. 그분이 단우 씨가 찾아왔을 때도 계속 감초처럼 잘생겼다고 하 면서 오름 씨한테는 구박하잖아요. 그래서 오름 씨가 더 자신이 없는 거고. 그러면서 결정적으로는 두 사람이 만날 수 있게 도 와주는 거라 좀 어려운 연기 같아서요."

"그렇죠. 지문에는 꼬장꼬장한 노인이면서도 마음이 따뜻하다 고 나와 있고요."

"그래서 좀 걱정이에요. 단역이지만 아무래도 어르신들을 구 해야 되는데 대사도 좀 있고 두 사람이 만나기 전에 긴장을 만 들기도 해야 되니까 좀 연기력이 필요할 거 같아서요. 그리고 엔딩 씬 바로 전 씬이라서 좀 더 신경을 써야 할 거 같은데."

태진은 이미 생각해 둔 배우가 있었다. 그 배우가 그런 연기를 한 걸 본 적은 없지만 연기 스펙트럼이 굉장히 넓은 배우였기에 가능할 것 같았다. 게다가 주연 삼인방 중에 한 명과 인연도 있기에 짧은 역이라도 받아들일 것 같았다. 그때, 수잔이 물었다.

"생각해 두신 분 계세요?"
"이창일 배우님 어떠세요?"
"이창일 선생님이요? 어휴, 이창일 선생님이면 연기는 볼 것도 없죠. 그런데 부탁드리기에는 역이 너무 작은데 하려고 하실까요?"
"단우 씨한테 할아버지 같은 분이시거든요. 한번 얘기는 해 보죠. 그래도 안 될 수도 있으니까 다른 배우분들도 알아보고요. 이창일 배우님한테는 제가 직접 연락할게요."

태진이 처음부터 이창일 배우를 생각한 건 아니었다. 태민의 작품인 오직 주에서 악역처럼 나오는 이장 역을 생각하다가 노배우들의 리스트를 작성했고, 그중에 이창일이 있었다. 어찌 보면 오직 주에서의 이장과 지금 필요한 무브에서의 노인의 성격이 비슷한 면이 있었다. 그렇기에 무브에서 역을 제대로 소화한다면 이장 역에도 이창일을 추천할 생각이었다. 그때, 국현이 나지막한 목소리로 입을 열었다.

"스흡, 이거 주연보다 단역 파워가 더 센 드라마가 되겠는데요? 윤미숙 배우님도 단역이지. 이창일 선생님도 단역이지. 이런 걸 사람들이 알아봐 줘야 되는데."

"뭘요?"

"저런 대배우들을 단역으로 캐스팅한 우리 MfB의 저력을!"

태진은 가볍게 웃었다. 하지만 무브만 성공한다면 대중들은 몰라도 제작사나 관계자들 사이에서는 분명히 가볍게 보진 않을 것이었다.

*　　　　*　　　　*

트리스타의 쇼케이스가 열리는 날이었기에 태진은 퇴근 후 서둘러 극장에 도착했다. 미리 받은 초대권을 보여 주고 안으로 들어간 태진은 약간 당황했다. 소극장임에도 불구하고 빈자리가 너무 많았다. 게다가 앞쪽에 있는 사람들도 대부분 관객이 아닌 기자들이었다. 아무리 트리스타의 인지도가 낮다고 하나 플랫폼들에 쇼케이스를 한다고 홍보를 했을 텐데 이 정도밖에 관객을 동원하지 못한 듯했다.

'실망하겠는데……'

20명 남짓한 관객을 대상으로 쇼케이스를 하게 생겼다. 하지만 쇼케이스로 성공과 실패가 판가름되는 것이 아니었다. 여기에 불러온 기자들의 반응이 좋다면 홍보 효과는 확실할 듯했다.

그때, 누군가 태진의 옆에 섰다. 고개를 돌려 보니 플레이스의 기획부장인 권은희였다.

"한 팀장님도 오셨어요?"

"안녕하세요. 오랜만에 봬요."

"그러게요? 이렇게 만날 줄 몰랐네."

"그런데 권 부장님은 어쩐 일이세요?"

"무대 좀 보러 왔죠. 아! 쇼케이스를 보러 온 게 아니라 극장을 다방면으로 사용할 수 있는가 해서 그거 확인하러 온 거예요."

"보니까 어떠세요?"

"역시 선우 무대다? 우리 극장을 음방처럼 바꿔 놓을 줄은 몰랐는데 이 정도면 쇼케이스 가능한 장소로 홍보해도 되겠어요."

"연극 프로젝트 안 이어 가세요?"

"이어 가는데 준비 기간 동안 비어 있으니까요."

권은희는 씨익 웃으며 무대를 보며 말을 이었다.

"우리 극장에서 쇼케이스 한다고 해서 약간 걱정은 했는데 하길 잘했네요. 역시 팀장님 동생분도 굉장하네요."

"제 동생이요?"

"한 부장님이요. 어찌나 말을 잘하시는지 저희가 그거에 혹해서 넘어간 거잖아요."

"태은이가요?"

"네, 쇼케이스를 했을 때 플레이스가 극장 사용 용도가 더 넓어질 거라고 그러면서 제안했거든요. 사실 해도 그만, 안 해도 그만이었는데 협박을 하더라고요."

태진은 궁금한 얼굴로 권은희를 쳐다봤다. 그러자 권은희가 가볍게 웃으며 손을 저었다.

"진짜 협박은 아니고요. 앞으로 연극 프로젝트 계속할 텐데 티켓이랑 팸플릿 같은 거로 홍보 안 할 거냐고 그러던데요?"

"이 자식이… 그런데 제 동생이 담당으로 나온 거예요?"

"김 반장님이 선우 무대 에이스라고 데리고 오셨던데요? 저도 그때 팀장님 동생인 거 알았죠. 아무튼 그건 그냥 장난처럼 얘기한 거고 진짜는 따로 있었죠."

"뭔데요?"

"앞으로 선우 무대가 진짜 바빠질 거라면서, 바빠지더라도 연극 프로젝트는 최우선으로 맡겠다고 하더라고요. 패기가 장난 아니더라고요. 그래서 수락했죠. 어차피 당분간 비어 있기도 하니까 크게 문제가 될 일은 없어서요. 그런데 지금 보니까 오히려 우리가 부탁을 했어야 하는 건가 싶기도 하고. 팀장님이 보기에도 우리 극장 엄청 세련되어 보이죠?"

태진이 보기에도 무대만 바뀌었을 뿐인데도 느낌이 달라진 건 사실이었다. 그때, 권은희가 미소를 지으며 말했다.

"우리 소극장 팀장님 형제가 살려 주시네요. 팀장은 연극 프로젝트 만들어서 계속 쓸 수 있게 해 주셨지. 동생분은 쇼케이스 해서 활용도 넓혀 주셨지. 우리 플레이스 극장 살려 주신 일등 공신이세요."

태진은 자신의 칭찬보다 태은의 칭찬만 귀에 들어왔다. 이제 대학생인데 벌써 인정을 받고 있었다. 하지만 한편으로는 학교 생활을 잘하고 있는 건지 걱정도 들었다. 그때, 권은희의 말이 이어졌다.

"그것뿐만이 아니에요. 한 부장 학교 학생들도 연극 관람을 얼마나 많이 했다고요. 다들 오는 사람마다 우리 스태프들한테 한 부장 찾아서 우리 플레이스 직원들 중에 한 부장 모르는 사람이 없어요."

하긴 태은의 친화력이면 그럴 만도 했다. 수업은 몰라도 학교 생활은 애초에 걱정할 일이 아니었다. 학교를 다니면서 일도 잘해내는 태은이 기특하다는 생각에 태진의 입술이 떨렸다. 그때, 권은희가 웃으며 인사를 했다.

"그럼 편하게 보세요. 전 좀 더 둘러보고 올게요."
"아, 네. 감사합니다."
"왜 저한테 감사해요. 제가 감사해야죠. 그럼 가 볼게요."

권은희가 가자 태진은 편안해진 마음으로 무대를 쳐다봤다.

'저 무대가 우리 태은이가 만든 무대란 말이지.'

흐뭇한 마음이 들면서도 저 무대를 더 많은 사람들이 봤으면 하는 아쉬움도 들었다. 그때, 쇼케이스를 진행하는 사회자가 무대에 올라왔고, 쇼케이스 시작 전 분위기를 띄우려고 관객들과 소통을 이어 나갔다. 한참이나 농담을 던지며 분위기를 띄우려 했지만, 관객이 적어서인지 그렇게 효과가 있는 건 아니었다. 그때, 사회자가 응원을 하러 와 준 사람이 있다고 소개를 함과 동시에 에이드가 무대에 올라왔다.

찰칵. 찰칵

에이드가 무대에 등장하자 기자들이 동시에 사진을 찍어 대기 시작했다. 기자들이 많았던 게 트리스타를 찍으러 온 게 아니라 에이드를 찍으러 온 듯했다.

에이드는 카메라 세례를 받으면서도 조금 더 잘 나올 수 있도록 위치를 바꿔 가며 무대를 돌아다녔다. 그렇게 한참이나 사진을 찍고 나서야 준비된 의자에 앉았다. 그러고는 사회자와 대화를 이어 나갔는데, 누가 대본을 만들었는지 굉장히 좋았다.

에이드 자신에 대한 최근 얘기가 아니었고, 레몬기획에 몸담고 있을 시절의 얘기였다. 그때의 비하인드를 얘기했고, 농담처럼 자신이 겪은 걸 트리스타도 겪었을 거라며 안타까워했다. 장난스럽게 박 대표를 욕하면서 자신이 힘들었던 걸 얘기하며 트리스타도 그에 못지않게 열심히 준비했다는 점을 강조했다.

'잘 짰네.'

쇼케이스가 굉장히 부드럽게 흘러가고 있을 때, 무대 밑에 소품들을 옮기는 사람들이 보였다. 그 사람들을 본 태진은 자기도 모르게 고개가 끄덕여졌다. 바로 곽이정이 있었기 때문이었다.

다른 회사이지만 아마 대본도 곽이정이 도움을 줬을 것이 확실했다. 다만 곽이정이 도움을 줬다면 이렇게 관객이 적진 않았을 것인데 왜 관객을 이 정도밖에 동원하지 못한 건지 이해가 되지 않았다. 아무리 신규 기획사라고 해도 곽이정 본인이 가진 인맥들이나 실력이 있기에 이곳을 가득 채우는 건 문제가 되지 않았을 것이다. 게다가 지금도 뭘 저렇게 옮기고 있는 건지 의아했다.

'뭐 하는 거지? 선물인가?'

곽이정을 포함한 스태프들이 포장된 박스 같은 걸 옮기고 있었다. 도대체 무슨 짓을 하고 있는 건지 감이 잡히지 않았다. 그때, 사회자가 오래 기다렸다는 말과 함께 트리스타의 신곡 발표를 한다고 알렸다. 그와 동시에 암전이 되었고, 무대에 트리스타 멤버들이 흐릿하게 보였다. 그리고 잠시 뒤, 태진도 많이 들어본 노래와 함께 트리스타의 쇼케이스가 시작되었다.

연습을 정말 많이 했는지 트리스타의 무대는 전과 비교할 수 없을 정도로 완성도가 높았다. 8A가 만든 안무도 확실히 몸에 익은 듯 보였다. 8A와 다르게 쉬운 동작들이었고, 그만큼 눈에 금방 익어 태진만이 아니라 모든 사람들이 쉽게 따라 할 수 있을 것 같은 동작이었다.

노래 역시 라이브임에도 불구하고 확실히 흔들림이 없었다. 이 정도면 완성이 됐다고 보는 게 맞았다. 하지만 트리스타의 기준에서 완성도가 높다뿐이지 객관적으로 엄청나게 잘한다는 건 아니었다. 하지만 분위기만큼은 레몬에서 기획한 대로 상큼하게 느껴졌다.

레몬의 의견이 들어갔는지 무대 바닥 조명에서도 노란빛들이 올라와 싱그러운 느낌을 주기도 했고, 멤버들이 움직일 때마다 물이 번지는 것처럼 조명들이 번져 가며 멤버들을 따라다녔다. 그러다 보니 조금 더 무대에 집중을 할 수 있게 만들었다.

'우리 태은이 잘 만들었네.'

태진은 뿌듯한 미소를 짓고는 다시 트리스타를 바라봤다. 쉬운 안무에 쉬운 멜로디. 계속 보고 있다 보니 이제 데뷔를 해야 하는 곽이정이 왜 트리스타를 도와준 것인지 언뜻 느껴졌다.

트리스타와 8A는 공략층이 달랐다. 트리스타는 대중들 전부를 대상으로 삼았기에 쉬운 멜로디와 쉬운 안무를 준비한 것이었고, 8A는 전문가들의 평가를 받으며 그 평가로 사람들에게 관심을 받으려고 어려운 안무를 선택한 것이었다.

물론 잘되면 트리스타가 공략하는 것이 더 효과가 크게 돌아오겠지만 그만큼 많은 사람들을 만족시키는 게 어려운 부분이었다.

'그런 걸 어떻게 해결했으려나.'

그때, 트리스타의 무대가 끝났고, 멤버들이 잔뜩 긴장한 채 준비된 의자에 앉았다. 그리고 사회자의 준비된 질문을 받으며 이번 활동 곡을 소개했다. 그리고 에이드까지 자리를 해 멤버들을 응원해 주었다. 잠시 뒤 멤버들이 다른 컨셉으로 준비를 한다며 무대 뒤로 들어갔다.

태진도 쇼케이스가 처음이다 보니 같은 곡을 두 번이나 할 줄은 몰랐기에 가만히 지켜봤다. 잠시 뒤 준비를 마친 멤버들이 올라왔고, 아까와 비슷한 의상인데 색만 다르게 보였다. 그리고 다시 무대가 시작되었고, 조명들을 보며 태진은 고개를 끄덕거렸다.

'여름까지 겨냥한 거구나.'

아까는 멤버들이 움직일 때, 바닥에서 레몬빛이 퍼졌는데 지금은 하늘색이 퍼지고 있었다. 언뜻 보면 정말 물가에서 공연하는 듯한 느낌이었다. 컨셉이 바뀌니 같은 곡임에도 시원함마저 드는 느낌이었다.

'이것도 괜찮네.'

대중들의 평가는 어떨지 모르겠지만 태진이 보기에는 확실히 괜찮게 느껴졌다. 엄청난 성공은 아니더라도 역대 트리스타의 활동 중에 최고점을 찍을 건 확실한 듯 보였다.

두 번째 무대가 끝나자 기자들의 질문이 시작되었고, 쇼케이스에 초대된 기자들답게 대부분 우호적인 질문들을 했다. 그렇기에 멤버들도 당황하지 않고 준비한 대로 대답을 해 가며 쇼케이스가 마무리되는 듯했다. 기자들의 질문도 거의 끝나 가는 느낌이었다. 그때, 사회자가 입을 열었다.

"그럼 이제 여기 와 주신 팬분들을 위해 준비한 소정의 선물을 증정하는 시간을 갖겠습니다. 트리스타 멤버 분들이 직접 준비한 거니까 SNS에 많이 많이 자랑해 주시고 트리스타도 아껴 주시기 바랍니다."

고작 20명 남짓한 관객임에도 할 건 다 하는구나 싶었다. 태진이 추첨을 어떻게 하려나 지켜볼 때, 트리스타 리더인 나연이 마이크를 잡았다. 무대를 할 때보다 더 긴장한 얼굴로 입을 열었다.

"오랫동안 기다려 줘서 너무 고마워요. 저희 열심히 준비했는데 어땠어요?"
"좋아요! 너무 좋아요!"
"언니들! 음방 일등 가자!"

얼마 안 되는 관객인데도 일당백인 것처럼 다들 엄청나게 큰 목소리로 호응을 해 주었다. 얼마 안 되는 팬들이지만 좋아해 주는 모습을 보자 흐뭇한 느낌이 들었다. 태진이 웃으며 그 모습을 지켜볼 때 나연의 말이 이어졌다.

"다행이에요. 저희 기다려 주신 걸 보답해 드리고 싶어서 선물을 준비했어요. 진짜 좋은 건 아니지만 저희 성의를 생각해서 받아 주셨으면 좋겠어요. 가장 먼저 가연이."

추첨을 한 것도 아니고 갑자기 이름을 불렀다. 태진이 의아해하며 지켜볼 때, 관객이 손을 번쩍 들었고, 나연이 관객을 무대 위로 불렀다. 그러는 동안 멤버 한 명이 무대에서 내려왔다. 그러고는 아까 곽이정이 옮겼던 박스 중에서 하나를 고르고는 다시 무대에 올라갔다.

"가연이도 벌써 우리 열매 된 지 5년이네. 항상 좋은 말 해 줘서 너무 고마워. 자, 여기!"

"고맙습니다! 언니들 너무 좋아요! 저 언니들 노래 들으면서 항상 위로받고 있어요."

"우리도 위로받고 있는데. 이건 화장품이거든. 취직 때문에 공부하느라 피부가 안 좋다면서? 그래서 피부 진정시키는 데 도움 되는 걸로 준비했어."

"어? 어떻게 알았어요? 잉……."

"네가 올린 글 다 봤지."

"으… 선물보다 그게 더 감동이다."

팬은 나연을 꼭 껴안았고, 나연도 그런 팬을 꼭 안아 주었다. 그와 동시에 기자들도 사진을 찍기 시작했고, 태진은 그제야 곽이정의 계획을 알아차렸다.

'아… 이런 거였어?'

보통 신인 쇼케이스를 하면 음원 플랫폼들을 통해 이벤트를
하고 거기서 당첨된 사람에게 초대권을 보내 주는데, 트리스타
는 아예 그것을 하지 않은 듯했다. 진짜 팬들만 직접 부른 것이
었고, 그래서 관객 수가 적은 것이었다. 그리고 그 관객들의 정보
를 조사해 가며 선물을 준비했다. 그러다 보니 효과는 관객이 많
은 것보다 확실히 커 보였다.

감탄이 나올 수밖에 없는 방식이었다. 그때, 태진의 옆에 누군
가가 섰다. 고개를 돌려 보니 곽이정이었다. 태진은 인사도 하지
않고 곧바로 무대를 보며 물었다.

"팀장님 작품이죠?"
"저 아직도 팀장님입니까?"
"아, 좀 놀라서요. 대표님이 도와주신 거죠?"
"그렇죠. 어쩌다 보니 그렇게 됐네요."
"아……."
"한 팀장이 반응 보일 정도면 효과적이겠네요."

곽이정은 만족스러운지 미소를 지으며 무대를 봤고, 태진도
감탄하며 무대를 지켜봤다. 트리스타 멤버들은 태진이 예상한
대로 관객들 한 명 한 명의 이름을 불러 가며 관객에게 어울리
는 선물을 주었다.

"이제 마지막이네요. 재두 오빠!"

"으하하! 여기! 갑니다!"

"오빠 여기요. 오빠 딸 서우한테 좋은 아빠 되라고 준비한 선물이에요."

"우리 딸 이름도 알아요? 아이고!"

"맨날 우리처럼 되라고 올리는데 어떻게 몰라요. 그리고 될 거면 우리보다 더 잘 커야지! 이건 티니팡이라고 어린 친구들한테 인기 있는 애니라고 해서 준비했는데 마음에 들지 모르겠어요."

"아! 엄청 좋아하죠! 이거 비싼데… 평생 가보로 간직할게요!"

"오빠가 갖지 말고 서우 주라고요."

"내가 갖고 싶은데!"

"어우, 진짜."

지켜보던 기자들까지도 멤버들과 팬의 대화를 들으며 웃었다. 그렇게 마지막으로 준비한 선물을 모두 주었다. 그때, 곽이정이 태진에게 물었다.

"가까워진 느낌이죠?"

"네. 팬들을 아끼는 걸 그룹이라는 기사 엄청 나오겠는데요."

"그게 다인가요? 혹시 친구처럼 느껴지고 그런 건 없나요?"

"친구요?"

"하긴 아직 기사를 아직 못 봤으니."

곽이정은 가볍게 웃고는 말을 이었다.

"저 친구들하고 얘기를 하다 보니 많이 특이하더군요. 인기가 없어서 그런 것일 수도 있는데 아이돌이라기보다는 그냥 보통의 20대 같은 느낌이더군요. 느낌만이 아니라 실제로도 20대 같은 생활을 했고요. 카페에서 알바 하고 그리고 언제 컴백할지 기약도 없는데 꿈을 위해서 꾸준히 연습하고. 취업 준비하는 20대들과 다를 게 없더라고요."

"아, 그렇긴 하죠."

"만약에 내가 맡았다면 알바 할 시간에 조금이라도 더 연습을 시켰을 테지만 이미 지나간 일이라 돌이킬 수도 없어서 그 점을 이용하는 겁니다."

"그럼 카페에서 알바 하면서 준비했다고 기사 내보내는 거예요?"

"그럼요. 또래들에게는 친구처럼, 조금 나이가 많은 사람들에게는 취업을 준비하는 동생처럼, 그보다 더 나이가 많은 사람들에게는 자식처럼 느껴지게 하는 거죠. 그러면서 응원을 하게 만드는 거죠."

역시 곽이정이었다. 태진은 감탄하며 입을 열었다.

"그래서 이름까지 아는 팬들 불러서 선물도 준비한 거고요?"

"그건 아니고 팬들이 몇 명 없었습니다. 그리고 선물은 보통 20대들이 처음 취직해서 월급받으면 가족들에게 선물을 주잖아요. 그런 걸 느끼게 하려고 준비한 거고요."

"진짜……."

"후후, 이렇게라도 해야 됩니다. 실력이 엄청나면 이런 걸 안 해도 되지만 지금 트리스타는 경쟁력이 좀 떨어지죠. 그래서 이렇게라도 해야지 살아남을 수 있거든요. 그리고 이번 활동을 마치면 그때부터는 경쟁력을 키워야죠. 그 전까지는 노래도 쉽고 안무도 쉽게 만든 게 다 같이 하고 싶어서 이렇게 준비했다, 라고 포장하는 거고요."

"아……."

감탄밖에 안 나왔다. 이런 걸 보면 곽이정이 직접 담당하는 8A는 얼마나 더 놀라운 준비를 했을까 기대가 되었다. 그때, 곽이정이 웃으며 말했다.

"우리 8A처럼 실력이 엄청났다면 이런 걸 할 필요가 없죠."

약간 팔불출 같은 말처럼 느껴졌지만 곽이정의 자신감에 찬 얼굴을 보니 태진도 기대가 되었다.

*　　　　　*　　　　　*

며칠 뒤. 곽이정의 계획대로 SNS는 물론이고 Y튜브 같은 동영상 플랫폼에 트라스타의 쇼케이스 소식이 전해졌다. 반응은 생각보다 더 엄청났다.

─팬 이름 다 기억하는 게 왜 좀 짠하냐.

─저렇게 이름 불러 주고 역조공 하면 덕질 할 맛 나겠다.

─지금 열매 터지고 있음 ㅋㅋ

─열매가 뭐임?

─트리스타 갤러리 이름이 열매.

─엄청 힘들게 컴백했던데 잘됐으면 좋겠네.

이번 활동곡에 대한 언급은 거의 없었다. 전부 트리스타가 팬들을 소중하게 여긴다는 것에 중점을 두고 있었다. 하지만 그렇다고 성적이 나쁜 건 아니었다. 트리스타를 응원하다 보니 자연스럽게 트리스타의 노래를 들었고, 그것들이 성적으로 이어졌다. 아직 1위는 아니었다. 하지만 100위 안에 몇 번 들어가 본적 없던 트리스타가 이번에는 10위권에 안착했다. 트리스타에게는 어마어마한 성과였다.

"스흡, 이거 또 옛날처럼 되는 거 아닌가 모르겠네."

"뭐가요?"

"그 옛날에 죄다 쏘리쏘리쏘리 하고 텔미텔미 하면서 전 국민이 춤추는 영상 올렸잖아요. 심지어는 소방관이랑 경찰관들도 그 영상 올렸었는데 이것도 그렇게 되는 거 아닌가 모르겠네."

"그럴 수도 있죠."

"아무리 봐도 대단한 거 같아요. 이거 만약에 8A까지 잘되면 연합군이 가요계 점령하는 거 아니에요?"

"연합군이요?"

"코인 기획하고 레몬하고 곽이정 대표님 헤븐하고 셋이 연합

한 거잖아요. 이러면 또 비슷하게 작은 회사들 연합해서 대형 프로젝트하고 그럴 텐데. 라온도 긴장하겠는데요?"

태진은 가볍게 웃었다. 세 회사가 놀라운 성과를 보여 주곤 있지만 아직 라온에 비빌 성적은 아니었다. 라온에는 누가 뭐래도 월드 스타인 후라는 가수가 있다 보니 아성을 깨뜨리긴 쉽지 않을 것이었다.

아마 레몬의 박 대표도 같은 생각일 것이었다. 곽이정은 아닐 수도 있지만 그동안 봐 온 레몬의 박 대표는 지금 성적만으로도 축배를 들고 있을 것이었다.

"아무튼 잘됐네요."

다만 아쉬운 점은 태은이 참여한 무대에 대한 얘기가 일절 없다는 것이었다. 보이지 않는 곳에서 일하는 것이니 당연한 것일 수도 있지만, 아쉬운 건 어쩔 수 없었다. 그래도 같은 업계에서 일하는 사람들에게만큼은 관심을 끌었을 것이었다.

태진은 기지개와 함께 트리스타에 대한 것들을 접어 두었다. 그때, 수잔이 태진을 보며 말했다.

"기사 다 보셨어요?"
"네."
"그럼 준비하세요."
"아, 벌써 시간이 그렇게 됐네요."

"괜히 늦지 마시고 차라리 일찍 가세요. 이창일 선생님 약속 늦는 거 어마어마하게 싫어하세요."

"네, 고마워요."

이창일과의 약속을 잡았고, 오늘이 바로 그날이었다. 태진은 서둘러 옷을 입고 짐을 챙긴 뒤 현미를 봤다.

"그럼 가 볼까요?"

*　　　　*　　　　*

약속 장소는 이창일의 집이었다. 사람들의 시선을 피해 서울 외곽에서 살 줄 알았는데 예상과는 다르게 서울 한복판의 아파트였다. 차에서 내린 현미는 주차장을 두리번거리며 따라왔다.

"왜 그러세요?"

"제가 예상했던 거하고 좀 달라서요."

"어떤 부분이요?"

"전원 주택이나 TV에 보면 엄청 큰 저택 이런 데 사실 줄 알았거든요."

태진도 같은 생각을 하고 있었기에 피식 웃었다. 그러고 보면 TV로 만들어진 이미지가 영향이 크다는 생각이 들었다. 그동안 재벌 총수 역이나 국회의원을 넘어 대통령 역까지 맡은 배우이

다 보니 자연스럽게 좋은 집에 살 거라고 예상한 것이었다. 전부 다 연기였는데도 그런 생각이 들게 만들었다.

"연기를 잘해서서 그런 생각이 드는 거 같아요. 빨리 가죠."
"네!"

현미는 잔뜩 긴장하며 태진에게 따라붙었다. 이창일의 집에 도착하자 이미 주차장에서 호출을 누른 덕분에 이창일이 문을 열고 기다리고 있었다.

"어서 와요. 일찍 왔네요."

이창일의 집 내부도 보통의 집과 별다를 게 없었다. 그냥 딱 보통 사람이 사는 집 같은 느낌이었다. 게다가 이창일 배우의 아내도 태진과 현미를 반겨 주었다.

"먼 곳까지 오시느라 고생하셨어요. 날이 아직 쌀쌀한데 따뜻한 홍삼차 괜찮아요?"
"아, 네. 감사합니다."
"아가씨도?"
"그럼요. 커피 너무 좋아해요. 감사합니다."
"커피요?"

현미는 제대로 말을 듣지도 못할 만큼 긴장하고 있었다. 태진은 그런 현미를 대신해 입을 열었다.

"아무거나 주셔도 감사하죠. 저희 직원이 긴장해서 말이 헛
나왔나 봐요."
"아! 죄송합니다. 저도 주시는 거 감사히 먹겠습니다."

이창일의 아내는 그런 현미가 귀여웠는지 웃으며 말했다.

"긴장하지 마요. 우리 집까지 온 손님인데. 홍삼차 마시면서
긴장 풀어요. 우리 딸이 사다 준 건데 맛있을 거예요."
"네, 감사합니다!"
"저기 앉아서 기다리고 있어요. 지영이 아빠, 지영이가 사다
준 거 새것 좀 가져다줘요."

이창일은 군말 없이 심부름을 하고 있었고 덕분에 현미와 둘
이 소파에 자리하게 되었다. 태진은 현미의 긴장을 풀어 주기 위
해 조용히 속삭였다.

"너무 긴장하지 않아도 돼요."
"너무 긴장돼요……."
"주차장에서까지만 해도 괜찮았는데 갑자기 그렇게 긴장돼요?"
"네… 선생님을 만난 것도 만난 건데… 저기요."

현미는 고갯짓으로 벽 쪽을 가리켰다. 벽에는 진열장이 있었고,

진열장 안에는 그동안 이창일이 연기를 하며 받았던 상들이 진열되어 있었다. 그것을 본 태진은 약간 놀란 마음에 입이 오므라졌다.

"상 엄청 많네요."

"그러니까요. 아까 언뜻 보니까 백상예술대상에서 남자 조연상도 받으셨던데!"

"하긴 연기를 잘하시니까 받을 만하죠."

"그러니까요. 그런 분한테… 단역 맡으라고 하는 게 좀 걸려서요."

"아, 그래서 긴장하고 있는 거예요?"

"그럼요. 기분 나빠하시면 어떻게 해요."

태진은 가볍게 웃으며 현미를 봤다. 태진이 '오직 주'까지 염두에 두고 캐스팅하는 걸 모르고 긴장하고 있었다. 오직 주가 확정은 아니지만 언젠가는 드라마나 영화화가 될 것이 확실했기에 문제가 될 일은 없었다.

태진은 가볍게 웃고는 자리에서 일어나서 상들을 가만히 쳐다봤다. 그때, 홍삼차를 가져가던 이창일이 진열장을 보고 있는 태진을 보며 말했다.

"자랑할 것도 아닌데 아내가 이런 건 진열해 둬야 한다고 하도 그래서 해 놓은 거예요."

"아, 진열할 만한 것들인데 당연히 진열하셔야죠."

"뭘 이런 걸. 아무튼 금방 가져갈 테니까 잠시만 보고 있어요."

태진은 가볍게 인사를 하고는 다시 진열장을 봤다. 현미가 말한 것처럼 백상예술대상에서 받은 상도 있었지만 그보다 더 예전에 받은 상들이 눈에 들어왔다. 태진이 태어나기도 전에 받은 상이었고, 그때도 연기를 잘했는지 대부분이 대상 아니면 남자주연상들이었다. 방송국만 해도 없어진 방송국에서 받은 상까지 있을 정도였다.

그런 상들이 세월의 흐름에 따라 점점 바뀌었다. 대상이나 주연상들이 아닌 조연으로 받은 상들이었다. 나이가 먹으면서 배역이 줄어드는 만큼 상도 바뀌었다. 그런 상들 중에서 중간에 끼어 있는 상이 보였다. 2010년도였고 조연상만 받던 중 받은 대상이었다.

"아! 고수련이구나!"

태진도 알고 있던 드라마였다. 그때, 차를 가져오던 이창일이 태진의 말을 듣고는 웃으며 말했다.

"고수련 알아요?"
"그럼요."
"오래된 드라마인데."
"거기서 서문으로 나오셨잖아요. 저 되게 재미있게 봤거든요. 다들 조선시대 명의가 허준만 있는 줄 알았는데 다른 사람도 있다는 거 알게 된 드라마거든요."
"허허허."
"남녀노소 다 재밌게 봤던 드라마라서 기억하고 있어요."

조선시대를 배경으로 서문이라는 학자와 그의 제자들이 시골의 백성들을 돌보는 그런 드라마였다. 이창일 혼자 끌고 나간 것이 아니라 젊은 제자들과 함께 공동 주연을 맡았기에 여러 가지 이야기가 담겨 있었고, 그러다 보니 좋아하는 연령층이 넓었다.

"주촌신방 맞죠?"
"맞죠. 그런 것까지 기억해요?"
"그 주촌신방 책 만들고 제자들하고 좋아하는 장면이 되게 좋았거든요. 시청자 입장에서도 완성됐을 때 같이 희열을 느끼게 되는 그런 장면이서요."
"단우한테 들은 거랑 똑같네요."
"네?"
"단우가 그러던데. 한태진 팀장은 모르는 드라마나 영화가 없다고 입이 마르도록 칭찬하더라고요."
"아… 그런 건 아니에요."

　아직까지 단우와 자주 연락을 하는 듯한 말이었다. 소파에 앉은 태진은 어색하게 웃고는 홍삼차를 들이켰다.

"단우 씨하고 자주 연락하시나 봐요."
"자주 전화를 해 오네요. 녀석이 바쁠 텐데도 꼭 안부 전화를 해요. 내가 사람 보는 눈이 별로 없는데 단우는 잘 본 거 같아요."

　대화가 잘될 것 같은 예감이었다. 태진은 진열장을 힐끔 쳐다본 뒤 조심스럽게 입을 열었다.

"전화로 간단하게 말씀드렸듯이 선생님께 도움을 좀 받았으면 해서 찾아왔습니다."

"그 얘기는 들었죠. 정연이 작품이라고. 정연이면 믿을 만하지요."

"그런데 역이 좀 작은 역이라서요."

"작은 역이면 어때요. 날 찾아 준다는 게 감사한 거죠. 한 살 한 살 나이를 먹을수록 할 역이 없어요. 오히려 젊었을 때보다 경쟁이 더 치열해요. 젊을 때는 주연을 놓고 경쟁하기라도 하지 지금은 조연 놓고 경쟁을 해야 되잖아요. 경쟁도 아니지. 찾아와 줘야지 하는 거지."

"선생님은 찾아 주시는 곳 많지 않으세요?"

"별로 없죠. 그래도 이 나이 먹고 내가 일해서 돈 버는 거에 만족해야죠."

늙어 가는 모습이 씁쓸해 보였지만 한편으로는 아직까지 경쟁을 통해서라도 연기를 하고 싶어 하는 열정이 대단하게 느껴졌다. 태진은 현미를 봤다.

"선생님께 가져온 대본 좀 부탁드려요."

짐을 현미가 챙겼기에 부탁을 했고, 현미는 잘 챙겨 놓은 **빳빳**한 대본을 꺼내 이창일에게 건네주었다. 이창일은 안경을 쓰고 대본을 펼치고는 유심히 읽기 시작했다. 태진이 앞 이야기를 설명을 해 줘야 하는데 워낙 집중을 하며 읽고 있는 중이라 말을 걸기가 난감했다.

잠시 뒤, 한참이나 말없이 대본을 읽던 이창일이 웃으며 고개를 끄덕거렸다. 태진은 이때다 싶어 입을 열었다.

"배역이 좀 작고 선생님이 원래 하시던 연기랑은 좀 다르긴 한데 선생님이라면 잘 소화해 주실 거 같아서요."

이창일은 가볍게 웃고는 대본을 한번 쳐다본 뒤 입을 열었다.

"허허, 이렇게 준비를 해 왔는데 거절하는 건 도리가 아니죠. 그런데 요즘은 단역을 이렇게 신경을 써 줘요? 아니면 나라서 이렇게까지 해 주는 건가요?"

"네?"

"여기 대본에 내가 해야 될 대사들 다 형광펜으로 밑줄 쳐져 있고 또 그 위에 그런 대사를 함으로써 상대역에게 어떤 반응을 끌어내야 하는지까지 메모지로 붙여 놨던데요? 이 정도면 바로 촬영 들어가도 문제없겠어요."

태진은 현미를 쳐다봤고, 현미는 멋쩍게 웃으며 대답했다.

"바로 보시기 편하시라고 준비한 거예요. 대본은 따로 새 걸로 드릴 거고요."

"이걸 내가 쓰면 안 되고요?"

"그러서도 되긴 하는데."

"그럼 이걸로 하죠. 아주 잠깐만 좀 있어 봐요. 잠깐 생각 좀 하고 올 테니까."

태진은 갑자기 어딜 간다는 건지 의아하게 쳐다볼 때, 이창일이 입을 열었다.

"우리 단우도 출연해서 나도 돕고 싶은데 정연이 작품이라서 잘해야 할 거 같아서요. 애가 깐깐하긴 해도 착해서 내가 한 연기가 마음에 안 들면 속 끓일 텐데 미리 한 팀장이 오디션 보고 결정해야죠. 나도 그냥 하고 싶은데 나이 먹으면 몸에 연기가 배어 있는 경우가 있어서 원하는 대로 안 나올 때가 있어서 그래요."

"아… 네."

멋있게 늙었다라는 말이 딱 어울리는 사람이었다. 양해를 구한 이창일은 잠시 방으로 들어갔고, 태진은 그제야 현미를 보며 엄지를 치켜세웠다.

"이런 준비는 어떻게 하실 생각하셨어요?"

"아! 앞에 내용을 전혀 모르실 거 같아서… 요약해서 붙인 거예요. 팀장님이 저한테 해 주신 것처럼 앞의 사정을 알아야 연기가 이해될 거 같아서 그랬어요. 혹시 제가 잘못한 건가요……?"

"아니요? 정말 잘했어요. 전 설명하려고 했는데 덕분에 이것도 좋네요. 신경 쓰고 있다는 걸 직접 느끼게 해 드릴 수도 있고."

"감사합니다!"

"그래서 대본은 다 본 거예요?"

"네! 다 봤어요!"

자신 있게 대답하는 현미의 말에 태진은 웃음이 나왔다. 그러고는 현미를 쳐다봤다. 혼자만 생각하고 있던 것을 현미에게 물어보면 어떨까 싶었다.

"현미 씨."

"네?"

"오직 주에서 이장 역 있잖아요."

"그 악질 영감탱이요?"

"하하, 네. 그 이장하고 이창일 선생님한테 부탁드린 배역하고 좀 비슷하죠?"

"아… 다르긴 한데 비슷한 부분이 있네요. 개인주의 성향을 보여서 보는 사람 불편하게 만드는 그런 부분이 좀 비슷하네요. 그런데 이장은 아주 처음부터 끝까지 계속 이기적이기만 한데 선생님이 맡는 역은 참견을 통해서 그런 느낌을 좀 줄어들게 만들긴 하죠. 어?"

"왜요?"

"혹시 오직 주 드라마화 확정됐어요?"

"아니요? 내가 알면 현미 씨도 알고 있겠죠."

"그런데 갑자기 그 얘기는 왜 하세요? 이창일 선생님한테 말씀하시려고 그러는 거 아니에요?"

태진은 가볍게 웃고는 대답했다.

"미리 준비해 놓으면 더 좋을 거 같아서요."
"네?"
"선생님한테도 단역을 맡기는 게 죄송하니까 하니까 정보를
드리는 거죠."
"아……."
"만약에 우리가 맡으면 준비된 배우를 섭외할 수 있는 거니까
손해도 아니고요."
"아! 그렇게 되네요… 역시 제가 한참 부족하네요."
"아니에요. 오늘 정말 잘했어요. 진짜 진짜 잘했어요. 필 씨가
있었으면 쌍따봉 줬을걸요?"

현미는 필을 잘 알지도 못하면서도 태진의 칭찬이 기분 좋은
지 입꼬리가 귀에 걸릴 정도로 웃고 있었다. 그때, 방문이 열리
면서 이창일이 나왔다.

"그럼 해 볼까요? 상대 역 대사 좀 같이 좀 해 줘요."
"네!"
"저도 같이 할게요. 간호사 하면 되죠?"

태진도 대사를 다 외우진 못했지만 대본을 보면서 단우와 차
오름이 어떤 연기를 펼칠지 상상을 했기에 내용이 머릿속에 담
겨 있었다. 그대로 맞춰 주면 될 것 같았기에 바로 대답을 했고,

태진의 대답을 들은 이창일은 바로 연기를 시작했다.

"어이, 간호사 아가씨. 나 시끄러워서 못 있겠다니까? 여기 혼자 전세 냈나? 하루 이틀도 아니고 시끄러워 죽겠어."

"할아버지, 매번 이러시면 어떻게 해요."

"시끄러운 걸 시끄럽다고 하지 그럼 뭐라 그래. 어? 늙으면 귀도 안 들려야 되는데 내 귀가 밝다고 욕하는 거야?"

"그런 게 아니고요. 할아버님, 아이고. 옆에 계신 분 면회라고는 오늘 처음인데 조금만 양해해 주세요. 저도 잘 얘기할게요."

현미가 간호사 역을 맡아 대신 대사를 뱉었다. 어색하긴 했지만 현미의 연기를 보려는 게 아니라 이창일의 연기를 보기 위해서이다 보니 크게 신경 쓰이진 않았다. 오히려 현미의 어색함 때문인지 이창일의 연기가 더 돋보였다.

"죄송합니다. 너무 반가워서 얘기한 게 시끄러웠나 보네요. 주의하겠습니다. 이거라도 드시고 마음 푸세요."

태진의 입에서 단우의 목소리가 나왔다. 보통의 경우 놀라기부터 하는데 이창일은 그런 것 없이 묘한 느낌을 주는 눈빛을 보냈다.

"진즉에 양해부터 구해야지. 그럼 내가 뭐라 하나? 그런데 이거 말고 꿀물은 없나?"

"아, 제가 다음에 올 때는 꿀물로 사 올게요."

"또 온다고? 나 참, 가족 없는 사람은 서러워서 살겠나."

"가족은 아니에요."

"그렇지? 내가 그럴 것 같더라고. 하긴 인물부터 달라. 생긴 대로 논다고 뭔 얘기를 해도 뚱해서 반응도 안 하는 저 양반하고는 달라 보이더라고. 가뜩이나 기운 없는데 옆에서 한숨만 뱉으니까 더 기운이 빠지는 거 같아."

태진은 진심으로 감탄했다. 분명히 방금 전 대본을 봤는데 연기의 완성도가 어마어마했다. 호흡의 변화부터 말의 빠르기까지 조절해 가면서 느낌을 다르게 주었고, 작품의 의도대로 캐릭터를 느끼게 만들고 있었다. 불쾌하면서 웃기기도 했고, 그러다가 하소연처럼 들리는 것까지 어디 하나 흠잡을 곳이 없었다. 태진은 자신도 모르게 대사 대신 박수를 보냈다.

*　　　　*　　　　*

그 뒤로도 이창일은 자신의 대사를 전부 연기를 해 보고 나서야 깊은 한숨을 뱉었다.

"후우, 역시 정연이가 만든 캐릭터는 참 힘들어요. 잠깐 지나가는 캐릭터들까지 세심하게 설정을 넣어 놔서 잘했는지 모르겠네요."

"제가 이런 부탁드린 게 죄송할 정도로 너무 잘하셨어요. 지금까지 실제로 봤던 연기들 중에 가장 좋았어요."

"허허."

잠깐 방에 들어갔다 나왔을 뿐인데 흠잡을 곳이 한 곳도 보이지 않았다. 김정연 작가가 이창일 배우의 이런 모습을 보고 캐릭터를 쓴 건 아닐까 하는 생각이 들 정도로 완벽했다.

"그럼 수락해 주시는 건가요?"

"그럼요. 그렇지 않고서야 이렇게 리딩을 할 이유가 없죠. 짧지만 단우하고도 처음으로 호흡을 맞출 수 있으니까 좋은 기회죠."

"감사합니다. 정말 감사드려요."

"내가 감사하죠. 집에서 놀고 있는 노인네한테 일거리 주신 건데. 잘해 봅시다."

태진은 기쁜 나머지 입술을 떨며 웃었다. 그러고는 다시 조심스럽게 말을 이었다.

"선생님 죄송한데 하나만 더 부탁드려도 될까요?"

"말해 보세요."

"방금 연기한 캐릭터에서 장난스러운 부분을 빼고 해 봐 주실 수 있을까요?"

"대본 지문이랑 메모대로 한 건데요? 내가 나오는 씬이 엔딩 가까이에 붙은 씬이라서 긴장감을 주면 마무리가 좋지 않아 보일 텐데."

"사실은 이 드라마가 아니고요. 이제 곧 제작할 드라마에 비슷한 캐릭터가 있어서요. 시골 이장인데 방금 하신 캐릭터하고 성격이 좀 비슷해요.”

“그것도 정연이 작품이겠네요. 여전하네.”

김정연 작가의 작품이 확실하다는 얼굴이었다. 태진이 서둘러 바로잡으려 할 때, 이창일의 말이 이어졌다.

“정연이가 자기 작품 캐릭터 소개를 이런 식으로 하거든요. 다음 작품에 구상한 캐릭터를 이렇게 짧게 짧게 넣어 놔서 반응을 보거든요. 참 똑똑해.”

“아……”

그렇다면 김정연이 태민을 아끼다 보니 일부러 보여 주려고 이런 캐릭터를 넣은 것 같기도 했다.

“그게… 김정연 작가님 작품이 아니라 같은 회사에 한태민 작가의 작품이에요.”

“아, 제자인가 보구나. 제자한테 보여 주려고.”

“제 동생이기도 하고요.”

“동생이 작가세요? 허허.”

“드라마 작가는 아니고 웹소설 작가인데 드라마화가 될 거 같아서요. ‘오직 주’라는 작품이고요.”

이창일은 태진을 가만히 쳐다보더니 이내 미소를 지으며 말했다.

"그래요. 한번 해 볼게요. 대본은 없는 거죠?"

"네. 아직이요."

"꼬장꼬장한 시골 이장이라……."

이창일은 앉은 채로 갑자기 태진에게 손가락질을 했다.

"농협에서 일손을 도와주기로 혔어. 그래서 내가 임의로 정했으니께 그렇게들 알아. 한씨네 논이 제일 작으니께 가장 나중에 허자고. 으잇! 뭔 말이 그렇게 많은겨. 내가 다 손해 안 보게 대굴빡 깨지게 고민해서 한 건디 내가 그런 것도 생각 안 허고 했을까벼 그려?"

대사를 따로 준 것도 아닌데 임의로 대사를 만들어서 연기를 했다. 오직 주에 나오는 이장과는 다른 상황이지만, 지금 같은 상황에 오직 주의 이장이 있었다면 이런 대사를 뱉었을 것 같았다.

"고향이 충청도라 사투리를 충청도로 했는데 괜찮았나요?"

"너무 좋아요."

지금도 좋은데 소설이나 웹툰을 보고 조금 더 캐릭터 연구를 한다면 얼마나 좋을지 상상이 되질 않았다. 태진이 캐스팅을 맡게 될지 확실하지도 않은 상황이지만 이창일이 합류한다면 오직 주의 성공 확률이 올라갈 것은 확실해 보였다.

"선생님, 소설이나 웹툰을 꼭 보세요. 언제 확정이 될지 모르겠지만 선생님이 해 주셨으면 하거든요."

"알았어요. 꼭 볼게요. 그럼 이것도 한 태진 팀장이 맡는 건가요?"

"그것도 확정이 되지 않았지만 저도 최선을 다해서 맡아 보려고요."

"역시 그럴 거 같았어요."

"네?"

"내가 지금까지 연기하면서 대본도 없이 이런 얘기 하는 걸 처음 봤거든요. 그래서 생각해 보니까 동생 일이라서 그런 거 같더군요. 그래서 나도 군말 없이 해 본 거고요."

"아……."

"후후, 보기 좋네요. 아무튼 정보를 줘서 고마워요. 내가 시간 내서 꼭 읽어 보도록 할게요."

최대한 티를 안 내려 했는데 태민의 일이다 보니 티가 난 모양이었다. 태진은 머쓱하기는 했지만, 이창일은 오히려 그런 모습을 좋게 봐 주었다.

*   *   *

며칠 뒤, 태민은 여전히 김정연 미디어에서 작업 중이었다. 오직 주의 반응이 뜨겁다 보니 같이 일하고 있는 그림 작가들도 힘이 나는지 다들 열심히 하는 중이었다.

"열심히네."

"대표님 오셨어요."

"그래. 한 작가 나 좀 봐."

태민은 김정연을 따라 김정연의 작업실로 들어갔고, 김정연은
피곤에 가득 찬 얼굴로 태민에게 소파를 가리켰다.

"앉아. 힘들다."
"작업 다 하셨어요?"
"어제 다 했지. 이제 간단한 수정만 하면 돼. 근데도 쉴 수가 없네."
"네?"
"날 가만히 내버려 두질 않네."

마냥 하소연을 하려고 자신을 불렀을 리가 없다는 생각에 태
민은 가만히 듣고만 있었고, 그런 반응이 재미없는지 김정연은
코를 찡긋거렸다.

"하여간 반응이 재미없어. 형이랑 있을 땐 그렇게 재미있으면서."
"그냥 얘기하는 것뿐인데요."
"그게 재미있다고. 아무튼 한 작가 때문에 회사 사람들이 좀 바빠."
"오직 주요?"
"어. 제작사들한테 미팅 요청이 오는 거 다 깠다며."
"아… 아직 작업 중이라서 완결 내고 하는 게 나을 거 같아서요."

김정연은 피식 웃고는 말을 이었다.

"혹시 둘이 드라마화 되는 거 얘기해 본 적 있어?"

"영수 형하고는 그 얘기 했었어요."

"뭐라고 얘기했니?"

"당장은 아니더라도 하면 좋을 거 같다고요."

"그런 거 말고. 수익 말이야. 우리도 그거 때문에 얘기가 많거든. 얘기해 본 적 있니?"

태민은 머쓱하게 웃었다.

"아, 수익이요. 아무래도 웹소설로만 드라마화가 되는 게 아니라 웹툰으로 드라마화가 될 거 같아요. 그래서 지금 웹툰처럼 수익 분배하는 게 맞는 거 같아서요."

김정연은 피식 웃고는 태민을 쳐다봤다.

"영수도 그래? 이것 봐라?"

"아니요. 제가 나름대로 알아봤는데요."

"그렇지? 네 혼자 생각이지? 그런데 그걸 왜 혼자 알아봤어."

"팀장님이랑 편집자분들 자주 얘기하셔서요."

"어련히 다 해 줄까. 그런데 네 생각하고는 좀 달라. 영수하고 웹툰 계약할 때 너 글 작가로 쓴 게 저작권 너한테 가지고 있게 하려고 한 거야. 처음부터 드라마를 계획하고."

"아."

"영수도 이미 알고 있고. 너 계약서 안 보니?"

"아… 보긴 했는데."

"너, 그런 거부터 잘 봐야 돼. 어휴. 아무튼 웹툰을 통해 얻는 2차 수익 있지. 캐릭터나 게임 같은 거. 그런 건 영수가 다 가져 가. 알지?"

"네, 그건 알아요."

"그래. 그래서 영수도 하자고 한 거야. 영수가 네 글로 꼭 하고 싶다고 하기도 해서."

김정연은 약간 놀란 태민을 보며 헛웃음을 뱉었다.

"어휴, 넌 진짜 나 만난 게 행운이다. 아무것도 모르는 글 쓰는 바보 아니야. 너 글 쓰는 거 좋아도 다른 것도 좀 보면서 살아야 돼. 내가 지금 뭐라고 하는 게 꼰대가 하는 잔소리처럼 들릴 수 있는데 내가 다 인생 선배로서 작가 선배로서 겪어 보고 해 주는 말들이야."

"잔소리라고 생각 안 해요."

"그럼 됐고."

"그런데… 갑자기 드라마 얘기는 왜 하시는 거예요?"

김정연은 여전히 무덤덤한 태민을 보며 기가 막힌지 헛웃음을 뱉고는 말을 이었다.

"지금 제작사들이 어마어마하게 붙어서 네 의견이 중요하잖아. 어떻게 하고 싶니?"

"하면 좋을 거 같은데요."

"그 얘기가 아니라 너 한 팀장한테 맡기려고 그러는지 물어보는 거야."

"물론이죠. 하게 되면 저 무조건 형한테 맡기고 싶어요."

"그렇지? 그럴 거 같았어. 그런데 너도 생각을 좀 잘해 봐야 해."

"네?"

김정연도 태진의 편이라고 생각했는데 전혀 예상 밖의 말이었다.

"물론 나도 한 팀장을 믿고 하는데 그게 조건에 들어가면 얘기가 달라져."

"어떻게요?"

"제작사에서는 자기네들이 다 하고 싶어 할 거야. 그래야 얻는 것도 있고 자기네 파워도 올라가고 그러니까. 차라리 판권 비용을 더 준다고 하면서 회유하겠지? 그래도 안 되면 포기하는 제작사들도 나올거고. 그래도 꼭 하고 싶어하는 제작사가 있으면 그걸 조건으로 판권비를 대폭 낮추려고 하겠지."

"그건 상관없어요."

"아무튼 한 팀장이랑만 한다고 하는 순간 네가 원래 받아야 하는 거보다 판권비를 적게 받을 수밖에 없어. 나는 지금은 대표 입장으로서 그걸 고지해 주는 거고."

태민은 돈이 적더라도 태진과 함께하는 것이 더 큰 의미가 있었기에 고민하지도 않고 고개를 끄덕거렸다. 그러자 김정연은 피식 웃으며 한숨을 뱉었다.

"회사 입장만 놓고 보면 사실 다른 제작사랑 하는 게 좋거든.
네 작품이 워낙 좋아서 누가 맡더라도 성공할 확률은 높아. 그
러면 우리는 많이 주는 데랑 계약하는 게 이득이지."

"죄송해요."

"죄송할 건 없어. 사실 나라도 한 팀장한테 맡겼을 거 같으니까. 다
알아서 캐스팅해 주는데 얼마나 편해. 그런데 제작사들은 별로 안
좋아해. 내 작품에 어울리는 배우를 데려오면 나는 좋은데 제작사들
은 도박보다는 검증된 배우를 사용해서 안정적이고 싶어 하거든."

김정연은 가볍게 웃고는 태민을 쳐다봤다.

"그래서 한 팀장이랑 할 거면 최소 3달 뒤에 계약하는 게 좋
을 것 같아서."

"네, 그렇게 할게요."

"넌 뭐 조바심 나지도 않고 그래?"

"대표님이 잘해 주시니까."

"그건 그렇지. 아무튼 그렇게 잡은 이유가 3달 뒤에 무브 첫
화가 나오거든. 내가 보기에는 그때 성과를 보고 계약하는 게
좋을 거 같아. 그래야 그나마 이해관계가 맞으면서 덜 깎이거든."

태민은 약간 불안한 얼굴로 김정연을 가만히 쳐다봤다. 지금
까지 열심히 설명하던 김정연도 의아한 얼굴로 태민을 봤다.

"왜? 뭐가 이상한 말이 있었나?"

"그게 아니라… 대표님은 그럼 이번 작품이 잘 안될 거라고 예상하세요?"

"뭐 무브? 아니면 오직 주?"

"무브요……."

"아니? 잘될 것 같은데?"

"그럼 왜 그나마 이해관계가 맞는다고……."

"잘되니까 그나마지. 안되면 얘기도 못 꺼내지. 어휴. 그게 신경 쓰였어?"

"아니… 사람들도 캐스팅 미스라느니 안 좋은 얘기들이 좀 있어서요."

"야, 너, 너무한다. 네 작품 댓글은 보지도 않으면서 너네 형 기사는 찾아보니?"

김정연은 어이가 없다는 듯 헛웃음을 뱉고는 말을 이었다.

"원래 다 그래. 까 봐야 아는 법이다? 아이고, 이거 다음 달에 제작 발표회 하고 나면 그런 기사들 더 쏟아질 텐데 뭘 그런 걸 신경 쓰고 그래."

"신경 쓴다기보다는 그냥 보여서……."

"아직 홍보 제대로 안 해 가지고 기사 적어서 나도 찾아야지 겨우 보이는데 뭘 그냥 보여. 아무튼 신경 쓰지 마. 제작 발표회 하고 당분간 욕은 먹겠지만 첫 방송 나가고 나서부터 180도 바뛸 거니까 전혀 걱정하지 마."

"아… 네, 감사합니다."

"뭘 감사하니?"

"저희 형 믿어 주셔서."

"한 팀장도 믿지만 그거보다 난 내 작품을 더 믿는데? 나 진짜 재밌게 썼거든. 기대해도 좋아."

태민은 잠시 당황했지만, 이내 웃음을 보였다. 저런 자신 있고 당당한 모습만큼은 언젠가 꼭 해 보고 싶다는 생각이 들었다.

*   *   *

한 달 뒤. 태진은 변함없이 바쁜 생활을 이어 가고 있었다. 오직 주의 회차가 쌓이다 보니 보는 사람들도 점점 늘어났고, 그럴수록 제작사들의 관심도 수면 위로 올라오고 있었다. 당연히 MfB에서도 관심을 보이고 있었다. 무브의 캐스팅도 거의 끝이 나고 있었기에 새로운 일을 찾아야 했다. 그렇기에 정식으로 기획안을 올렸고, 그것이 통과되어 태진이 담당을 하게 되었다.

제작사가 아니다 보니 무브 때처럼 캐스팅을 전담하는 것을 원했고, 태진도 그렇게 되길 바랐다. 하지만 쉽지만은 않았다. 제작사 한 곳과 연계를 하기 위해 연락을 취하고 있지만, 긍정적인 반응들이 아니었다. 심지어는 같이 일하고 있는 멀티박스조차도 제작사 내에서 해결을 하고 싶어 했다. 최고의 작품이라고 말하면서도 다시 같은 방법으로 일하는 건 꺼려 했다.

'아무래도 제작사에서 원하는 배우들도 캐스팅해야 되는 건가……'

자신이 캐스팅하는 방법에 대해서 돌아보게까지 만들었다. 그도 그럴 것이 지금도 제작 발표회에 와 있는데 분위기가 그렇게 좋지만은 않았다.

이미 주연 캐스팅에 대해 기사를 냈지만 주연들이 정식으로 인사를 한 적은 없었다. 때문에 이번 제작 발표회가 주연 삼인방이 동시에 인사를 하는 첫 공식적인 자리였다. 멀티박스에서도 미리 언질을 해 주었기에 질문들이 그나마 양호한 편이었다. 그럼에도 분위기가 그렇게 좋지만은 않았기에 만약 작은 제작사에서 이런 캐스팅으로 제작을 했더라면 어떤 그림이 나왔을지 안 봐도 상상이 되었다. 그때, 태진의 옆에 서 있던 현미가 질문을 했다.

"그런데… 팀장님, 이미 촬영 중인데 제작 발표회를 왜 늦게 해요?"
"아, 그거요. 홍보에 더 효과적이라서요. 좀 늦게 하는 게 보여 줄 게 있으면 홍보가 더 잘돼서 그래요."
"아… 저렇게 기자들 많이 모여 있으니까 이 자리에서 잠깐이라도 보여 주면 효과적이겠네요."
"그렇죠. 그래서 선공개도 좀 있으면 나갈 거예요."

태진의 말처럼 잠시 뒤 그동안 찍었던 것 중 드라마에 들어가는 장면들이 공개됐다. 제작 발표회뿐만이 아니라 대중들에게 공개할 예정이었기에 완성된 예고편이었다.

영혼 상태로 하늘에 떠 있는 차오름이 단우에게 들어가는 장면이 시작되었다. 단우의 외모를 확인하며 스스로 놀라는 모습은 영상으로 봐도 확실히 재미있었다. 곧이어 채이주와 만나는 장면 역시 채이주의 캐릭터를 제대로 보여 주고 있었다. 처음 보는 단우에게 익살스러운 모습으로 끈질기게 따라붙으며 앞으로의 전개를 예상할 수 있게 만들었다. 마지막으로는 제약회사에서 보낸 건달들과 싸움을 하는 장면이 나왔다.

단우가 훨훨 날아다녔지만 영혼은 차오름이다 보니 표정은 스스로도 굉장히 놀란 얼굴이었다. 그러던 중 단우가 위험에 처했을 때 누군가가 나타나 단우를 구해 주었다. 단우는 놀란 얼굴로 자신을 구해 준 사람의 등을 쳐다봤고, 그의 등이 클로즈업되며 채이주의 옆모습이 나오는 것으로 끝이 났다.

"와, 잘 만들었다……."
"김 감독님이 신경 많이 쓰셨네요."

현미는 기대된다는 얼굴로 조그맣게 박수까지 보냈고, 태진이 보기에도 상당히 신경을 썼다는 것이 느껴졌다. 세 사람의 연기도 상당히 훌륭했다. 그러다 보니 기자들의 반응도 기대되었다. 그리고 그건 태진뿐만이 아닌 듯했다. 함께 온 국현이 이리저리 고개를 돌려 가며 반응들을 살폈다.

"스흡, 반응은 좋은데요? 기사 잘 나오겠어요."
"멀티박스에서 부른 분들이니까 나쁜 기사는 안 나오겠죠."

"그래도 막 기대된다고 그렇게 얘기를 해 줄 거 같은데요?"

"꼭 그럴 거 같진 않아요. 후우, 저기 몇몇 분들은 무덤덤하네요."

태진의 걱정대로 질의응답 시간이 시작되자 무덤덤했던 기자들이 질문을 했다.

"김정연 작가님한테 여쭙고 싶습니다. 지금까지 작가님의 작품을 보면 한국에서 내로라하는 배우들이 주연을 맡았었는데 이번에는 그렇지 않은 이유가 있습니까?"

무대 위 테이블에 앉아 있는 김정연에게 질문을 했고, 김정연은 베테랑답게 여유로운 표정을 유지하고 있었다.

"기자님이 말씀하신 내로라하는 배우분들도 신인 시절이 있었죠. 기회가 있어야 그런 배우가 되는 게 아닐까요? 그리고 제 작품에 신인으로 출연해서 지금의 자리를 잡은 배우들도 몇 있고요."

"아! 그건 그렇죠. 그런데 주연 모두가 신인인 경우는 없어서 궁금했습니다. 그럼 앞으로도 작가님 작품에 신인들을 꾸준히 캐스팅하실 생각이십니까?"

"준비가 된 신인이라면 그렇죠. 우리 채이주 배우님은 요즘 한창 주가가 오른 배우니까 말할 것도 없는 거 아실 테고, 권단우 배우나 차오름 배우 같은 경우는 드라마는 신인이지만 각자의 영역에서 활동하며 준비를 해 온 상태예요. 그런 분들이 계시면 제가 먼저 같이 해 달라고 손을 내밀겠죠."

김정연이 제대로 포장을 해 주었다. 하지만 이미 질문 자체에서 캐스팅에 대한 의아함이 담겨 있었다. 그래서인지 수잔이 인상을 찡그리며 말했다.

"아, 스트레스. 꼭 축하하는 자리에서 저런 사람들이 있어. 어디지? 뉴타입? 기억해 둬야지."
"저분들 일인데요. 너무 스트레스받지 마세요."
"그렇긴 한데… 어휴, 우리 배우님들 이런 자리 처음이라 어색한데 더 신경 쓰이게 하고 있어. 그리고 이런 거 기사 나가면 또 사람들이 뭐라고 하잖아요."

수잔은 화를 내다 말고 태진을 쳐다보며 물었다.

"후우. 아무렇지도 않은 질문인데 내가 그 부분을 신경 쓰고 있어서 예민하게 받아들이는 거예요?"
"제가 보기에는 기자로서 할 수 있는 질문 같아요. 다른 분들도 처음에는 저보다 더 안 좋은 반응이었잖아요."

사실 태진도 질문이 마음에 들진 않았지만, 자신까지 기분을 나빠하면 팀원들 모두가 흔들릴 수 있을 것 같았기에 애써 침착함을 유지했다. 다행히 다른 기자들은 드라마 자체에 관심을 두며 주연 삼인방에게 촬영장에서 호흡이 잘 맞았냐는 그런 질문을 했다. 그렇게 제작 발표회가 마무리되었다.

　　　　　　　*　　　　　　*　　　　　　*

　며칠 뒤, 태진은 또다시 플레이스의 극장을 찾았다. 오늘이 바로 곽이정이 새롭게 만든 걸 그룹인 8A의 쇼케이스가 있는 날이었다. 트리스타 때와는 다르게 플랫폼 등에 이벤트를 해서 관객을 모집해서인지 입장을 기다리는 관객들이 꽤 보였다. 소극장이다 보니 그렇게 많지는 않았지만 쇼케이스에 신청을 한 사람들인 만큼 신인들에게 관심 있는 사람들이라 다들 필수적으로 큰 카메라를 챙겨 온 듯했다.

　태진은 차에서 사람들을 가만히 지켜봤다. 그때, 익숙한 회사 차가 주차장에 들어왔다. 태진도 이 차가 들어오는 걸 기다리던 중이었다. 때문에 서둘러 차에서 내려 주차된 차로 다가갔다. 그리고는 문을 두드리자 창문이 열리면서 매니저 현수의 얼굴이 보였다.

　"한 팀장님 일찍 오셨네요."

　"저도 방금 왔어요."

　"타세요."

　차 문이 열리자마자 태진은 얼른 차에 올라탔다. 그러자 웃으며 손을 흔드는 이주가 보였다. 8A를 응원하기 위해 쇼케이스에 온 것이었다.

　"촬영 스케줄 보니까 빡빡하던데 괜찮으세요?"

"내서라도 와야죠."

"촬영은 잘하셨고요?"

"그럼요. 지금까지 중에 가장 재밌게 촬영하고 있어요. 놀러가는 거 같아서 힘든 것도 잘 몰라요."

"다행이네요."

이주는 태진을 물끄러미 보더니 옅은 미소를 지었다.

"걱정하지 마세요! 지금 단우도 잘하고 오름 오빠도 잘하고. 그러고 있어요!"

"걱정 안 해요."

"그런 사람이 요 며칠 계속 촬영장에 와요?"

"그건 확인차 가는 거예요."

"거짓말 너무 못하신다. 사람들 반응 때문에 우리 흔들릴까 봐 오는 거 다 아는데."

태진은 머쓱하게 웃었다. 표정으로 티가 안 나도 행동으로 느낄 수 있었다.

"우리 정말 재밌게 하고 있고, 분위기도 진짜 좋아요. 우리만 그렇게 느끼는 게 아니라 스태프들도 다 재밌다고 그러시니까 걱정하지 말라고요."

이주를 격려하기 위해 기다린 것인데 오히려 자신이 격려를 받고 있었다. 태진이 이렇게까지 신경 쓰는 이유는 제작 발표회 이후 사람들의 반응 때문이었다. 제작 발표회에 참여했던 기자들 대부분이 우호적인 기사를 내보내 주었다. 그럼에도 사람들의 반응은 반으로 나뉘고 있었다.

기대가 된다며 좋아하는 사람들도 있는 반면, 캐스팅이 이해가 안 된다며 김정연의 몰락을 예상하는 사람들도 꽤 있었다.

―예고편만 봐도 존잼 ㅋㅋ

―권단우랑 채이주 미모 열일 하네.

―오징어 시청 금지.

―하긴 김정연도 한 번쯤 망할 때 됐지.

―좀 그렇지 않음? 배우는 연기로 캐스팅해야지 인기로 캐스팅하면 됨?

―차오름? 동네 아저씨 데려다 놨네ㅋㅋㅋ

―MfB 파워가 ㅈㄴ쌤? 찾아보니까 주연 세 명 MfB던데?

―기대작이라고 존나 빨아 줘서 기대했는데 이게 뭐임 ㅋ

―MfB 캐스팅 불법 있었는지 국민청원 해야 되는 거 아니냐?

댓글엔 억울한 내용도 많았다. 단우가 인기가 있는 건 사실이지만 그걸로 캐스팅이 될 정도는 아니었다. 그런데도 자기들이 상상하는 대로만 글을 남겼고, 그것이 사람들에게 받아들여지고 있었다. 그러다 보니 드라마가 방영되기도 전에 부정적인 이미지가 생기고 있었다.

태진도 그에 해결책을 생각하고 있지만, 좀처럼 해결 방법이 떠

오르지 않아 격려라도 해 줄 겸 매일같이 촬영장에 갔던 것이었다.

"두 달만 사람들 반응 신경 끄고 있다가 첫 방송 나가고 나서 보면 돼요."

계속된 이주의 격려에 태진은 웃으며 고개를 끄덕거렸다. 배우들이야 안 보면 그만이지만 제작사나 캐스팅을 담당한 태진의 경우는 첫 방송이 중요했다. 첫 방송에서도 낮은 시청률을 보이다가 나중에 차츰 올라가는 경우도 있었지만, 처음에 시청률이 낮으면 그 상태가 유지되는 경우가 허다했다. 그리고 지금 같은 경우가 더 최악이었다. 보지도 않고 악평을 남길 여지가 있어 보였다. 하지만 이주에게 그 부분까지 신경을 쓰게 만들 순 없기에 태진은 내색하지 않았다.

"그럼 대기실로 가세요?"
"그럼요. 춤도 보여 줘야 되니까."
"노래는 안 하시죠?"
"어, 기분 나쁜데?"
"아니요. 노래 실력 의심하는 게 아니라 드라마에서 나오는 노래는 아직 공개하면 안 돼서요."
"농담이에요. 당연히 알죠. 들려 주고 싶은데!"
"잘하신다고 얘기 들었어요."
"다은이 언니가 그래요? 다은이 언니보다는 많이 못하긴 하는데 그래도 감독님도 들으시더니 편집하면 잘 나올 거 같다고 하셨어요."

태진도 이주가 얼마나 열심히 연습했는지 알고 있었다. 항상 열심히 하는 모습을 보니 이상하게 위안이 되었다.

"그럼 오늘 어떤 노래하시는 거예요?"

"당연히 8A 신곡 해야죠. 정확히는 노래보다는 춤이고."

"춤 연습도 같이 하셨어요? 그런 얘기는 못 들었는데."

"노래 연습하면서 했어요. 다은이 언니 춤 배울 때 같이. 걱정하지 마요. 많이도 아니고 잠깐 하는 거니까."

"걱정 안 했어요. 그래서 복장이… 그러시구나."

"또 또 거짓말! 원래 나도 춤은 안 추려고 했는데 곽 대표님이 괜찮아 보인다고, 해 달라고 부탁해서 하는 거예요. 곽 대표님이 없는 말은 안 하잖아요. 트리스타가 요즘 반응 좋으니까 곽 대표님도 신경 쓰이나 보더라고요."

태진도 곽이정에게 얘기를 들었었다. 다만 춤에 대해서가 아니라 출연을 해 달라고 부탁을 받았을 뿐이었다. 얘기가 달라진 부분이 걸리긴 했지만 곽이정이 괜찮다고 말했으면 크게 이상은 없을 듯했다.

"걱정하지 마세요. 잘할 테니까. 그럼 저 리허설 하러 가야 되는데 같이 가실 거죠?"

"저는 따로 갈게요. 다들 바쁘실 텐데 괜히 신경 쓰이게 해 드릴 거 같아서요."

"알았어요. 그럼 이따가 봬요!"

이주는 차에서 내리고는 현수와 함께 곧장 극장 안으로 들어갔고, 태진은 초대권을 확인하고는 사람들이 서 있는 줄의 끝으로 걸음을 옮겼다.

*   *   *

극장에 들어간 태진은 가장 뒤에 서서 쇼케이스를 관람했다. 예전에 트리스타의 무대와는 완전 달라져 있었다. 같은 극장이 맞나 싶을 정도로 구조 자체가 바뀌어 있었다. 무대를 어떻게 연장했는지 무대 가운데 부분이 객석 가까이까지 길게 튀어나와 있었다. 아마 저 부분까지 걸어가서 춤을 추려는 듯 보였다. 언뜻 봐서는 대형 콘서트장 같은 무대였다. 태진이 무대를 넋 놓고 지켜볼 때 옆에서 익숙한 목소리가 들려왔다.

"큰형!"

"어? 태은아, 안 바빠?"

"이번엔 무대 바꿀 일이 없어서 다 끝났지. 그런데 왜 여기 있어. 왕따야?"

"그냥 보는 거지. 그런데 형 여기 있는 거 어떻게 알았어?"

"곽 아저씨가 알려 주던데? 키 큰 사람이 뒤에 서 있어서 잘 보였나 봐."

태진은 가볍게 웃고는 태은의 어깨에 팔을 올렸다.

"저것도 네가 만든 거야?"

"같이 한 거지. 아, 저 무대 연장한다고 난리도 아니었다. 밑에 좌석들 뺀다고 허락 맡고 아주 그냥 생쇼를 했어. 그 아저씨 진짜 까다로워."

"곽 대표님이 좀 까다로워. 요구도 많고."

"나한테 일부러 더 그러는 거 같아. 내가 뭐만 하면 옆에 와서 간섭하고 말 시키고. 조금만 쉬고 있으면 반장님한테 얘 쉰다고 막 꼰지르고. 나이 먹고 좀생이처럼 복수하고 있다니까."

"하하, 네가 편한가 보다. 원래 그런 사람 아닌데."

"어휴."

"아무튼 고생했네. 무대 멋있다."

"내가 봐도 잘 나오긴 했어. 저기 무대 양쪽에서 스크린도 올라와."

"저기서?"

"아래에서 롤스크린 위로 올리는 거야. 아까 확인해 봤는데 이주 누나 멋있더라."

"어?"

"아저씨가 연습하는 거 영상 찍어 왔는데 거기에 이주 누나도 나와. 그런데 진짜 멋있더라고."

태진은 못 믿겠다는 얼굴로 태은을 쳐다봤다.

"이주 씨가 춤을 그렇게 잘 춰?"

"아니? 춤은 별로던데?"

"그럼?"

"8A한테 해 주는 말들이 되게 멋있더라고. 자기하고 인연 있는 사람들 끝까지 책임지려고 그러는 거 나오는데 되게 사람 좋다 그런 느낌 들더라. 아마 사람들도 보고 나면 같은 생각일걸?"

태진은 영상에 이주의 어떤 모습이 담겼는지 궁금해졌다. 그리고 한편으로는 이걸로 무브에 달리는 악평을 해결할 수도 있을 것 같은 느낌이었다.

*　　　　*　　　　*

쇼케이스가 시작되었고, 태진은 입을 다물지를 못했다. 트리스타 때와는 완전 다른 분위기였다. 8A 멤버들의 개성을 보여 주면서도 단합된 모습까지 드러내는 쇼들이 진행되었다. 그중 멤버들을 두 팀으로 나눠 서로 댄스 배틀을 하는 것이 압권이었다.

보통의 걸 그룹에서 한 번도 보지 못한 파워풀한 모습부터 태진은 따라 할 엄두도 나지 않는 섹시한 춤까지 배틀을 통해 다양한 춤을 선보였다. 태진이 보기에도 굉장히 화려하다 보니 관객들도 쇼케이스를 보러 온 것이 아니라 공연장에 온 것처럼 즐기고 있었다.

"형……."

"어?"

"형도 저거 못 따라 하지?"

태진에 대해서 잘 알고 있는 태은이 궁금하단 얼굴로 물었고, 무대를 가만히 보던 태진은 잠깐 생각을 한 뒤 고개를 끄덕거렸다.

　"안 될 거 같은데."
　"와… 역시 개쩔어. 아까 리허설 때는 대충 한 거구나……. 그럼 쟤네도 뜨겠네?"
　"그건 잘 모르겠는데… 실력 있다는 소리는 들을 거 같은데."
　"곽 아저씨 은근히 운이 좋단 말이야."
　"어?"
　"저 8A? 저 사람들도 데려왔잖아."

　태진은 피식 웃었다. 곽이정에 대해 제대로 알지 못하면 그렇게 생각할 수도 있었다.

　"다 알아보고 계약한 거야. 그리고 아마 저 무대들도 다 곽 대표님이 계획했을 거야. 진짜 계획적인 사람이거든."
　"그 좀생이 같은 아저씨가?"
　"그렇게 보이긴 하지. 속내를 잘 안 보여 주는 사람이라서 나도 얼마 전까지는 좀생이라고 생각했지. 그런데 일에 대해서는 누구보다 진심인 사람이야."
　"하긴 맨날 와서 참견하긴 하더라."

　이런 걸 보니 곽이정이 대단하다는 것이 새삼 느껴졌다. 이제

막 신생 기획사를 차렸고, 계약을 한 지도 얼마 되지 않았는데 8A로 인해 바로 자리를 잡을 것 같아 보였다.

잠시 뒤, 진행자가 장내를 정리하고는 8A의 신곡을 소개했다.

"8A의 Hate2say. 지금 시작됩니다!"

사회자의 소개와 함께 의상을 갈아입은 8A 멤버들이 무대에 올라왔다. 검정색 의상과 흰색 의상을 나눠 입었고, 곽이정이 목소리가 특이하다고 했던 두 사람은 상의는 흰색 하의는 검은색, 다른 한 사람은 그 반대로 입고 있었다.

저런 의상이야 많았지만 8A는 색 대비가 주는 시각적 효과까지 이용했다. 서로 교차하며 위치를 바꿔 가다 보니 그 덕분에 무대에 집중이 되었다. 특히 멤버들이 모였다 흩어지며 보컬이 앞으로 나올 때는 감탄까지 나왔다. 없던 사람이 갑자기 튀어나온 듯한 것처럼 보였다.

관객들이나 기자들도 마찬가지였다. 모두가 눈을 떼지 못한 채 무대를 지켜봤고, 무대에 집중하느라 환호도 잊은 듯했다. 그리고 그 환호는 무대가 끝나자 곧바로 터져 나왔다. 태진과 태은도 혀를 내두를 정도였다.

"와⋯ 진짜 개쩐다. 내가 형이랑 그렇게 많이 가수들 봤는데 춤은 얘네가 최고인 거 같은데."

"그러게."

"와⋯ 저기 사람들 반응 봐. 난리 났네, 난리 났어. 기자들 트리스타가 무대 할 때는 사진도 별로 안 찍었는데 지금은 아주 그냥 난리가 났어."

태은의 말처럼 반응이 굉장히 뜨거웠다. 트리스타도 반응이 좋긴 했지만 그건 다른 이유 때문이었지 무대가 끝난 후에 이런 반응을 보였던 건 아니었다.

잠시 뒤, 사회자가 장내를 진정시키고는 쇼케이스를 이어 나 갔다. 멤버들에게 미리 준비한 질문들을 했고, 그 질문들로 원래 는 댄서 팀이었다는 것을 소개했다. 그렇게 잠깐 진행을 이어 가 던 중 사회자가 입을 열었다.

"8A가 데뷔하게 된 이유도 굉장히 특이하던데요."

"저희가 댄스 팀일 때 이주 언니하고 같이 공연했던 적이 있어요."

"이주 언니요? 혹시 채이주 배우님?"

"네, 맞아요. 언니가 운영하는 개인 채널에서 깜짝 카메라를 하 는데 그때 같이 했거든요. 그 대상이 지금 저희 대표님이시고요."

"어! 그럼 대표님이 8A분들을 알아봐서 이렇게 데뷔를 하게 됐다는 그런 말씀이신가요?"

"네, 맞아요."

"와… 신기하네요. 그럼 채이주 씨하고 친하신가 봐요?"

"그럼요. 아마 여기에 와 있을 거예요."

사람들은 채이주를 찾기 위해 이리저리 고개를 움직였다. 그 때, 객석 앞쪽에 있던 한 사람이 자리에서 일어났다. 그와 동시에 카메라 셔터들이 터지기 시작했고, 사람들 모두의 입에서 채이주의 이름이 불리고 있었다.

"채이주다!"
"진짜 채이주다!"
"이주 씨! 여기 보고 손 한 번 흔들어 주세요."

이주는 굉장히 민망해하면서도 무대로 올라갔다. 그것을 본 태진은 피식 웃음이 나왔고, 태은은 어이없어하는 표정으로 입을 열었다.

"와… 이거 다 거짓부렁이고만!"
"곽 대표님이 이런 거 잘해."
"누나도 아까 리허설까지 해 놓고 모르는 척하고 있는 거 봐. 천상 배우네! 근데 나 좀 심장이 벌렁거려."
"왜?"
"사기에 동참한 거 같아서."
"하하. 연출이야."

곽이정다운 연출에 태진은 웃음이 나왔다. 그러고는 다시 무대를 지켜봤다. 모자를 쓴 채 무대에 올라간 이주는 멋쩍어하면서 마이크를 잡았다.

"아, 촬영 중에 와서 화장도 못 고쳤는데… 그냥 보고만 가려고 한 건데… 안녕하세요. 채이주입니다."

"이렇게 채이주 배우님을 뵙게 될 줄은 몰랐는데요. 화장도 못 고치셨다고 하는데 빛이 나는데요?"

"에이, 아니에요. 너희들은 나 부르면 어떻게 해……!"

"하하하. 친하신가 봅니다."

"그럼요. 제 춤 선생님들이거든요."

그때, 8A 멤버의 리더이자 예전 급식 팀일 때의 단장이 입을 열었다.

"춤은 저희가 가르쳐 드렸어도 다른 면에서는 저희들 멘토예요. 어떤 마음가짐으로 활동해야 되는지 많이 알려주셨고, 저희 준비하느라 힘들 때도 정말 많이 도와주셨거든요."

"오, 8A와 채이주 배우님의 관계가 굉장히 돈독한데요? 그럼 채이주 씨가 이번 8A의 신곡을 소개해 주시는 건 어떨까요."

이주는 약간 긴장이 되는지 모자를 살짝 고쳐 쓰고는 입을 열었다.

"들으셨다시피 노래도 좋고 춤도 좋은 곡이죠. 특히 중독성 있는 춤이 있고요. 다들 보셨듯이 하이라이트 부분에 추는 춤 있잖아요. 전 그 부분이 가장 좋더라고요."

"말로만 들어서는 잘 기억이 안 나는데요. 한번 보여 주실 수 있을까요?"

"제가요?"

"8A분들 위해서 한번 보여 주시죠. 혹시 안무 모르시면 8A분들이 같이 옆에서 알려 주면 되니까."

"알긴 아는데……."

"아세요? 역시!"

사회자는 바로 노래를 틀어 달라는 신호를 보냈고 노래가 나
오자 이주는 쭈뼛대며 대며 일어났다. 그러고는 하이라이트 부
분에 맞춰 춤을 추기 시작했다.

"아이! 헤잇! 투! 세이! 잇! 오!"

코러스 부분에 나오는 가사까지 불러가며 춤을 췄다. 옆으로
선 채 팔을 허리춤을 잡고 한쪽 발을 팅기는 그런 안무였다. 연
습을 참 많이 했는지 태진이 보기에도 꽤 괜찮게 보였다. 물론
8A에 비교할 수는 없지만 이주의 선에서 보면 최선을 다한 듯
보였다. 그래도 원래 이주의 이름값이 있다 보니 사람들의 반응
은 8A 때보다 더 뜨거웠다.

잠시 뒤, 춤을 끝낸 이주는 민망해하며 자리에 앉았고, 사람
들은 그런 모습을 보며 더 즐거워했다. 그때, 누군가가 무대 위
로 뛰어오더니 사회자의 귀에 뭐라고 속삭였다. 그러자 사회자
가 활짝 웃고는 입을 열었다.

"원래 쇼케이스는 진즉에 끝났어야 했는데 관계자분이 재밌
는 영상이 있다고 하셔서 보여 드릴까 하는데 괜찮을까요? 8A와
채이주 씨의 우정을 나누는 영상이라고 합니다."

사람들의 대답을 들은 사회자는 스태프들에게 신호를 보냈고, 그와 동시에 무대 양쪽에 스크린이 올라갔다. 그리고 그 화면에는 잠시 8A가 연습하는 장면들이 나왔다. 다들 땀이 보일 정도로 연습을 할 때, 양손 가득 먹을거리를 든 이주가 등장했다.

　—애들아, 이것 좀 먹고 해.
　—언니! 언니 또 오셨어요? 뭘 또 이렇게 사 오셨어요!
　—나 다이어트하느라 못 먹으니까 너희들 먹는 거 보면서 위안 삼으려고.
　—이거! 우리만 살쪄서 데뷔 못 하는 거 아니에요?
　—어휴, 곽 대표님이 데뷔 안 시켜 주면 내가 시켜 줄게!

　잠깐 친한 모습을 보여 주고는 다시 연습하는 장면으로 바뀌었다. 이주는 그녀들이 연습을 하는 걸 지켜보면서 따라 해 보기도 하고 박수도 치며 응원을 했다. 그리고 또 잠깐 휴식을 갖는 동안 8A가 이주에게 물었다.

　—그런데 언니는 저희한테 왜 그렇게 잘해 주세요?
　—왜? 잘해 주지 마?
　—저희는 좋은데… 솔직히 언니는 톱스타고, 저희는 아직 데뷔도 안 했는데…….
　—그게 무슨 상관이야. 사람들이 좋은데. 난 너희가 정말 존경스러운데. 그리고 이렇게 열심히 하는 거 보면 나도 더 열심히 하게 되더라고.

8A 멤버들은 거의 사랑에 빠진 눈빛으로 이주를 봤고, 이주는 그런 멤버들을 보며 장난스럽게 웃었다.

—그렇게는 보지 말고! 그리고 미리 투자하는 거지.
—투자요?
—너희들 잘될 거 같아서. 미리 친한 척하는 거야. 나중에 여주 채널에 출연해 달라고.
—그건 언제든지 해 드릴 수 있죠!
—지금 말고. 지금은 너희 인기 없잖아.
—언니! 말을 해도!
—푸흡, 그러니까 나중에. 그리고 매니저님! 뭘 그렇게 찍고 있어요!

마지막으로 이주가 카메라를 보며 말하는 것으로 영상이 끝이 났다. 진짜 별것도 아닌 영상일 수도 있지만 영상을 사람들은 전부 흐뭇한 미소를 짓고 있었다. 심지어는 태은마저도 실실 웃고 있었다.

"좋아?"
"어? 뭐가."
"너 웃고 있길래."
"내가? 그냥 뭔가 좋아 보여서. 역시 이주 누나 진짜 멋있다. 진짜 좋은 사람 같아."

태진이 보기에도 그렇게 보였다. 이것도 곽이정이 계획한 것이 분명했다. 이주를 여기까지 부른 이유에 이것도 포함되어 있는 것 같았다. 아마 채이주가 선택한 걸 그룹이라고 홍보를 하고 싶어하는 듯했다.

　하지만 한편으로는 의아한 생각도 들었다. 지금 영상만 놓고 보면 비중이 너무 채이주에게 쏠려 있었다. 물론 8A도 이득을 보긴 하겠지만, 그러기에는 이주에게 초점을 맞추고 찍은 듯한 영상이었다. 물론 태진은 이 영상으로 인해 확신을 얻었다.

　'이렇게 사람 자체를 좋게 보게 만들 수 있네. 이주 씨는 이 영상으로 좋은 이미지 얻을 수 있을 거 같고… 단우 씨는 음… 아! 이창일 배우님.'

　본인보다 이창일이 단우를 언급을 해 주는 편이 훨씬 도움이 될 것이었다. 단우가 이창일에게 그동안 계속 연락을 해 온 내용을 인터뷰한다면 사람들도 단우에게 좋은 느낌을 받을 것이었다. 물론 연기로 보여 주는 것이 아니기에 약간 신경이 쓰이긴 했지만, 연기야 첫 방송이 나가고 나면 해결될 것이었다. 지금은 사람들의 부정적인 반응을 뒤집을 것이 필요했다.

　'그럼… 차오름 씨는……'

　다만 차오름이 걸렸다. 그동안 활동이 없었다 보니 이미지를 만들 거리가 없었다. 이 부분은 좀 더 생각해 봐야 할 듯했다. 그때, 태은이 태진의 옆구리를 꾹꾹 찔렀다.

"형, 저기 곽 아저씨 온다. 왜 저래."

태은이 가리키는 곳을 보자 쇼케이스가 성공적으로 진행이 되어서인지 환한 미소를 지은 곽이정이 다가오고 있었다. 그렇게 태진의 옆에 선 곽이정은 같이 무대를 바라보며 말했다.

"어때요?"
"좋은데요?"
"그렇죠? 후후."

이렇게 자랑을 할 사람이 아닌데 자랑하는 걸 보니 어지간히 기쁜 모양이었다. 그런 곽이정이 태진을 향해 고개를 돌리더니 갑자기 씨익 웃었다.

"빚은 갚은 겁니다."
"네?"
"채이주 씨 쇼케이스에 오게 한 거 말입니다."

무슨 말을 하는지 이해가 되지 않았다. 받은 게 있으면 돌려 줘야 직성이 풀리는 사람이긴 한데 태진이 뭘 받은 게 없었다. 그때, 순간 방금 전에 봤던 영상이 떠올랐다.

"일부러 이주 씨 위주로 영상 만드신 거예요?"

"후후. 역시 바로 알아듣네요. 도와준 만큼 돌려준 겁니다. 뭐, 사실 의도한 건 아니지만 지금 MfB 사정에서는 도움이 될 듯한데요?"

"그렇죠."

"그리고 채이주 씨가 인기를 얻을수록 우리도 효과가 크니까 그 점도 이용한 거고요."

"채이주가 선택한 걸 그룹 8A."

"그렇죠. 홍보로는 기가 막히죠. 에이드가 선택한 트리스타를 좀 더 극대화한 경우죠."

곽이정이 왜 저런 영상을 보여 준 건지 이해한 태진은 웃으며 그를 쳐다봤다. 그러자 곽이정도 태진을 가만히 쳐다보며 입을 열었다.

"이 모습이 웃는 거였구나."

제7장

—

이미지메이킹

　며칠 뒤. 8A의 쇼케이스 영상이 풀리기 시작했고, 이에 사람들의 반응이 점차 올라오는 중이었다. 처음 며칠간은 전부 채이주에 대한 얘기들뿐이었다.

「채이주가 선택한 신인 걸 그룹」
「채이주, 신인 그룹 연습 기간 내내 돌봐⋯ '아름다운 우정' 흐뭇」
「채이주⋯ 8A 데뷔!」
「'친구 좋다는 게 뭐야'⋯ 쇼케이스 응원 온 채이주」

　채이주가 8A로 데뷔하는 것 같은 기사 제목도 많았다. 낚시성 제목인 만큼 욕을 먹을지언정 그 덕분에 많은 사람들이 기사를 보게 되었다. 그리고 기사를 본 사람들의 반응도 상당히 좋은 편이었다.

—채이주 진짜 인간미 쩔지 않음?

—Y튜브에서도 회사 사람들 챙기는 거 하던데.

—그냥 사람 자체가 좋은 사람이네.

—얼굴도 예쁘고 마음도 착하고… 머리는 나쁠 듯!

—머리도 좋음. 대신 노래를 못함 ㅋㅋㅋ

—자기 채널에 출연해 줬다고 이렇게까지 챙기는 건가? 달라 보인다.

이주에게 좋은 사람이라는 이미지가 생기는 중이었다. 약간 부담이 될 수는 있지만 당장은 큰 도움이 되는 중이었다. 이주 역시 무브의 주연 삼인방에 포함되어 있기에 단우와 차오름과 함께 신인처럼 대하던 사람들도 이주에 대해서만큼은 아쉬운 말이 없어지고 있었다.

"스흡, 곽이정 대표님이 머리 하나는 끝장나게 돌아가는데. 지금 이주 씨 인터뷰 엄청 밀려와요."

"촬영 중이라서 인터뷰는 힘들어요."

"네, 알죠. 그렇게 얘기했죠. 이거 뭐 곽이정 대표님 덕분에 한시름 놓았는데요? 왜 갑자기 도와준 거지."

"그만큼 8A도 관심받고 있잖아요."

태진의 말처럼 이주로 시작한 반응이 8A에게까지 이어지고 있었다. 아직까지 8A 앞에 이주의 이름이 붙긴 하지만 그래도 사람들에게 관심을 끄는 데는 성공이었다.

"Y튜브 보면 커버 영상 막 올라오기 시작하잖아요."

"벌써요?"

"그럼요. 댄스 팀도 올라왔고, 댄스 학원에서도 올라왔던데요. 춤이 좀 어려워서 그런지 전문가들이 올리고 있어요."

예전에 태진이 예상한 대로 흘러가고 있었다. 트리스타는 일반적으로 폭넓은 인기를 얻는 반면 8A는 전문가들에게 먼저 관심을 보여 실력파라는 이미지를 만들어 가고 있었다. 시간이 좀 필요할 뿐 조금만 더 홍보가 된다면 확실히 실력파 그룹으로 활동을 할 수 있을 것이었다. 그때, 통화를 마친 수잔이 태진에게 보고했다.

"팀장님! 내일 배우님들 영상 올라온대요!"

"벌써요?"

"그럼요! 완전 자기네들이 더 신나서 하고 있어요. 방송은 다음 주인데 선공개로 올라가게 해 준대요."

"윤미숙 배우님하고 이창일 배우님만 얘기하는 거 맞죠?"

"그럼요. 그거 신신당부했어요. 멀박에서도 그렇다고 확인했고요. 그래도 멀박 파워가 대단하네요. 바로 선공개로 올려 주고."

처음에는 이창일에게만 부탁을 하려 했지만 조금 더 효과를 높이기 위해 윤미숙에게까지 부탁을 했다. 윤미숙도 연극 프로젝트를 통해 단우를 알고 좋게 봐 왔기에 흔쾌히 수락을 해 주었다.

멀티박스도 이 얘기를 듣고 자기네들도 단우와 차오름을 응원하는 배우를 섭외하겠다고 했다. 하지만 단우와 연관이 없는 사람들이었기에 혹시라도 나중에 사실이 밝혀지면 역풍이 불 수도 있어서 MfB에서 만류한 것이었다.

그래도 멀티박스의 도움이 없던 건 아니었다. 지상파 연예 정보 프로그램들이 사라진 지금 갑자기 인터뷰를 하는 것도 그림이 이상했다. 그래서 멀티박스에서 평소 잘 알고 지내는 배우를 섭외했다.

고정으로 관찰 예능에 출연하는 배우였고, 그 배우가 이창일과 윤미숙을 포함해 평소에 존경하던 배우들을 초대해 식사를 대접한다는 내용이었다. 이것도 아마 멀티박스에서 아예 준비한 걸로 보였다. 그리고 거기서 단우에 대한 얘기가 나올 것이었다.

아직 영상이 올라오진 않았기에 확인하진 못했지만, 이창일과 윤미숙에게 전화했을 때 듣기로는 분위기가 좋게 흘러갔다고 했다. 그러니 이제 영상만 올라오면 단우도 이주처럼 좋은 이미지가 생길 것이 확실했다. 그때, 태진의 옆자리에 있던 현미가 태진을 쳐다봤다.

"왜요?"

"그럼… 차오름 배우님은 어떻게 해야 될까 해서요. 이제 화살이 차오름 배우님한테 향하는 게 아닐까 걱정이 돼서요."

"생각해 보고 있어요."

"진짜 연기 잘하시는데 사람들이 보기도 전에 욕하는 게 그렇네요."

"연기 잘하시죠."

"진짜 잘하세요! 저 엊그제 더빙하는 거 갔을 때 소름 돋았는데… 성격도 정말 좋으시고."

태진도 차오름에 대해서 생각하고 있는 중이었다. 차오름은 만들어진 이미지가 아니라 사람 자체가 굉장히 따뜻했다. 하지만 그 모습을 보여 줄 곳이 없었다. 독립영화를 같이 했던 사람들이 있었지만 그중에 잘된 사람이 없다 보니 효과가 있을 리가 없었다. 그때, 현미가 입을 열었다.

"그래서 제가 좀 알아봤는데……."
"뭘요?"
"차오름 배우님이 출연하신 영화 감독님이랑 배우분들이요."
"혼자서요?"
"네, 팀장님이 하시는 거 보고요. 배우분들은 지금 활동하는 분이 거의 없고 감독님은 활동 중이신데……."
"활동 중이세요?"
"네. 개를 뜯어 먹은 남자 감독님인 윤정진 감독님이라고……. 그분은 활동을 계속하시긴 하는데 그런데……. 해외로 이민 가셨다고 하더라고요. 그래서 좀 힘들 거 같고요."
"아… 또 있어요?"
"스태프분들은 계속 일하고 계시더라고요. 촬영 팀부터 연출팀까지 다양하게 계시던데요. 그분들한테 인터뷰를 하는 건 어떨까요?"

가만히 듣고 있던 태진은 고개를 저었다. 대화를 듣고 있던 국현도 태진과 같은 생각인지 고개를 저으며 태진 대신 대답했다.

"하는 건 좋은데 그걸 누가 보겠어요? 차오름 배우님도 안 알려져서 욕먹고 있는데 차오름 배우님보다 더 안 알려진 스태프들 말을 들을 리가 없죠. 언플 한다고 오해만 사죠."

"그래도… 연예인들 선행 이런 얘기 나오면 커뮤니티에서 좀 돌고 그러니까……."

"차라리 선행을 했으면 좋죠. 같이 일하면서 사람 좋다고 얘기하는 건데 그러기에는 스태프들의 파워가 너무 약한 거 같은데. 차라리 일반인이면 모를까… 어?"

국현은 말을 하다 말고 태진을 봤고, 태진 역시 움직일 수 있는 한 입을 최대한 벌린 채 국현을 봤다. 그러고는 둘 다 서로를 가리켰다.

"병원!"
"병원!"

짝!

같은 말을 동시에 뱉고는 손바닥까지 마주쳤다. 그러자 수잔도 그제야 알았다는 듯 손가락을 튕기며 웃었고, 무슨 상황인지 모르는 신입들만 궁금해하는 표정으로 세 사람을 쳐다봤다. 그러자 국현이 씨익 웃으며 말했다.

"차오름 배우님이 간병인 했던 건 알고 있죠? 물론 돈 받고 한 거지만 진짜 성심성의껏 환자들 보살폈거든요. 그런 환자들이 차오름 씨를 응원하면 스태프들보다 효과가 더 좋을 거 같지 않아요?"

"아!"

"팀장님! 모일까요?"

태진은 자신의 마음을 제대로 읽은 국현을 보며 고개를 끄덕거렸다.

"이제 어떻게 보여 줄지 회의해 보죠."

*　　　　*　　　　*

다음 날, MBS의 관찰 예능 프로그램에 이창일과 윤미숙이 나오는 영상이 올라왔다. 혼자 사는 연예인들을 관찰하는 포맷을 가진 예능이었다. 출연자인 배우도 고정 출연이면서도 인기가 있는 배우였기에 꽤 높은 시청률을 뽑아내고 있었다. 그런 방송에서 선공개 영상을 공개했다.

선공개 영상이라고 하면 맛보기로 굉장히 짧은 게 보통이었는데 MBS에서 공개한 영상은 5분이 넘어가는 영상이었다. 이것만 봐도 멀티박스에서 얼마나 공을 들였는지가 느껴졌다.

시작은 놀러 온 동료 배우와 함께 여러 가지 음식을 만드는

거였는데, 하다 보니 양 조절을 못 해 어마어마한 양을 만들게
되었다. 그러던 중 동료 배우가 음식을 보며 이창일을 언급했다.

—봐, 내가 한 덩이만 하자고 했잖아. 이거 우리 한 덩이도 못 먹어.
—불었나?
—불긴 무슨. 이거 다 버리게 생겼네. 이 수육, 선생님이 엄청 좋
아하시는데.
—이수육 선생님? 그게 누구야?
—아니, 아오, 그렇게 알아듣냐. 이 수육을 이창일 선생님이 엄
청 좋아하신다고. 예전에 촬영했을 때 수육 진짜 많이 드셨거든.
너도 알잖아.
—아! 맞다. 어? 우리 선생님 초대할까? 선생님 댁 가까운데.
—야, 수육만 있는데 무슨 초대를 해.
—이참에 김치를 담글까?
—아아… 말하지 마! 진짜 담글 거 아니지? 그거 담그는 시간 동
안 수육 다 식어.

이창일과 윤미숙을 초대하기 위해 밑밥을 깔고 있었다. 태진
이 보기에는 연기를 하고 있는 것처럼 보였지만 크게 어색해 보
이진 않았다. 오히려 두 사람의 합이 잘 맞아 웃음이 나왔다.

—그럼 김치를 사 올까? 아! 전에 우리 엄마가 김치 준다고 했는데!
—어머니? 어머니 창원 사시는데. 이 정신 나간……
—아니, 윤 엄마.

―윤미숙 선생님?

―나하고 엄청 친한데. 기다려 봐. 엄마, 저번에 나 김치 준다고
했잖아요. 그거 지금 받아도 돼요? 지금 수육 삶았는데 김치가 없
어서 안 바쁘면 오셔서 같이 드셨으면 하는데. 크크, 촬영 중이기
는 한데 그래서 전화드린 게 아니에요. 오케이! 기다릴게요! 야, 엄
마도 온대. 김치 해결. 이창일 선생님은 네가 오시라고 해.

―아이, 내가 미쳤지. 너한테 뭔 말을 하는 게 아닌데.

―그럴 게 아니라 선생님들 더 초대하는 게 좋겠다! 나 예뻐해
주시는데 이 정도는 해 드려야지.

―너보단 날 예뻐하시지.

―웃기시네. 너 엄마한테 선생님이라고 한 거 다 말할 거야. 엄
마가 선생님이라고 하는 거 싫어하는데!

―넌 이창일 선생님한테 이수육이라고 한 거 말한다?

잠시도 가만있질 못하고 계속 티격태격거렸다. 그 모습이 불
편하기보다는 해당 배우들의 새로운 모습을 보는 것 같아 웃음
이 나왔다. 잠시 뒤 화면이 바뀌더니 이창일과 윤미숙을 포함해
총 4명의 배우들이 초대를 받았다. 그렇게 식사를 하는 장면이
이어지며 대화가 오갔고, 동료 배우가 초대받은 배우들에게 차례
대로 질문을 했다. 가장 먼저 질문을 받은 건 이창일이었다.

―선생님, 저희가 좀 궁금한 게 있어서요.

―어, 말해 봐.

―선생님이 가장 눈여겨보고 계시는 후배 배우가 있나 해서요.

—어. 있지. 혹시 너랑 너 중에서 선택하라는 거야?

젊은 두 배우는 빠르게 고개를 끄덕거렸고, 이창일은 씨익 웃으며 말을 이었다.

—둘 다 좋은 후배지.
—선생님 수육 제가 삶았습니다!
—선생님 초대하자는 의견을 낸 건 접니다!
—너희들은 여전히 싸우는구나. 아, 둘 중에 고르긴 어렵지. 그런데 나이를 먹으니까 이렇게 챙겨 주는 것도 고마운데 그거보다 자주 연락해 주는 게 더 고맙더라고.

이창일의 말이 끝나기 무섭게 젊은 두 배우가 동시에 입을 열었다.

—저 오늘부터 하루 한 통씩 전화해도 되죠?
—전 아침 점심 저녁으로!

그 모습을 보던 다른 배우들도 소리 내서 웃었다. 그러던 중 윤미숙이 입을 열었다.

—저도 나이를 좀 먹긴 했나 봐요.
—자네 정도면 엄청 젊은 편이지.
—저도 애들한테 연락 오면 그렇게 좋더라고요. 그런데 뭐 자식

들한테도 연락이 안 오는데 애들한테 그런 걸 바라는 건 좀 그렇죠.

―왜, 하루 한 통씩 안부 묻는 녀석도 있는데.

―그런 애가 있어요?

―권단우라고, 예전에 어디 출연할 때 연을 맺었는데 참 좋은 녀석이지.

―권단우요? 어? 저도 알아요! 저 이번에 단우 걔 나오는 드라마에도 출연하는데!

―자네도?

―선배님도요? 정말요? 진짜 몰랐는데. 그런데 단우하고 친하세요?

―자네는 단우 어떻게 알아?

―저도 연극 할 때 봤죠. 저도 엄청 눈여겨보고 있는 친구인데.

그때, 연출인 건지 진짜인 건지 이창일의 전화가 울렸다. 이창일은 젊은 두 배우에게 휴대폰을 보여 주며 씨익 웃었다.

―왜 또 전화했어. 촬영이나 잘하지.

―할아버지 식사하셨나 해서요.

―지금 먹고 있어. 밥 먹었어?

―지금 먹고 있다가 할아버지 식사하셨나 궁금해서요. 어제 할머니가 그러시던데. 할아버지 입맛 없으신가 휴대폰만 보신다고.

―볼 일이 있어서 보는 거지. 걱정하지 말고 너나 잘해.

―알았어요. 저 내일모레 스케줄 비는데 그때 집으로 갈게요.

―그래, 알았어.

짧은 통화였지만 두 사람의 관계를 유추하기에는 충분한 내용이었다. 그리고 화면에는 단우를 소개하기 위해서 예전에 라액에 출연한 장면과 연극할 때의 영상이 잠깐 나왔다. 그리고는 이창일의 얼굴이 다시 비쳤고, 곧이어 젊은 두 배우의 얼굴이 나왔다.

─거봐, 있다니까?

그 말을 들은 젊은 두 배우가 실망하는 표정으로 웃음을 자아냈다. 그렇게 영상이 끝났고, 선공개다 보니 다 담기진 않을 것이었다. 하지만 이것만으로도 충분했다. 이제 곧 크리에이터들이 시청자들의 궁금증을 해결하기 위해 영상을 쏟아 낼 게 분명했다.

*　　　　*　　　　*

며칠이 지나자 태진의 예상대로 크리에이터들이 영상들을 쏟아냈다. 선공개된 내용이 많지 않기에 영상 시간을 채우기 위해서인지 단우에 대해서 소개를 하거나 단우와 이창일의 접점을 직접 찾아서 올리기까지 했다. 그런 걸 보던 국현이 놀랍다는 듯 고개를 절레절레 저으며 말했다.

"스흡, 전 얘네 좀 별로였는데."
"Y튜버요?"
"Y튜버말고 얘네들이요. 얘네 올리는 영상이 죄다 기사 읽는 거에다가 했던 얘기 또 하고 또 해서 영상 시간 늘리잖아요. 그리고 뭔 일 있으면 콩고물이라도 얻어먹으려고 죄다 몰려서 똑같은 얘기들만 하잖아요."

"그렇긴 하죠."

"그런데 지금 보니까 예뻐 보이는데요? 내가 하면 로맨스고 남이 하면 불륜이고. 딱 그 짝 같아서 좀 민망하긴 한데, 뭐 나름 선방했는데요?"

국현의 말처럼 MfB나 멀티박스의 입장에서 보면 환영할 만한 영상들이었다. 그리고 영상들에 달린 댓글 반응도 굉장히 좋았다.

―생긴 거랑 다르게 되게 살갑나 보네.

―ㅋㅋ이중인격이냐. 자기 말고 팬 욕하라고 할 때랑 완전 다르네ㅋㅋ

―이창일 배우한테 할아버지라고 부르는 노개념.

―친할아버지인가?

―되게 친해 보이네. 할아버지랑 할머니 손에 컸다고 그러더니 편한가 보네.

―이창일 표정 봐 ㅋㅋ 전화 오는데 좋아 죽네.

―생긴 거로 배우 된 줄 알았는데 은근 활동 많이 했네?

―금수저처럼 생겼는데… 나랑 같은 흙수저였어 ㅠㅠ

이런저런 정보들을 영상에 넣었고, 그만큼 사람들도 단우에 대해서 조금 더 잘 알고 있었다. 단우의 환경에 대해서도 나왔고, 어렵게 살았던 얘기들에 동질감을 느끼고 있었다. 물론 끝까지 비방 댓글을 다는 사람들도 있지만, 사람 마음이 다 같을 순 없었고, 수가 적다 보니 그 정도는 감수할 수 있었다.

그리고 제작 발표회에서 공개한 예고까지 다시 소개가 됐다. 당연히 주연인 이주도 나왔고, 이주 역시 8A로 인해 좋은 이미지를 갖고 있다 보니 효과가 배가되었다. 이제는 욕하는 사람도 거의 없었다. 예전과 똑같은 영상이기에 같은 연기를 하고 있는데도 연기에 대해서 말하는 사람들이 아예 없었다.

"이래서 착하게 살아야 되나 봐요."

수잔의 말에 태진은 웃으며 고개를 끄덕거렸다.

"그런데 차오름 배우님 얘기도 같이 없어졌는데 어떻게 할까요? 이 정도면 분위기가 완전 바뀌어서 안 해도 될 거 같은데요?"

확실히 분위기가 바뀌었기에 더 이상 욕은 없었다. 하지만 오름에 대한 얘기도 아예 사라져 버렸다. 이제는 분위기를 바꾸기 위해서가 아니라 오름을 위해서라도 해야 했다.

"오름 씨도 어떤 사람인지 소개를 해야 다음에도 좋은 기회가 있을 거 같은데요."

"하긴 그렇죠. 그럼 지금 멀티박스가 도와줄 때 하는 게 낫겠죠?"

"그렇죠. 멀티박스에서는 뭐라고 해요?"

"우리가 기획한 걸 병원들하고 얘기하고 있다네요."

"안 되는 병원도 있대요?"

"오름 씨가 암 병동에 있었잖아요. 그래서 암 병동 위주로 공
연을 하는데 거긴 절대안정을 취해야 되는데 공연이 말이 되냐
고 그랬다던데요."

"그건 맞는데… 거동이 가능한 분들만 대상으로 해도 될 텐
데. 병원 로비나 강당에서 하면……."

"아무튼 한 곳만 할 수 없다 보니까 얘기 중이래요. 그리고 홍
보비가 부담이 돼서 가수들을 나눠서 하는 게 나을 거 같다고
하더라고요."

태진은 OST에 참여한 에이드와 몇몇 가수들을 앞세워 병원
들을 돌아다니며 홍보하는 위문공연을 생각했다. 그리고 자연스
럽게 영상을 보여 주며 오름을 알아보게 할 생각이었다. 오름과
연관이 있던 환자들은 당연히 오름을 알아보며 알은척을 할 것
이었다. 그 뒤는 자연스럽게 인터뷰를 할 예정이었다.

일부러 입을 맞추지 않았다. 배우들이 아니다 보니 놀라는 모
습이나 반가워하는 모습을 있는 그대로 보여 주고 싶었다. 그들
이 오름을 나쁘게 말할 리가 없기에 가능한 기획이었다.

그리고 에이드 역시 홍보이기는 해도 병원을 다니며 위문공연
을 하는 것이니 좋은 이미지를 쌓을 수 있는 기회였다. 그때, 멀
티박스와 연락을 담당하는 수잔의 자리에 전화가 울렸다.

"네, MfB 지원 팀 박수진입니다."

통화를 하는 수잔의 모습에 태진이 고개를 돌리려 할 때, 수
잔이 갑자기 눈을 동그랗게 뜨며 태진을 쳐다봤다. 이유를 알
수 없기에 태진도 궁금해하며 통화가 끝나길 기다렸다. 잠시 뒤
통화를 마친 수잔이 헛웃음을 뱉었다.

"아… 대단하다."
"어디에서 온 전화예요?"
"멀티박스인데요. 강릉 병원에서는 한다고 했대요."
"어, 잘됐다! 그런데 왜 그러세요?"
"병원에다가 자세히는 얘기 못 하고 간단하게만 얘기했는데
병원에서 엄청 환영했다고 하던데요?"
"아, 오름 씨 얘기를 했나 보네요. 환자분들한테만 얘기 안 하
면 되니까 괜찮아요. 얘기했을까 봐 그러세요?"
"아니요. 멀박에서도 오름 씨가 있던 병원인 거 알면서도 서프
라이즈 느낌 제대로 주려고 처음에 얘기를 안 했대요. 그냥 드
라마 홍보 겸 위문공연이라고만 했는데 어떤 드라마냐고 물어보
더래요. 그래서 무브라고만 얘기했는데 무조건 환영한다고. 행정
실장이라는 사람이 자기가 무조건 성사시키겠다고 그랬대요."

태진은 미소가 지어졌다. 행정 실장도 오름의 활동을 지켜보
고 있던 모양이었다. 그때, 수잔이 말을 이었다.

"그래서 왜 그러는지 궁금해서 물어봤는데……."
"다른 이유가 있어요?"

"오름 씨 계약금 얼마 받았죠?"

"오름 씨한테 분배된 건 5,200만 원 정도 되죠."

"미쳤어. 고작 200만 원만 남겼다고?"

"왜요?"

"강릉 병원에 5,000만 원 기부했대요! 암 병동 환자들을 위해서 써 달라고!"

태진도 처음 듣는 말이었다. MfB에서도 계약대로 계약금 일부를 받았으니 왈가불가할 건 아니었다. 그저 오름의 선택이 놀라울 뿐이었다.

"아무리 그래도 어휴… 이걸 진즉에 우리한테 얘기해 줬으면 이거 기사 내보내면 끝인데! 그런데 다 기부를 하는 건 어휴……."

태진도 놀랍기는 했다. 하지만 한편으로는 오름의 마음이 이해가 되기도 했다. 암에 걸린 아내를 옆에서 지켜봤고, 그 이후로도 같은 환자들을 돌보며 그들의 아픔을 공유했다. 태진도 그런 사실을 알기에 오름의 선택을 존중할 수밖에 없었다.

"뭘 원하고 한 게 아니라 진심에서 도움이 될 길 바라서 한 걸 거예요."

"스흡, 우리 오름 형님……. 진짜 이렇게 꾸밀 필요도 없는 사람인데… 어휴."

태진은 심호흡을 크게 하고는 팀원들을 쳐다봤다.

"다른 사람들도 알게 해 주면 더 좋죠. 진행하죠."

*   *   *

며칠 뒤. 멀티박스에서는 OST에 참여한 가수들 중 스케줄이 맞는 가수들과 함께 위문공연을 시작했다. 참여 가능한 가수의 수가 7명이었기에 한 병원당 2명의 가수씩 해서 3팀으로 나눴고, 동시에 각자 맡은 병원에서 공연 중이었다. 그리고 강릉병원에는 에이드가 혼자 공연하기로 결정되었다. 갑작스러운 홍보였기에 최대한 비용을 아끼기 위한 선택이었다. 빨리 끝낼수록 홍보비가 줄어드는 탓이었다.

태진은 당연히 강릉 병원에 와 있는 상태였고, 멀티박스에서도 인원을 나눠서인지 강 이사가 직접 와 있는 상태였다.

"이제 이럴 필요 없는데 저희도 신경 많이 쓴 거 아시죠?"

"네, 알죠. 효과는 좋을 거예요."

"그래야죠. 갑작스럽게 홍보해서 저희도 다시 홍보비 책정하고 그래야 됩니다."

실패하면 책임을 물으려는 건지, 자신들이 제작사이면서 태진에게 성공하라는 식의 압박을 주었다. 하지만 태진은 성공할 것이 확실하기에 그런 말이 신경도 쓰이지 않았다. 그저 무대가 될 로비를 지켜볼 뿐이었다. 그때, 챙 모자를 쓴 에이드와 한겨울이 옆으로 다가왔다. 그러자 강 이사가 굉장히 반기는 얼굴로 에이드를 맞이했다.

"어서 오세요. 오시느라 고생하셨습니다. 이렇게 도와주셔서 감사합니다."
"아니에요. 투자금 뽑으려면 거들어야죠."
"아, 하하… 걱정 많으셨죠? 지금은 많이 바뀌었으니까 걱정하지 않으셔도 됩니다."
"걱정은 별로 안 해요."
"그런데 무대가 좀 작아서 죄송스럽네요."

아무리 대학병원이라고 하나 로비를 무대로 사용하다 보니 굉장히 작을 수밖에 없었다. 그런데도 에이드는 크게 신경 쓰이지 않는 표정이었다.

"위문공연차 홍보 온 건데 그런 말 하지 마세요. 누가 들으면 기분 좋겠어요? 괜히 홍보 왔다가 이미지만 깎이지."
"아, 죄송합니다. 항상 큰 무대에서만 하셔서… 아이고, 그럼 전 공연 얘기 좀 하러 가 보겠습니다."

강 이사는 어색한 표정으로 인사를 하더니 가 버렸고, 에이드는 그런 강 이사를 보며 인상을 찡그렸다.

"저분은 날 너무 대접해서 불편해요. 그래서 나도 자꾸 틱틱거리게 돼."

"투자자인데 당연하죠. 강 이사님 입장에서는 당연한 거예요."

"근데 그걸 말로만 하니까! 우리 팀장님처럼 좋은 이미지 만들어 주려고 이런 거 하는 것도 아니고. 아무튼 나하고 좀 잘 안 맞아. 내가 설설 기는 그런 거 별로 안 좋아해서 그런가."

태진은 피식 웃고는 무대를 보며 말했다.

"그러면서 모자는 왜 쓰고 오셨어요? 저번에 목 아프다고 안 쓰신다고 하시더니."

"얼굴 가릴 게 이거밖에 없어서요! 그리고 이거 비싼 모잔데 아까워서!"

"하하. 더 눈에 띄는데요."

"눈에 띄어도 난 줄은 모르잖아요. 어떤 이상한 여자가 왕 모자 쓰고 다닌다고 생각하겠지."

여전히 나이에 맞지 않는 귀여움이 있었다. 태진은 입술을 씰룩거리고는 무대를 보며 말했다.

"무대가 좀 많이 작은데 괜찮으시겠어요?"

태진의 질문에 함께 온 한겨울이 대신 대답했다.

"이 언니 예전에 지하철 로비에서도 해 봤는데 이 정도면 훌륭하죠."

"아! 도림천 역! 시간도 두 시에 공연해서 보는 사람도 없어서 혼자 불렀었는데. 그때 생각하니까 지금 무대 엄청난데?"

두 사람은 재밌다는 듯 서로를 보고 웃었다. 태진도 피식 웃고는 에이드에게 물었다.

"바쁘시진 않으세요?"

"요즘 너무 한가하죠. 트리스타 애들도 맨날 스케줄 있지. 그나마 같이 춤 알려 주던 8A 애들 있어서 안 심심했는데 걔네들도 지금 난리도 아니지. 요즘은 겨울이랑 둘이 놀고 있어요. 그래서 바로 한다고 했죠."

에이드는 모자 챙을 살짝 올리고는 씨익 웃었다.

"아무튼 일정대로 가는 거죠?"

"네, 병원이라서 좀 틀어지면 곤란해서 일정대로 진행될 거예요."

"그럼 나도 화장 좀 고치고 머리도 좀 만지고 해야겠네. 그럼 이따 올게요."

에이드는 손까지 흔들고는 가 버렸고, 태진은 웃으며 무대를 지켜봤다. 턱도 없는 무대였기에 무대 설치를 따로 할 필요도 없었다. 무대보다 드라마의 영상을 보여 주기 위한 스크린 설치가 더 오래 걸리는 중이었다. 잠시 뒤. 마지막으로 제대로 설치가 됐는지 확인을 끝냈다. 그리고 마지막으로 사람들이 지나다닐 수 있도록 안전선을 설치를 끝으로 준비가 끝났다.

잠시 뒤, 몇몇 간병인들과 거동이 가능한 암 병동 환자들이 좌석을 채우기 시작했다. 이미 환자들의 상태를 전달받았기에 태진은 차오름이 맡았던 병실의 환자들이 오는지 살폈다. 그때, 뒤에서 누군가가 태진의 등을 꾸욱 눌렀다. 고개를 돌려 보니 행정실장이었다.

"안녕하세요?"
"고개 숙이셔야죠!"
"네?"
"한태진 씨 온 거 보면 오름 씨하고 관련된 거 바로 눈치챌 건데!"

그때, 예전에 봤던 병실 사람들이 오고 있는 것이 보였다. 태진은 그제야 아예 등을 돌린 것도 모자라 자세까지 낮추었다. 그러자 행정실장이 검지를 입에 가져다 대더니 입을 열었다.

"한태진 씨가 오시는 줄 몰랐네! 저기서 보고 깜짝 놀랐어요."
"아, 저도 확인차 왔어요."
"저기 어르신이 눈치가 빠르셔서 조심해야 돼요. 공연 안 본다고 하는 거 간호사분들하고 간병인분들이 얼마나 꼬셨다고요."
"왜 안 보신대요?"
"젊은 애들 온다니까 자기 취향 아니라고 그러는 거죠."

"그런데 어떻게 데려 오셨어요?"

"제가 좀 모진 말 좀 했죠……. 언제 죽을지도 모르는데 봐 두라고. 이런 기회 없다고 그랬죠."

"그래도 돼요?"

"당연히 안 되죠! 병원에서 그런 말 하면 저도 쫓겨나죠. 그런데 오름 씨 보면 이해하실 거예요. 오름 씨 얘기를 얼마나 물어보는지, 행정실까지 찾아와서 물어보신다니까요."

말이 심하기는 했지만 태진도 노인이 오름을 본다면 이해해 줄 거라고 생각했다. 그와 동시에 어떤 반응을 보일지 기대도 되었다.

*   *   *

좌석이라고는 고작 30개뿐인 무대였지만 에이드가 인사를 하고 노래를 시작하자 사람들이 하나둘씩 모였다. 환자들부터 보호자들까지 심지어는 멀리서 병원 관계자들까지 에이드의 무대를 지켜봤다. 그러다 보니 당연히 환호가 나올 수밖에 없었고, 태진은 장소가 병원이라 그 부분이 약간 걱정스러웠다. 하지만 그동안 해외에서 엄청나게 많은 공연을 해서인지 에이드가 능숙하게 대처했다.

"안녕하세요. 에이드입니다. 쉿! 병원이니까 정숙해야 되잖아요. 그러니까 환영해 주시는 건 마음으로 충분합니다. 어! 저기 저분은 너무 눈빛이 뜨거운데요!"

"하하하하."

별거 아닌 말인데도 다들 웃어 주었고, 에이드는 부드러운 분위기를 이끌어 냈다.

"사실 저도 신나는 곡을 좋아해요. 아마 다들 모르시겠지만 제 1집 앨범의 반 이상이 댄스곡이었거든요. 하지만 장소가 장소이다 보니 조용한 곡으로 준비했어요. 절대 여러분이 모를 것 같아서 준비 안 한 건 아니에요! 장소가 장소이다 보니! 댄스곡 듣고 싶으시면 빨리 나오셔서 제 콘서트 보러 오세요! 아셨죠? 쉿! 대답 대신 눈빛!"

밝은 분위기를 만들려는 에이드의 노력에 태진도 웃음이 나왔다.

'잘하시네.'

에이드의 능숙한 진행 덕분인지 관객들도 에이드의 말을 잘 따라 주었다. 덕분에 많은 사람들이 모여 있음에도 에이드의 목소리만 들리고 있었다.

"먼저 첫 곡은 아주 예전 곡이에요. 제 데뷔곡이기도 하고요. 술 취한 깊은 밤 들려 드릴게요."

에이드의 노래가 시작되었고, 관객 연령층이 약간 높은 덕분에 오래전 노래임에도 알고 있는 사람들이 꽤 있었다. 다들 감상을 하는 와중에 태진은 오름과 관계 있는 병실의 환자들을 쳐다봤다. 뒷모습밖에 보이지 않았지만 그들 역시 다들 좋아하고 있었다. 다만 노인만큼은 턱을 괸 자세로 보아 시큰둥해하는 느낌이었다.

에이드의 노래는 그 뒤로도 계속 이어졌다. 자신의 곡이 슬픈 발라드 위주이다 보니 다른 가수의 곡까지 준비해서 불렀다.

"이번에는 제가 좋아하는 가수 중에 '후'라는 가수가 있어요. 모르는 사람이 있는 게 이상하죠? 그 가수의 '눕고 싶어'랑 '잘될 거야' 이어서 들려 드릴게요."

후가 워낙 대단한 가수이다 보니 완벽하게 소화하진 못했지만 분위기 덕분에 다들 좋아해 주었다. 노래도 밝은 분위기이다 보니 발라드보다 더 좋아했다. 누가 노래 순서를 짰는지 괜찮은 구성이었다.

"잠시만요, 물 좀 마실게요. 저만 마시기 그러니까 뭐 드시고 싶으시면 마음껏 드셔도 돼요. 어……? 안 돼요? 안 된대요. 간호사 선생님들한테 허락받고 드세요!"

에이드는 농담을 섞어 가며 말을 하며 스태프들에게 다음 순서의 준비를 하라는 신호를 보냈다. 스태프들이 사인을 보내자 에이드가 웃으며 말을 이었다.

"뭐 드시려고 하기 전에 빨리 시작해야겠네요. 이번 곡은 드라마 OST예요. 아직 발매는 안 돼서 사람들 앞에서 공연하는 건 오늘이 처음이에요. 그래서 저도 좀 많이 떨려요. 전혀 안 떠는 거 같죠? 사실 엄청 떨고 있어요. 그래서 이번에는 드라마의 한 장면의 도움을 받아 볼까 합니다. 제 노래 들으시면서 옆에 영상도 같이 봐 주시면 좀 더 노래를 잘 느끼실 수 있을 거예요. 그럼 시작할게요."

MR과 영상이 같이 나오기 시작했고, 화면에는 이주의 얼굴부터 등장했다. 회상을 하듯 이주가 빙의했던 장면들이 차례대로 나왔고, 그에 맞춰 에이드의 노래가 시작되었다.

"그대의 눈에 비친 내 모습이 낯설어요. 그대의 앞에만 서면 왜 이렇게 되는지."

이주의 마음을 보여 주는 노래였다. 빙의를 하다 보니 자신의 정체성이 흔들렸고, 오름이 들어가 있는 단우와 함께 있을수록 자신도 모르는 자신의 모습을 발견하는 것을 겁나 하는 가사였다. 영상도 단우와 이주 위주로 나오며 노래가 이어졌다.

'연기도 잘했는데 편집도 잘했네.'

노래와 영상이 완전 찰떡이었다. 태진마저도 넋을 놓고 지켜보게 만들었다. 그러다 보니 다른 사람들도 영상에서 눈을 떼지 못했다. 그렇게 1절이 끝나고 2절이 되자 단우의 얼굴이 흔들리며 다른 사람의 얼굴이 나오기 시작했다.

"그대의 얼굴에 생긴 미소가 낯설어요. 그대는 어떤 마음일까."

이주는 처음부터 오름의 영혼이 단우에게 들어갔다 사실을 알고 있었다는 걸 암시하는 내용이었다. 그러면서 노래를 듣는 단우의 얼굴에서 오름의 얼굴로 바뀌고 있었다.

'눈이 정말 깊다……'

오름은 눈빛만으로도 생각이 많다는 걸 느끼게 해 주었다. 자신을 알아보는 이주의 말에 기뻐하면서도 슬퍼 보이기도 했고, 이주의 마음을 알지만 꼭 해야 할 일이 있기에 마음을 밀어내는 것에 대한 미안함이 담겨 있었다. 이주와 단우도 연기를 꽤 잘했지만, 오름을 보자 주위의 만류에도 고집을 부려 오름을 캐스팅한 스스로가 자랑스러웠다.

에이드의 목소리와 잘 어울리긴 해도 노래만 들었을 때는 엄청 좋다는 느낌은 아니었는데 가사에 맞는 맞춤 영상까지 나오자 노래가 주는 감동이 배가되었다. 태진이 보기에도 이 OST는 무조건 인기를 끌 게 확실했다.

화면에 오름의 얼굴이 계속해서 나왔고, 단우와 비교가 될 외모인데도 연기를 잘해서인지 외모에 대한 생각은 전혀 들지 않았다. 그만큼 좋은 연기를 펼치고 있었고, 몰입하고 있던 태진은 아차 하는 생각에 숨을 크게 들이마시고는 노인을 쳐다봤다.

화면을 보던 노인은 연신 고개를 두리번거렸다. 그 모습을 처음 봤을 때 태진은 오름이나 자신을 찾는 건가 싶어 몸을 숙였는데 그것이 아니었다. 오름을 자식처럼 여겨서인지 사람들에게 자랑을 하고 싶어 하는 그런 모습이었다.

에이드가 노래 부를 때까지만 하더라도 지겨워하는 모습이었는데 지금은 박수까지 쳐 주며 호응해 주고 있었다. 그렇게 노래가 끝나고 영상이 끝나자 에이드가 다시 무대 가운데로 자리를 옮겼다.

"엄청 떨렸는데 이렇게 좋아해 주시니까 너무 기분 좋은데요? 제가 오히려 기운을 받고 가겠어요. 다들 기대되시죠? 대답은 안 해도 돼요! 눈빛만으로도 다 느껴지네요. 특히 어르신은 박수까지 쳐 주시면서 좋아해 주시더라고요. 어르신, 어떻게 보셨어요?"

공연 내내 혼자 진행을 하던 에이드가 노인의 가까이로 걸어가 마이크를 넘겨 주었다. 그러자 노인은 잔뜩 상기된 말투로 입을 열었다.

"노래 좋아요! 일등 하겠네!"

"일등이요? 정말요?"

"그럼. 내가 좀 민망해서 말하기 그런데 저기 나온 차오름이 내 아들이에요."

"어? 정말요? 차오름 배우님이요?"

사람들의 시선이 노인에게 향했고, 노인은 환하게 웃으며 자랑을 늘어놓았다.

"연기를 안 한다고 하는 걸 내가 안 하면 연 끊겠다고 해서 한 거예요."

"정말요? 아버님 덕분에 이런 배우를 볼 수 있게 된 거네요?"

"그럼, 그럼. 언제 나오나 기다리고 있었는데 이렇게 봤네."

"아드님이 무뚝뚝한가 봐요."

"아니지. 누구보다 살갑지. 그냥 부담 줄까 봐 기다리고 있었던 거예요."

"아, 멋지시다!"

그때, 자기도 말하고 싶다는 듯 여기저기서 손이 올라왔다. 에이드는 고개를 갸웃거리며 어깨를 으쓱거렸다. 태진이 보기에는 굉장히 어색했기에 이런 상황을 예상하고 미리 준비를 한 듯 보였다. 에이드는 그중 한 사람에게 마이크를 넘겼다.

"오름이가 제 동생인데 진짜 다시 꿈을 찾을 수 있어서 다행입니다!"

"형이세요?"

"그럼요! 제가 형이죠!"

그 뒤로도 오름의 동생이라고 하는 사람도 나왔고, 누나부터 형까지 가족이라고 하는 사람들이 계속 나왔다.

"그럼 혹시 어르신은 어머님이세요?"

"맞아요. 내가 우리 오름이 엄마예요."

"아이……."

에이드는 마이크 쥔 손을 떨군 채 환자들을 주욱 쳐다봤고, 상황을 모르는 다른 사람들도 환자들을 쳐다봤다. 그러던 에이드가 입을 열었다.

"그러니까… 어머니, 아버지, 형, 누나, 동생에 삼촌까지… 여기 다 가족이세요?"

"하하하하."

에이드의 반응이 재미있는지 환자들은 암에 걸렸다는 것이 믿기지 않을 정도로 즐거워했다. 그중 노인이 할 말이 있다는 듯 에이드의 마이크를 가리켰다.

"가족이지. 피는 안 섞였어도 가족이지. 가족이 아니고선 그렇게 지극정성으로 보살필 수가 없지. 다들 안 그래요?"

"맞아요!"

"난 누가 뭐래도 우리 오름이 진짜 내 아들로 생각하고 있어요. 아마 다들 그럴 겁니다."

노인은 오름에 대해 얘기를 했고, 간병인으로서 자신들을 돌봐 줬다는 말을 했다. 이런 상황까지 예상하진 못했는지 에이드는 놀라면서도 감동을 받은 얼굴이었다. 에이드는 환자들을 주욱 둘러보며 말을 이었다.

"그럼 차오름 배우님이 만들어 준 대가족이네요?"
"그렇죠. 하하."
"맞아요! 오름이 형 덕분에 생긴 가족이죠."

서운해할 수도 있는 보호자들도 자신의 가족들이 저렇게 밝은 모습을 보이자 오히려 즐거워하고 있었다. 에이드는 크게 한숨을 쉬더니 갑자기 양손을 허리춤에 가져갔다. 그러고는 환자들을 노려보듯이 쳐다본 뒤 입을 열었다.

"에이! 그러면 다들 빨리 나으셔야죠! 가족들이 다 아프면 차오름 배우님이 얼마나 마음이 아프겠어요! 한 명도 아니고 부모님부터 형, 누나, 동생 가족 전부가 아프면! 그러니까 다들 빨리 건강해지세요! 그래야지 차오름 배우님이 기댈 곳이 필요할 때 어깨 빌려 주실 수 있잖아요. 다들 아셨죠? 이번엔 대답 안 해도 다 같은 눈빛을 보내시네요."

태진도 노인은 알고 있었지만, 이렇게 많은 사람들이 오름을 가족처럼 생각하고 있을 줄은 예상하지 못했다. 태진마저도 저들이 오름을 진심으로 아끼는 마음이 느껴져 약간 울컥하기까지 했다. 하지만 다행히 에이드는 능숙하게 진행을 이어 갔다.

"그럼 마지막 곡이 남았는데 분위기가 그럴 수가 없네요. 음, 그렇다고 그냥 마무리를 이렇게 하고 가기도 그래서 준비는 안 됐지만 제가 평소 좋아하던 곡을 불러 드릴게요. '당신의 꽃길'이라는 노래입니다. 가족을 응원하는 노래고요. 저도 가족처럼 생각하는 동생이 있는데 그 동생의 노래예요. 아마 다들 모르실 테지만 지금 분위기에 엄청 어울릴 거 같아요. 그럼 반주도 없으니까 바로 불러 볼게요."

에이드가 말한 동생은 아마 한겨울인 듯했다. 무대 근처에 있던 한겨울이 굉장히 멋쩍어하고 있었다. 그렇게 에이드의 노래가 시작되었고, 소개한 대로 가족의 얘기이다 보니 굉장히 따뜻한 분위기였다. 날씨도 따뜻해지고 있다 보니 노래가 더 따뜻하게 느껴졌다.

'분위기에 취한다는 게 이런 거구나.'

다들 처음 듣는 노래일 텐데도 다들 박자에 맞게 박수를 보내 주었다. 마치 오름을 응원해 주는 듯한 박수였다.

*　　　　*　　　　*

며칠 뒤, 태진은 편집된 영상을 들고 스튜디오를 찾았다. 오름이 배역 특성상 내레이션이 많다 보니 더빙을 하기 위해 스튜디오에 있던 것이었다.

"오늘 다 끝나셨어요?"

"네, 이제 다 했네요. 내가 잘하고 있는 건지."

"엄청 잘하시고 계신데요?"

"예전에 영화 찍을 때랑 환경이 너무 달라서요. 쫄쫄이 입고 연기도 하고… 상대역도 없이 이렇게 혼잣말만 하는 경우가 많으니까 잘하고 있는 건가 싶어서요."

오름이 말을 하진 않지만 이주와 단우가 이제는 주목을 받고 있다 보니 나름 신경이 쓰이는 모양이었다. 태진이 느끼기에는 드라마가 방영된 뒤 연기력으로 가장 큰 호평을 받을 사람은 오름이었다. 그런 오름이 신경 쓰고 있다 보니 위문공연을 계획대로 진행하길 잘했다는 생각이 들었다.

"예고편이나 편집된 영상 보면 엄청 좋던데요?"

"보셨어요?"

"그럼요. 봤죠. 제가 캐스팅을 정말 잘했구나라는 생각을 들게 만들어 주시던데요."

"어휴, 그런 말씀을. 듣보잡? 저한테 그러던데. 하하."

"처음부터 유명한 사람이 어디 있어요."

"그렇죠. 그런데 여기까지는 어쩐 일이세요?"

"아! 홍보 기획한 거 있는데 그것 좀 보여 드릴까 해서요."

"저요?"

"무브 전체적인 홍보예요. OST로 공연하면서 홍보하는 영상이에요."

"아하."

"일단 한번 보세요."

태진은 들고 온 태블릿으로 멀티박스에서 보내 준 영상을 재생했다. 4개의 병원에서 각각 영상을 편집했기에 총 4개의 영상이었지만 전부 보여 줄 필요는 없어 강릉 병원의 영상만 보여 주는 중이었다.

"어? 여기 우리 병원인데?"

"맞아요. 거기도 갔거든요."

"어? 에이드 씨네요? 이런 분이 우리 병원까지 가서 어이구……."

"노래는 별로 안 중요하고요. 넘길게요."

"왜요? 노래를 들어야지."

태진은 빨리 감아 무브의 영상이 나오는 장면까지 화면을 넘겼다. 그러자 노래가 끝나고 에이드의 멘트와 함께 노인의 얼굴이 나왔다. 그러자 차오름이 고개를 번쩍 들더니 태진을 봤다.

"우리 아버지인데요……?"

"네, 맞아요. 한번 보세요."

오름은 어리둥절한 표정으로 다시 화면을 봤고, 사람들의 인터뷰가 이어질수록 오름의 입술이 입안으로 말려 들어갔다. 그들처럼 오름도 그들을 가족이라고 생각하는지 많이 그리워하는 눈빛이었다. 그리고 환자들이 가족이라고 얘기하는 부분이 나오자 오름이 어쩔 줄 모르는 얼굴로 고개를 끄덕거렸다.

"맞아요. 우리 가족이지… 후우…….."

혼잣말을 하던 오름은 태진을 가만히 쳐다보더니 대뜸 고개를 숙여 인사했다.

"고맙습니다. 이 영상 보니까… 마음이 엄청 든든해지네요. 고맙습니다."

＊　　　　＊　　　　＊

며칠 뒤, 멀티박스에서 음원 플랫폼에 음원을 공개했다. 대부분의 OST가 제작이 되어 있었지만 공개한 곡은 메인 주제곡 한 곡뿐이었다.

"스읍, 진짜 멀티박스 애네도 머리가 비상하네."
"이런 걸 많이 해서 그런가 봐요."
"위문공연 영상에서는 노래 불렀는데 음원은 다 닫아 놓으니까 아주 사람들이 안달이 났어요."
"덕분에 영상 조회수도 막 늘잖아요. 음원은 드라마 회차에 맞게 음원 공개될 거예요."

가수의 팬들은 물론이고 영상을 보고 노래를 듣고 싶었던 사람들은 음원 사이트에 공개가 되지 않은 곡이다 보니 어쩔 수 없이 영상을 봐야 했다. 그러다 보니 조회수가 상당히 높은 편이기도 했지만 협박성 댓글도 어마어마했다.

—장난하는 것도 아니고 공연은 하고 음원은 없는 게 말이 됨?
—일 안 하냐? 이거 ㅈㄴ듣고 싶은데.
—이거 틀어 놓고 일하는 중 ㅋㅋ
—계속 찾아도 없음 ㅠㅠ 신곡 부분만 따로 따 주실 용자님!

4개의 영상 모두에 이런 댓글들이 달려 있었고, 특히 에이드의 영상이 조회수가 가장 높았다. 처음에는 다른 영상들처럼 노래에 대한 댓글들이 대부분이었는데 차츰 차오름에 대한 관심도 높아지고 있는 중이었다. 하지만 아직까지는 누구인지 제대로 모르고 있었다.

—차오름? 그게 누구지?
—뭐야 가족이 다 암 걸렸다는 거야? 이게 뭔데?
—넵 다음 차오름 바이럴.
—아! 차오름 채이주랑 드라마 같이 나오는 사람이구나.
—저거 뮤비? 저거 개쩐다…….

대부분 이런 식이었다. 하지만 태진은 크게 걱정하지 않았다. 인지도가 없다 보니 당연한 일이었다. 그래도 차오름에 대해서 관심을 보이는 것만으로도 충분했다. 태진은 가볍게 웃고는 수잔에게 말했다.

"저희 보도 자료 준비 다 됐죠?"
"아까 보신 거에서 수정한 건 없어요. 이제 돌릴까요?"
"네. 그렇게 하죠."

영상과 같은 시기에 기사가 나오면 너무 대놓고 기획한 것 같아 대중들에게 반감을 살 수도 있다는 생각이었다. 그렇기에 잠시 시간을 두고 대중들이 차오름에 대해 궁금해질 때쯤 궁금증을 해소시켜 주는 기사를 내보내기로 한 것이었다.

딱히 오름에 관해 내보낼 내용이 없긴 했지만 지금은 오름 본인이 기삿거리를 만들어 놓은 상태였다. 바로 기부에 대한 내용이었고, 연예인들이 기부를 할 때마다 기사화를 많이 했기에 대중들도 자연스럽게 그런 종류의 기사로 받아들일 것이었다.

기사와 영상이 만들어 낸 시너지효과에 사람들의 관심은 올라갈 것이고, 그럴수록 보도 자료를 돌리지 않아도 오름에 대한 기사들이 나올 것이었다.

＊　　　　＊　　　　＊

며칠 뒤. 태진의 예상대로 오름에 대한 기사들이 올라오기 시작했다. 사람들의 관심이 많아지자 인터뷰 요청부터 시작해 오름에 대한 정보까지 MfB에 물으러 왔기에 이미 예상하던 기사들이었다.

"팀장님, 뉴데일리에서는 저희가 안 보낸 내용도 있는데요?"

현미의 말에 태진은 곧바로 기사를 찾았다. 어떻게 알았는지 오름에 대한 상세한 기사가 올라왔다. 아내가 암으로 죽은 뒤 아내를 기억하기 위해 간병인으로 생활을 했다는 기사였다. 기사를 읽다 보니 어떻게 알았는지 알 수 있는 부분이 들어 있었다.

"강릉 병원 행정실장님하고 인터뷰했네요. 사진까지 있는 거 보니까 찾아갔나 보네요."
"아, 이런 기자도 있네요."

남이 쓴 기사를 그냥 베껴 쓰는 기자도 많았지만 직접 취재하는 기자도 있었다. 태진은 흐뭇한 마음에 미소를 짓은 채 기사를 읽어 갔다.

기사 내용은 대부분 차오름이 간병인을 하는 동안 어떤 생활을 해 왔었는지에 대해서였고, 마지막에는 출연했던 영화까지도 언급했다.

「독립영화계에서 블루칩이었던 차오름의 선택에 많은 동료들이 아쉬워했다고 밝혔다. 특히 개를 뜯어 먹은 남자는 7년이 지난 지금까지 많은 마니아를 보유하고 있다.」

태진이 알기로는 블루칩은커녕 아는 사람도 거의 없다시피 했다.

개를 뜯어 먹은 남자 역시 마찬가지였다. 태진이 차오름을 처음 언급했을 당시 그 영화를 봤던 사람이 아무도 없었다. 캐스팅 업계에서 일하는 사람들도 모르는 영화인데 마니아가 많을 리가 없었다.

기사에 감정을 섞은 듯 상당히 과장되어 있었다. 하지만 악의적인 기사가 아니라 오히려 도움이 되는 내용이었기에 태진은 오히려 고맙게 느껴졌다.

이런 기사들 덕분인지 영상에 달린 댓글의 방향도 완전 바뀌었다.

―차오름 로맨티스트였네…….
―개뜯남 어디서 봄? 어마어마하게 재밌다던데.
―얼마나 잘해 줬으면 환자들이 다 가족이라냐.
―차오름 눈 보면 뭔가 짠함…….
―계약금 받은 걸 전부 기부했대.

소문이 꼬리에 꼬리를 물고 퍼지는 중이었다. 더불어 영상의 조회수도 폭발적으로 올라가는 중이었다. 차오름에 대한 정보가 거의 없다 보니 대부분의 사람들이 영상을 통해 소통을 했고, 기사들 역시 영상을 토대로 작성이 되다 보니 조회수가 느는 건 당연했다. 덕분에 에이드의 OST 역시 엄청난 관심을 받는 중이었다. 지금도 태진의 컴퓨터에는 영상이 떠 있는 상태였다.

그때, 통화를 하던 수잔이 갑자기 태진을 불렀다.

"팀장님, 지금 파이온 실검에 개뜯남 올라왔대요!"

"네? 누가 그래요?"

"멀박에서요!"

태진은 곧장 파이온 실시간검색어를 찾아 들어갔다. 그러자 그곳에 정말 개를 뜯어 먹은 남자가 낮기는 하지만 순위권에 자리하고 있었다. 그런데 그 위에 익숙한 이름이 보였다.

"어? 8A?"

태진은 의아한 얼굴로 고개를 갸웃거렸다. 지금은 8A보다 개를 뜯어 먹은 남자가 우선이었다. 하지만 검색을 해 보니 특별히 새로 올라온 기사는 없었다. 몇 년 전에 올라온 개를 뜯어 남자를 소개하는 기사들이 다였다. 그러던 중 가장 최근에 올라온 한 커뮤니티에서 개뜯남을 언급한 글이 보였다.

—개뜯남 Y튜브에서 풀 영상 올라옴 수고.

"아! 이래서 실검에 있었구나."

태진은 그제야 알아차리고는 곧바로 링크를 클릭했다. 그러자 정말 개를 뜯어 먹은 남자의 풀 영상이 올라와 있었다. 누가 올린 건가 확인을 한 태진은 현미를 보며 물었다.

"개뜯남 감독님 이름이 뭐라고 했죠?"

"잠시만요! 까먹어서요……. 윤정진 감독님이시네요."
"아, 진짜 감독님이 올린 건가?"

채널 이름이 윤정진이었다. 구독자 수도 없고 올린 영상도 이 영상이 처음이었다. 그런데 영상 밑의 설명란에 감독의 말이 적혀 있었다.

—불신과 무분별한 마녀사냥의 폐해가 심각합니다. 개를 뜯어 먹은 남자는 조금이라도 건강한 사회가 될 수 있도록 하는 바람에서 만든 영화입니다.

"진짜 감독님이 올리셨나 보네요."
"이런 거 막 올려도 되는 거예요?"
"독립영화들이 비영리 목적으로 한 영화들이 많거든요. 흥행하기도 하는데……. 목적 자체가 다르니까 감독님이 생각하는 사상을 좀 알리고 싶어서 이렇게 올린 거 같은데요."

예전에 태진이 IPTV로 봤을 때도 무료였는데 지금도 무료로 영상을 공개했다. 아직 조회수는 높지는 않지만 이민을 갔다던 감독도 차오름에 대한 기사를 접하고 영상을 공개한 듯했다. 태진은 사람들의 반응을 보기 위해 댓글부터 확인했다. 그런데 올라온 지 얼마 안 돼서 그런지 댓글이 생각보다 많지 않았다.

—나하고는 안 맞는 듯 ㅋ

—한국인이 싫어하는 결말.

—볼 거라고는 차오름뿐이네. 연기 오졌네.

—영알못들 ㅋㅋ 마녀사냥으로 인해 정말로 그렇게 변해 가는 한 남자에 대한 얘기를 이것보다 어떻게 더 잘 품. 진짜 생각 많아지게 하는 영화임. 잘 봤습니다.

—요즘 시대에 딱 맞는 영화.

사람들은 극과 극의 반응을 보이고 있었다. 태진도 이들의 반응이 이해가 되었다. 사실 태진도 그렇게 재미있게 본 영화는 아니었다. 어떤 사람이 남긴 댓글처럼 오름의 연기 말고는 특별할 게 없는 그런 영화였다. 그러던 중 아까 스쳐 지나갔던 8A의 이름이 댓글에도 있었다.

—8A가 보는 거래서 보러 온 사람 손.

8A의 인기가 치솟는 중이기는 해도 여기서까지 8A의 이름을 보게 될 줄은 몰랐다. 태진은 왜 여기에서 8A의 이름이 나온 건지 의아해하며 기사들을 찾아봤다. 그런데 8A의 행보에 대한 것 외에 딱히 다른 기사들은 없었다. 그러던 중 동영상 하나가 눈에 들어왔다. 동영상을 클릭해 보니 8A의 공식 계정에서 올린 것이었다.

신인이다 보니 얼굴을 비출 기회가 적었기에 그 해결책으로 Y튜브를 선택한 듯했다. 동영상 수도 어마어마했다. 대부분이 춤을 추는 영상들이었고, 다른 Y튜버들이 자신들의 노래를 커버하는 영상을 리뷰하는 영상들도 있었다. 바로바로 반응을 보이다 보니 8A의 반응을 보기 위해서라도 커버 영상들이 많이 올라오는 중인 듯했다.

하지만 도무지 개를 뜯어 먹은 남자에 대한 영상은 찾아볼 수가 없었다. 그러던 중 일상생활이라는 영상이 하나 보였고, 제목이 영화 관람이었다. 혹시나 하는 마음에 그 영상을 클릭하자 8A와 더불어 트리스타 멤버들까지 등장했다. 그리고 장소도 익숙한 곳이었다.

―너희들은 쉬는 날이라면서 연습실에 있어?

―갈 데가 없어요. 흑흑.

―많이 알아보지?

―언니들만큼은 아니죠!

―뭘 아니야. 그런데 우리야 이제 차츰 들어가니까 시간이 있다 쳐도 너희들은 지금 한창 바쁠 때인데 이러고 있어도 돼?

―우리 힘들다고 대표님이 쉬라고 하셨어요. 길게 볼 거면 쉬는 것도 중요하다고.

―이야! 멋있다… 그래서 왜 불렀어?

―우리 조회수 좀 올리려고요.

―우리는 Y튜브 하지도 않는데?

―언니들도 인기 많잖아요. 우리 아는 사람들이 언니들밖에 없어서 그래요.

두 팀이 같이 연습하면서 상당히 친해진 모양이었다. 영상만으로도 굉장히 가깝다는 게 느껴졌다.

　—오늘 콘텐츠는 영화 관람!

　—무슨 영화인데?

　—우리 대표님이 진짜 추천해 준 영화. 개를 뜯어 먹은 남자라
는 영화예요.

　—제목이 좀 그런데… 곽 대표님이 내준 숙제야?

　—숙제 아닌데? 그냥 우리가 어려서 경험이 적다고 영화나 드라
마를 통해서 그런 걸 많이 보라고 한 거예요.

　—숙제였네! 숙제 같이하자고 부른 거야?

　—진짜 재미있다는데! 대표님이 떡볶이도 사다 주셨는데!

　—숙제 잘하라고 사 줬네!

　그 뒤로 개뜯남을 보며 두 팀의 반응이 나왔다. 즐거운 영화가
아니다 보니 다들 심각한 표정으로 영화를 지켜봤다. 그러면서도
반응을 보여야 한다는 생각 때문인지 굉장히 어색한 리액션을 하
기도 했다. 영상을 보던 태진은 가볍게 웃고는 영상을 멈췄다.

　왜 이런 영상이 올라온 건지 알았기에 더 볼 필요도 없었다.
태진은 코를 한 번 훔치고는 곧바로 휴대폰을 꺼냈다. 그리고는
전화를 할까 고민하다가 메시지를 보내기로 했다.

　[고맙습니다.]

　바로 곽이정에게 보낸 메시지였고, 메시지를 보내자마자 답장

이 도착했다.

[개뜯남 얘기죠? 우리도 얻는 게 있으니까 한 겁니다. 유행에 민감하다는 걸 보여 주기에 그만한 것도 없죠.]

[영화 자체는 재미가 없는데…….]

[그래서 차오름 씨 칭찬만 할 겁니다.]

[아…….]

[무브가 나오면 분명히 차오름 씨도 언급될 테고, 그럼 우리 8A도 보는 눈이 있다는 이미지를 얻을 수 있잖아요. 한 팀장이 뽑은 사람이니 성공할 건 확실하고. 아무튼 얻는 게 있으니 한 거니까 고마워하지 않아도 됩니다.]

태진은 감사합니다라고 적은 메시지를 다시 지우고는 피식 웃었다. 참 한결같은 사람이었다. 태진은 미소를 짓고는 다시 영상을 재생했다. 그러고는 끝부분으로 넘겨 보자 평을 하는 두 그룹의 말이 들렸다.

—마음을 좀 많이 무겁게 만드는 영화네요. 저희도 악플들이 달리면 우리가 정말 그런 사람인가 생각하게 돼서 그런가 엄청 생각을 많이 하게 만드는 영화였어요. 특히 차오름 선배님의 연기는 진짜 소름 돋았어요.

—자기한테 뭐라고 하는 사람들한테 속으로 얘기할 때?

—맞아요! 그때 눈빛이 되게 억울해하면서도 섬뜩한 느낌이랄까? 어? 그런데 언니는 어떻게 알아요?

―나도 봤는데?

―아까 자던데?

―야! 카메라 꺼 봐!

태진은 피식 웃으며 영상을 껐다. 곽이정이 시켜서 한 것이겠지만, 8A 덕분에 크진 않더라도 차오름에 대한 관심이 더 높아질 수 있었다. 아니나 다를까 개뜯남 영상에도 8A 때문에 보러 왔다는 사람들이 늘어나고 있었다.

*   *   *

MfB의 주연 삼인방 모두가 선한 이미지를 얻게 되자 무브의 예고 영상에 더 이상 악플이 달리지 않았다. 이제는 악플 대신 오히려 응원을 한다는 댓글들이 달리고 있었다. 그러다 보니 태진이나 지원 팀도 더 이상 주연 삼인방에 대해서 신경을 쓰지 않아도 될 것 같았다.

갑자기 문제를 일으키지 않는 이상 이 상태가 계속될 것이었다. 거기에 드라마까지 방영이 된다면 선한 이미지에 연기력까지 갖춘 배우라는 평가를 받게 될 것이었다.

태진은 세 사람의 얼굴을 떠올리며 가볍게 웃고는 현미를 봤다.

"내일 저 상운대 가거든요……. 현미 씨? 현미 씨."

"네? 아! 네! 팀장님."

"왜 그러세요? 무슨 일 있으세요?"

"아니, 그게 아니라……."

현미는 휴대폰을 힐끔 쳐다보며 말을 망설였다. 태진이 무슨 일이 있는 건가 생각할 때, 다른 신입들의 얼굴이 눈에 들어왔다. 그런데 전부가 현미와 같은 표정이었다.

"다들 왜 그러세요? 무슨 기사 떴어요?"

그러자 망설이던 현미가 조심스럽게 입을 열었다.

"저 월급이 들어왔는데요……. 이게 맞나 해서요."
"아, 오늘 월급날이지. 원래 오전에 들어오더라고요. 그런데 왜요?"
"그게… 저 잘못된 거 같기도 해서요……."
"제가 봐 드릴까요?"

현미는 조심스럽게 휴대폰을 내밀었고, 휴대폰을 본 태진은 고개를 끄덕거리며 돌려주었다.

"저도 이랬던 거 같은데."
"지금 세 달째인데… 앞의 두 달에 비해 두 배나 되는데요?"
"그 두 달 동안은 칼퇴근 하고 휴일에 쉬고 했으니까 그런 거죠. 여기 보면 휴일 근무 수당도 있고 여기 위에는 시간외수당도 있고요. 예전에 제가 다른 회사들이랑 비교해 보니까 기본급은 비슷하더라고요."

"그럼 이게 맞는 거죠……?"

"맞을 거예요. 모자라게 들어온 건 아니죠?"

"아니에요!"

그제야 현미는 물론이고 다른 신입 직원들의 얼굴에 웃음꽃이 피었다. 일이 많아서 걱정했는데 지금 표정을 보면 알아서 더 하려고 할 것 같은 얼굴들이었다.

"스흡, 세월 참 좋죠. 내가 다른 회사 다닐 때 처음 들어가서 받은 월급이 230만 원인데. 한달 내내 매니저 하면서 받은 게 그거예요. 추가 수당이 어디 있어. 아직도 다른 회사들도 그런 데 많을걸. 우리 회사가 외국계 회사라 그런가 이런 거에 칼같아요."

"우아……."

"일한 만큼 받아 가는 게 당연한 건데! 하하."

신입들 표정만 보면 회사에 충성심이 생긴 듯했다. 태진이 그런 모습들을 보며 가볍게 웃을 때, 수잔이 자리에서 벌떡 일어났다.

"팀장님!"

"왜 그러세요."

수잔도 휴대폰을 들고 있었지만 월급을 한두 번 받은 사람이 아니다 보니 그 이야기는 아닐 것이었다. 하지만 태진의 예상과 달리 수잔의 입에서도 월급에 대한 얘기가 나왔다.

"월급명세서 확인해 보세요……. 국현 씨도……."

수잔의 반응에 태진은 바로 어떤 일인지 눈치를 챘다. 며칠 전 3팀장이 찾아왔었고, 곧 미국 활동에 대한 성과급이 들어올 거라고 얘기를 했었다. 보통 연말에 한꺼번에 들어오지만 MfB에서는 한 건, 한 건에 대해서 성과급을 지급한다고 했다.

지원 팀이 아니었다면 에이드의 활동 자체가 없었을 테니 지원 팀도 성과급 지급 대상에 포함되는 건 당연했다. 하지만 담당은 3팀이었기에 성과급을 두 팀이 나눠야 할 상황에 빠졌고, 그에 대해 의견을 묻기 위해 찾아온 것이었다.

처음에 태진은 3팀장이 자신을 찾아온 게 3팀의 인원이 많다 보니 더 많은 성과급을 가져가겠다고 말하기 위해서인 줄 알았다. 하지만 3팀장이 말한 건 그게 아니었다. 지원 팀까지 포함한 모든 인원을 기준으로 1/N로 분배를 하자고 했고, 지원 팀의 팀장인 태진이 똑같이 받는 것에 대해 불만이 있진 않을까 해서 의견을 묻기 위해서였다.

"팀장님은 더 받으세요?"
"저도 똑같이 받죠. 그냥 이대로 보고하면 제가 더 받겠지만, 그러면 애들이 좀 그렇지 않겠어요. 제가 팀장으로 지시하긴 했어도 실제로 미국 가고 업무 진행한 건 우리 애들인데. 좀 사회주의적인 말이긴 한데 같이 분배를 받아야 좀 똘똘 뭉치고 그러거든요. 지금 우리 팀이 어느 때보다 똘똘 뭉쳐 있어서 그걸 깨고 싶진 않기도 하고요.”

예전에 곽이정이 했던 말과 비슷했다. 팀이 뭉치는 게 가장 중요하다는 말이었다. 그리고 태진도 처음부터 팀장이라고 많이 받을 생각은 없었기에 당연히 수락했다. 그것이 지금 상황을 만든 듯했다.

수잔의 말을 듣고 월급명세서를 확인한 국현은 신입들보다 더 놀란 얼굴로 태진을 봤다.

“이거 성과급… 인 거죠……?”

“맞을 거예요.”

“우와! 역시 MfB 오길 잘했어! 우하하! 우리 팀원들도 열심히 하다 보면 이렇게 됩니다! 내가 오늘 점심 쏩니다!”

국현은 세상을 다 얻은 듯한 얼굴로 기뻐했고, 수잔은 그런 국현을 보며 고개를 젓더니 태진에게 다가왔다. 그러고는 조용하게 속삭였다.

“성과급이 이렇게 많이 들어와요?”

“3팀하고 나눈 거예요. 3팀도 같은 금액 받았을 거예요.”

“아… 알고 계셨던 거예요?”

“저도 자 팀장님이 말씀하셔서 알고 있긴 했는데 이번 달에 들어올 줄은 몰랐어요.”

“아직 확인 안 하셨죠?”

"네, 아직이요. 예상보다 많아요?"

"빨리 확인해 보세요. 이거 성과급으로 연봉보다 더 많이 들어왔는데요. 이거 증권회사 다니는 사람들이 이렇게 받는다고 얘기는 들었는데……."

태진도 놀란 얼굴로 메일을 확인했다. 그리고 태진도 예상보다 많은 금액에 혀를 내두를 수밖에 없었다. 태진이 팀장이다 보니 기본급 자체가 높기에 딱 한 해 연봉만큼의 금액이었다.

"칠천만 원 맞죠?"

"팀장님도요?"

"다 같아요."

"왜요?"

"같이 일했으니까요?"

"아… 팀장님이 일부러 그러신 거예요?"

"아니요. 자 팀장님이 그렇게 하자고 하셔서요."

"안 그러서도 되는데… 어휴, 국현 씨도 알아야 되는데 저렇게 좋아하고만 있네."

"얘기 안 해도 돼요."

"하긴 3팀 정찰하면 금방 알겠지… 진짜 감사해요."

"아니에요. 3팀이 잘해서 그런 건데요. 저도 3팀에 감사해야 되는데."

수잔은 미소를 짓더니 가만히 태진을 바라봤다. 태진은 약

간 멋쩍은 마음에 작은 소리로 웃음을 뱉을 때, 수잔이 입을
열었다.

"저 지원 팀으로 불러 주셔서 감사해요. 더 열심히 할게요."

그 말을 뱉은 수잔은 민망했는지 바로 자리로 돌아가 버렸고,
태진은 가볍게 웃고는 다시 메일을 봤다.

'엄청 많네. 이래서 돈돈 하는구나.'

갑자기 목돈이 생기자 기쁨과 동시에 마음이 여유로워지는 느
낌이었다. 마음만큼은 지금 방방 뛰고 있는 국현과 마찬가지였
다. 태진은 피식 웃고는 곧바로 휴대폰을 들었다. 이렇게 많은
돈이 생기자 가장 생각나는 건 가족이었다.

─어, 큰아들. 이 시간에 어쩐 일이야?
"어? 아버지, 밖이세요? 좀 시끄러운데요?"
─지금 너희 엄마랑 잠깐 나와 있어서.
"출근 안 하셨어요?"
─어? 아! 잠깐 봤어. 그런데 왜 전화했어?

태진은 고개를 갸웃거렸다. 전부터 느꼈지만 아버지가 뭔가를
숨기는 듯한 느낌이었다.

"오늘 저녁에 같이 밥 먹을까 해서요."

—오늘 저녁에? 태민이랑 태은이한테는 연락했어?

"지금 하려고요. 괜찮으세요?"

—당연하지. 그런데 갑자기 뭐 축하할 일 있어?

"월급날이기도 하고 요즘 다 바빠서 다 같이 밥 먹은 적도 없고 그래서요."

—네 엄마가 엄청 좋아하겠다. 아빠가 엄마한테 얘기할게.

전화를 끊은 태진은 아버지에 대한 걱정에 빠졌다. 그때, 국현이 입을 열었다.

"팀장님 식사하러 가시죠! 제가 쏩니다!"

"저 지금 일이 생겨서요. 다녀오세요."

"에이, 같이 가셔야죠."

"죄송해요. 아, 현미 씨도 다녀오세요. 회사 일 아니니까 남아 있지 않아도 돼요. 맛있게 드시고 오세요."

눈치 빠른 국현답게 태진이 곤란하지 않게끔 분위기를 띄운 채 팀원들을 데리고 사무실을 나섰다. 사무실에 혼자 남게 된 태진은 곧바로 태민에게 전화를 걸었다.

"작업실이야?"

—그렇지. 이 시간에 어쩐 일이야?

"뭐 물어볼 게 있어서."

—응? 뭘?

"너 집에 언제 들어가지?"

—오늘?

"아니, 평소 작업 끝나고 들어갈 때 말이야."

—대중없지. 저녁에 갈 때도 있고, 아침에 갈 때도 있고.

"혹시 아침에 갈 때 아버지 집에 계셨어?"

—어. 갑자기 아버지는 왜?

태진은 옅은 숨을 뱉은 뒤 말을 이었다.

"너 몇 시쯤 들어왔었어?"

—9시쯤?

"그때 아버지 출근 안 하셨어?"

—어? 그러네? 쉬는 날이셨나? 그런데 아버지는 왜?

"나 퇴근할 때도 집에 계신 날이 많더라고. 혹시 회사 그만두
신 건가 해서."

—아……

"TV 같은 데서 나오는 것처럼 집에 말 못 하고 출근하는 척하
면서 계속 나가시는 건 아닐까 걱정돼서 그래."

태민도 그제야 이상함을 느꼈는지 아무런 말도 뱉지 않았다. 태진
은 괜히 태민에게 걱정을 하게 만든 건 아닐까 하는 생각이 들었다.

"별일 아닐 수도 있는데 그냥 걱정돼서 그랬어. 형이 좀 더 알

아볼게."

—그래. 혹시 무슨 일 있는 거면 바로 전화해 줘.

"알았어. 아, 오늘 저녁 같이 먹을 수 있어?"

—오늘… 알았어. 일찍 갈게.

통화를 마친 태진은 깊은 한숨을 뱉었다. 그러고는 태은에게 전화를 걸려다가 잠시 고민에 빠졌다. 태민이 그랬던 것처럼 걱정을 하게 만들 수도 있다는 생각이었다. 하지만 아버지의 상황이 태진의 생각대로라면 태은도 알아야 할 것이기에 고민 끝에 통화 버튼을 눌렀다.

"어, 태은아. 형인데. 여보세요?"

—잠깐만.

속삭이는 걸 보니 수업 중인 모양이었다. 잠시 뒤 밖으로 나왔는지 평소의 태은의 목소리가 들렸다.

—어! 열공 중이었는데 형이 흐름을 끊네.

"수업 중인데 전화해도 돼?"

—괜찮아. 그런데 큰형아가 이 시간에 어쩐 일이야. 혹시 내 도움이 필요해? 무대가 필요하면 언제든지 나한테 부탁해!

"그런 게 아니라 물어볼 게 있어. 혹시 아버지 본 적 있니?"

—무슨 말을 그렇게 해? 아빠 맨날 보지. 왜, 아빠 무슨 일 생겼어?

"아니, 그게 아니라……."

태진은 태민에게 했던 것처럼 자신이 생각한 것을 설명했고, 말없이 듣고 있던 태은은 평소보다 낮은 목소리로 입을 열었다.

—형, 내가 알아볼게. 아빠한테 물어보는 건 좀 그렇지?
"그렇지. 말씀 안 하시는 덴 이유가 있을 텐데."
—알았어. 기다려 봐.
"뭐 하려고. 그냥 형이……."

말을 하기도 전에 전화가 끊겼다. 태은이 무슨 일을 할지 불안한 마음에 괜히 얘기를 한 건가 후회가 들었다. 뭘 하는지 꽤 오랫동안 전화도 없기에 태진이 다시 전화를 걸려 했다. 그때 마침 태은에게 전화가 걸려왔다.

—큰형! 아빠 회사 그만뒀대!
"어? 네가 그걸 어떻게 알았어?"
—아빠 회사에 전화했지!
"뭐라고 하면서 아버지 찾았는데."
—알아서 잘했으니까 그런 거 걱정하지 마. 선우 무대라고 하면서 한중섭 부장님 계시냐고 물어봤어!
"그랬더니 그만두셨대?"
—어! 세 달 넘었다는데?
"아……."

태진은 그동안 아버지의 모습이 하나씩 떠올랐다. 아마 태은의 입학 선물을 준비할 때부터 회사를 그만두신 상태인 것 같았다.

—아빠는 참. 말을 좀 해 주지!

"일단은 모르는 척해."

—알아야지. 그래야지 아빠도 편해지지. 형 말대로 맨날 일도 없으면서 밖에 나가서 뭐 하겠어! TV에서 봤던 것처럼 처량하게 공원에 앉아서 비둘기 밥 주고 그러고 있을 거 생각하면 어후! 너무 싫어!

"그래도 일단은 모르는 척해. 이따가 저녁에 시간 돼? 같이 밥 먹을까 하는데."

—반장님한테 얘기할게. 아, 참. 아…….

무슨 말을 해야 될지 모르겠는지 태은은 계속 한숨만 뱉어 댔다. 그리고 태은의 한숨이 계속될수록 태진의 마음도 무거워 졌다. 그때, 태진의 휴대폰에 메시지가 도착했다.

[아들, 네 엄마한테 얘기했는데 홍게 먹자네? 엄마가 홍게 먹고 싶었나 봐. 홍게 괜찮아? 바로 답장 보내 줘. 아빠가 퇴근하면서 사 갈게.]

태진은 한동안 메시지를 하염없이 바라봤다. 그러고는 크게 한숨을 뱉고는 몇 번이나 메시지를 썼다 지웠다를 반복한 뒤에야 겨우 답장을 보냈다.

[제가 사 갈 테니까 바로 집으로 오세요. 저 오늘 월급 많이 탔거든요. 많이 사 갈게요.]

『모방에서 창조까지 하는 에이전트』 12권에 계속…